RHETT

SIGNATURE SWEETHEARTS ROMAN

KELSIE RAE

Cover Art von Cover Your Wagon Dragon Art

Bearbeitung durch den Herausgeber (engl.)

Lektoriert von Stephanie Taylor (engl.)

Übersetzt von: Miriam Boetzer

Lektoriert von: Oliwia Doroszko

Ausgabe April 2019 Vereinigte Staaten von Amerika

Erstellt mit Vellum

KAPITEL EINS

RHETT

Die Klinge schneidet wie Butter durch das Verpackungsband, während ich einen weiteren Karton öffne. Ich sitze gerade auf den kalten Küchenfliesen in meiner neuen Wohnung und versuche meine Sachen zu sortieren. Es ist eine mühsame Arbeit und meine rechte Pobacke fühlt sich langsam taub an, weil ich schon viel zu lange in derselben Position sitze.

Stöhnend stehe ich auf, strecke meine Beine aus und gönne meinem Rücken eine Pause. Dann betrachte ich meine winzige neue Wohnung, die ein paar Blocks vom Central Park entfernt liegt. Es gibt nicht viel zu sehen. Die Wände sind weiß, die Schränke braun und die Arbeitsflächen abgenutzt, aber es erfüllt seinen Zweck. Trotz meiner schicken Armani-Anzüge und glänzenden Neiman Marcus-Slippern, bin ich kein Mann von Äußerlichkeiten. Wenn es nach mir ginge, würde ich gerne die ganze Zeit in einer meiner Lieblingsjeans und T-Shirts herumlaufen. Aber das bringt es nicht in der Geschäftswelt. Es geht nur um dein Image. Und ich zeige meins mit absoluter Präzision.

Ich hatte gehofft heute Abend Laufen gehen zu können,

aber ich glaube nicht, dass das klappen wird. Nicht mit all dem Zeug, um das ich mich heute noch kümmern muss. Die ungeöffneten Umzugskisten stehen meterhoch in der Ecke gestapelt, aber der Gedanke, sie auszuräumen erschöpft mich noch mehr.

Stattdessen nehme ich den Poststapel vom Tresen und beginne die Unmengen Werbung auszusortieren. Es ist schon verwunderlich, dass die meisten wichtigen Dokumente bei jedem Umzug verloren gehen, aber mein Abonnement für die *Men's Health* mich immer zu finden scheint. Ich lache höhnisch, als ich durch den dicken Stapel Coupons blättere, und verdrehe dann die Augen, als ich zu den sieben Begrüßungsumschlägen von der Post komme.

Lächerlich.

Ein Brief erregt meine Aufmerksamkeit während meiner Durchsicht. Er ist an eine Indie Peterson in Wohnung 407 gerichtet, welche mir direkt gegenüber liegt.

Ich atme tief aus.

Sieht so aus, als würde ich heute Abend die Nachbarn kennenlernen.

Meine Wohnungstürscharniere quietschen widerlich, als ich sie öffne. Das Geräusch erinnert mich daran morgen WD-40 Kriechöl im Laden zu besorgen. Nachdem ich über den Flur zur Nachbarwohnung gegangen bin, schaue ich nach unten und muss schmunzeln. Unter meinen Nikes befindet sich eine Fußmatte mit »Willkommen« in schicker Goldschrift. Ich trage mittlerweile ein altes T-Shirt, eine Jeans mit einem Loch im Knie und ein paar Laufschuhe. Eine alte Baseballcap bedeckt mein unordentliches, dunkles Haar und ich ziehe sie zurecht, bevor ich klopfe.

Dann warte ich.

Und warte.

Nach unendlich langer Zeit drehe ich mich auf dem

Absatz um, um wieder in meiner eigenen Wohnung zu verschwinden, als ob dies nie passiert wäre.

Nach zwei Schritten öffnet sich die Tür meiner Nachbarn einen Spalt. Lässig drehe ich mich um.

»Kann ich Ihnen helfen?« Eine benommene Stimme krächzt hinter der Tür hervor.

Aschblondes Haar, Porzellanhaut, ein weißes Trägershirt, knappe Schlafshorts und kilometerlange Beine. Zumindest glaube ich das zu sehen. Schwer zu sagen. Mein Verstand versucht, das Meisterwerk vor mir wie ein Maler, dem nur zwei der drei Grundfarben gegeben wurden, zusammenzusetzen.

Ich räuspere mich. »Hi. Ich bin euer neuer Nachbar.« Ich zeige mit dem Daumen über die Schulter auf die Tür direkt hinter mir. »Es sieht so aus, als hätte ich versehentlich eure Post erhalten.« Ich hebe den weißen Umschlag in meiner Hand hoch und zeige ihr den Brief.

Ich spreche immer noch durch den winzigen Spalt in der Tür, aber ich verstehe ihr Zögern. Fremder, Gefahr und all diese Scheiße.

Sie schaut mich von oben bis unten an, bevor sie mich für sicher hält. Oder jedenfalls sicher *genug*. Als sie die Tür öffnet, bekomme ich die wunderschöne Frau auf der anderen Seite vollständig zu Gesicht. Es ist, als wäre ich gerade in die *Met* eingetreten, und sehe wahre Schönheit in ihrer seltensten Form. Es trifft mich wie ein Schlag. Mein Abend scheint verdammt viel interessanter geworden zu sein.

»Hi, ich bin Indie.« Meine Nachbarin streckt ihre Hand aus und ich nehme sie in meine.

Meine Handfläche schluckt praktisch ihre, während ich sie zweimal schüttle. Ihre Haut fühlt sich wie Seide an. Es gibt keine Möglichkeit, das anders zu beschreiben. Ich zögere kurz, sie gehen zu lassen, aber das Festhalten würde mich gleich wieder in die nicht sichere Zone bringen, also lasse ich meinen Griff los.

»Dann bin ich anscheinend hier richtig. Der Brief ist an Indie Peterson gerichtet. Du hast einen wirklich einzigartigen Namen«, stelle ich fest, als meine Lippen sich zu einem schiefen Lächeln verziehen.

Sie grinst zurück und ihre Nase kräuselt sich auf erdenklich süße Weise.

»Ich weiß.« Sie verdreht ihre Augen. »Angeblich haben alle Krankenschwestern meine einzigartigen Augen kommentiert und der Name ist geblieben. Zum Glück haben sich meine Eltern nicht für Indigo entschieden, sondern nur für Indie.« Sie wischt sich dramatisch über die Stirn. »Puh!«

Ich lache. »Das gefällt mir. Erinnert mich an Indiana Jones, meinem Lieblingsfilm aus meiner Kindheit.«

»Kann nicht sein! Meiner auch! Ich habe eines Sommers Ravioli während der Affenhirnszene im *Temple of Doom gegessen,* und jetzt bekomme ich jedes Mal, allein beim Gedanken daran, Würgereiz.« Sie untermalt dies, indem sie buchstäblich würgt.

Ich breche in dröhnendes Lachen aus.

»Erinnere mich daran, dich niemals zum Ravioli-Essen einzuladen«, necke ich und ein leichtes Erröten breitet sich über ihre Wangen aus.

Barsch räuspere ich mich und tue so, als hätte ich eben nicht angedeutet, mit ihr ausgehen zu wollen. »Ich bin übrigens Rhett. Rhett Jacobs.«

»Schön dich kennenzulernen«, antwortet sie schüchtern, bevor sie mich durch ihre dicken, blonden Wimpern ansieht.

Da ich nicht weiß, was ich sonst tun oder sagen soll, halte ich den Umschlag hin, den sie mit einem dankbaren Lächeln nimmt.

Ich schiebe meine leeren Hände in meine Hosentaschen und wippe auf den Fersen umher. Ich weiß, ich sollte wahrscheinlich in meine Wohnung gehen, aber das Mädchen vor mir ist das Interessanteste, was mir bisher in dieser Stadt begegnet ist. Ich bin noch nicht ganz bereit, zu gehen.

»Also, was bringt dich nach New York, Rhett Jacobs?«, fragt sie. Ihre Finger spielen mit dem Brief, als sie mich ansieht.

»Arbeit«, antworte ich einfach. Ich gehe normalerweise nicht ins Detail, was ich beruflich tue. Frauenaugen werden fast augenblicklich glasig, jedesmal wenn ich es versuche.

Sie grinst. »Möchtest du das näher erläutern?«

Ich zucke mit den Schultern. »Da gibt's nicht viel zu sagen. Ich bin irgendwas zwischen einem Investmentbanker und einem Personalvermittler. Ich suche nach Unternehmen mit geringem Ausfallrisiko und helfe ihnen ihr Geschäft auszubauen, während ich sie mit Investoren zusammenbringe und sicherstelle, dass sie über die Mittel verfügen, um erfolgreich zu sein.«

»Wirklich? Das ist ja spannend!«

»Danke«, erwidere ich überrascht, dass sie fasziniert aussieht, anstatt sich zu langweilen. »Was machst du so?« Meine Haltung ist entspannt, als ich mich gegen den Türrahmen lehne.

»Ich besitze eine Bäckerei, deshalb habe ich so lange gebraucht, um die Tür zu öffnen. Ich gehe früher als die meisten ins Bett, da ich um drei Uhr morgens aufstehen muss, um die Croissants in den Ofen zu schieben.«

»Also, das *ist* faszinierend! Wie lange machst du das schon?«

»So weit ich zurückdenken kann. Ich fing an zu backen, als ich klein war und meine Oma jedes Wochenende besucht habe. Ich habe mich fast sofort darin verliebt. Kennst du *Ratatouille*? Ich bin Remy.« Sie zeigt stolz auf ihre Brust, während ich meine Stirn runzele. Ich habe keine Ahnung, wovon sie spricht.

»Rata-was?«

Ihr Mund steht vor lauter Schock offen. »Echt jetzt? Du hast *Ratatouille* noch nie gesehen? Der Disney-Film? Über eine Ratte, die gerne kocht und in einem französischen Restaurant arbeitet? Und seinen Träumen folgt?« Sie bombardiert mich mit Fragen und ihr Gesicht ist so lebendig, dass ich mir Popcorn machen und ihr stundenlang zusehen könnte. Indies Brauen sind zusammengezogen. Ihre Arme sind über der Brust verschränkt, als schäme sie sich, mich Nachbar zu nennen, weil ich nichts über eine Ratte weiß, die ein ... Koch sein wollte?

Sie sieht so schön aus, wenn sie leidenschaftlich ist. Auch wenn das, was sie sagt, zum einen Ohr rein und zum anderen wieder raus geht.

»Anscheinend sollte ich mir den mal ansehen«; räume ich mit einem riesigen Grinsen auf meinem Gesicht ein. »Verdammt richtig!«, stimmt sie voll und ganz zu und akzeptiert meine Kapitulation. Sie beugt sich vor und flüstert: »Ich habe es zufällig auf Blu-ray. Soll ich es dir leihen?«

Von dem verschlagenen Schimmer in ihren Augen würde man meinen, sie würde mir eine Tüte Gras andrehen wollen, anstelle eines Kinder-Cartoons.

»Warum machen wir kein Date daraus? Ich bringe etwas anderes *außer* Ravioli mit, und du kannst mich diesem Rattenkoch vorstellen. Wie klingt morgen?«

Ich weiß sofort, dass ich die Grenze überschritten habe, als Indies Mund offen stehen bleibt. »Oh, ähm ... ich kann nicht." Indies Augen haften plötzlich an ihren frisch lackierten

Zehennägeln, als sie von einem Fuß auf den anderen wechselt.

Ihre Zurückweisung trifft mich unerwartet. Ich bin normalerweise sehr aufmerksam und kann eine Situation perfekt lesen. Wie habe ich sie so falsch interpretiert?

»Na schön ...« Ich mache eine Pause und überlege, ob ich versuchen soll, das Gespräch zu retten oder es sein lassen, und zurück in meine Wohnung gehen soll.

Sie räuspert sich vor Unbehagen. »Warte, ich hole sie dir aber. Es ist ein wirklich guter Film und es lohnt sich auf jeden Fall ihn anzuschauen.«

Sie verschwindet in ihrer winzigen Wohnung und lässt die Tür weit offen. Mir entgeht nicht, wie ihre kurvigen Hüften hin und her schwingen.

Ein Meisterwerk.

Weil sie die Tür offengelassen hat, gehe ich davon aus, dass ich eintreten darf, also tue ich es. Als sie sich bückt, um im Schrank unter dem Fernseher zu suchen, bin ich geliefert. Das Mädchen vor mir ist zweifellos die sexieste Kreatur, die ich je gesehen habe. Ihr herzförmiger Hintern zwingt jeden erwachsenen Mann in die Knie. Aber bevor ich die Chance habe, auf die Knie zu gehen und sie wie eine Göttin anzubeten, richtet sie sich auf.

Ich gebe mein Bestes, nicht so zu wirken, als wäre ich gerade auf frischer Tat ertappt worden. Ich glaube jedoch nicht, dass ich sie zum Narren halten kann. Langsam sehe ich mich in ihrer Wohnung um, während ich versuche, unschuldig zu wirken. Der Grundriss ist fast genau der gleiche wie in meiner Wohnung.

»Ich mag deine Wohnung.« Während meine Wände noch wie eine leere weiße Leinwand wirken, sind ihre in ein sanftes Blau getaucht. Die Atmosphäre ist einladend und gemütlich. Ich möchte mich am liebsten auf die gelbe Couch im Wohnzimmer setzen und meine Füße auf den Couchtisch aus Birkenholz legen.

»Vielen Dank. Ich habe eine Schwäche für Strände«, gibt sie zu und kommt zu mir zurückgelaufen. Sie trägt die Bluray-Hülle bei sich.

»Wirklich? Welcher ist dein Favorit?«

»Kalifornien war toll, aber kalt.« Sie zittert, als ob sie die Kälte immer noch spürt. »Also, ich denke, mein Favorit ist wohl der Kaanapali Beach auf Maui. Das Wasser war so warm und kristallklar und das Schnorcheln war einfach nicht von dieser Welt!« Indies Gesicht wirkt verträumt, als wäre sie zu den Fischen und Meeresschildkröten transportiert worden.

»Maui ist unglaublich«, stimme ich zu. »Verdammt, alle Hawaii-Inseln sind der Wahnsinn, aber eines Tages musst du mal auf die Malediven. Es gibt einige fantastische Resorts, und ich habe gehört, dass die Inseln in den nächsten dreißig Jahren vom Meer verschluckt werden«, fange ich an auszuschweifen, aber ich habe schon immer für Strände geschwärmt. »Wie auch immer…, das solltest du dir irgendwann mal ansehen. Du wirst es nicht bereuen.«

»Bei meinem nächsten Abenteuer werde ich das auf jeden Fall in Erwägung ziehen.« Sie lächelt sanft, bevor sie ein Gähnen unterdrückt und mir die Blu-ray-Hülle gibt.

»Ich denke, es wird Zeit zu gehen. Danke für den Film«, füge ich hinzu und hebe ihn leicht hoch.

»Danke, dass du mir meine Post gebracht hast.« Sie ahmt mein Verhalten nach, hebt den Umschlag und winkt mir zu.

Ich nicke ihr in stiller Bestätigung zu und schenke ihr mein schiefes Lächeln.

Sie senkt ihren Blick zu Boden, während sich ein hellrosa über ihre Wangen ausbreitet.

»Ähm ... wir sehen uns«, fügt sie hinzu, als ich über die Schwelle in den Flur trete.

»Ja, Indie. Wenn du jemals etwas brauchst, bin ich gleich gegenüber.« Ich grinse sie noch einmal übermütig an, während meine Augen sie von Kopf bis Fuß mustern.

Wunderbar.

Ich verlasse ihre Wohnung und betrete meine. Sie beobachtet mich die ganze Zeit.

Oh, ich werde *Ratatouille auf jeden Fall* in naher Zukunft ansehen. Schließlich ist es meine Aufgabe, hauptsächlich zu recherchieren und auf kleine Details zu achten. Die wunderschöne Frau auf der anderen Seite des Gangs hat definitiv meine Aufmerksamkeit erregt.

KAPITEL ZWEI

INDIE

W*arum fühle ich mich schuldig?* Im ernst. Ich habe nichts falsch gemacht. Ich hätte auch dem alten, stinkenden Mann am Ende des Ganges *Ratatouille* ausgeliehen, wenn er darum gebeten hätte. Ist es meine Schuld, dass mein neuer Nachbar ein wahnsinnig heißer Geschäftsmann ist, dem die rücklings aufgesetzte Baseballcap besser steht, als jedem anderen, den ich jemals gesehen habe?

Nein. Nein, ist es nicht. Ich stöhne innerlich, während ich versuche, meine nicht so angemessenen Gedanken über den Kerl, zu rechtfertigen. Klar. Es gibt keine Rechtfertigung dafür, warum ich mich so von ihm angezogen fühle und ich muss mich endlich zusammenreißen. *Und warum habe ich Tony nicht erwähnt?*

Ich stöhne.

Ich liege immer noch im Bett ... allein ... während die Minuten im Schneckentempo vergehen. Ich brauche etwas Schlaf, aber es fällt mir schwer, meinen Kopf endlich abzuschalten.

Wenigstens hatte ich schon ein paar Stunden gehabt,

bevor Rhett mich weckte. Ich habe die Tür beinahe nicht geöffnet und bin mir immer noch nicht sicher, ob es ein Segen oder ein Fluch war, der mich aus dem Bett getrieben hat, als er klopfte.

Ich vergrabe meinen Kopf vor Wut unter meinem Kissen, werfe schließlich das Handtuch, stehe auf und springe unter die Dusche. Das dampfende Wasser lässt meine Muskeln angenehm entspannen, während ich meine Haare wasche. In meinem Kopf dreht sich ein endloses Karussell aus Schuldgefühlen und sexy Bildern, während ich dusche. Ersteres ist das Einzige, was mich davon abhält die Dinge selbst in die Hand zu nehmen.

Ich bereite mich auf den Tag vor und gehe dann zu Get Baked, der Bäckerei, die ich seit fünf Jahren besitze. Es war von Anfang an ein Traum, der in Erfüllung ging.

Meine Bäckerei ist etwa einen Block von meiner Wohnung entfernt, was so früh am Morgen großartig ist. Ich mache das Licht an, schnappe mir meine Schürze und mache mich an die Arbeit. Es hat eine beruhigende Wirkung, Mehl, Zucker und ein paar Eier mit Butter zu vermischen und damit ein Meisterwerk zu erschaffen. Egal ob es sich um einen dekadenten deutschen Schokoladencupcake oder ein frisch gebackenes Croissant handelt, sie besitzen die Fähigkeit, die schlimmsten Tage in erträgliche zu verwandeln. Und das ist mein ganzes Lebensziel. Jedem Tag etwas Süßes beizumischen. Ein köstliches Stückchen nach dem anderen.

Ich bin gerade mit den weißen Schokoladen-Brioche-Brötchen fertig, als sich die Eingangstür öffnet. Ich wische meine bemehlten Hände an meiner fleckigen Schürze ab und gehe in den vorderen Bereich des Ladens, um zu sehen, wer so früh hier ist.

Ich habe vor ein paar Tagen ein paar Mädchen eingestellt und werde sie heute einarbeiten, aber sie sollten erst in ein paar Stunden auftauchen. Ohne sie und Julio, der am

Wochenende arbeitet, wäre ich jede wache Minute hier, und ich glaube nicht, dass ich das länger als eine Woche überleben würde.

»Hey, Baby.« Tony geht hinter die Theke und schnappt sich eine Tasse Kaffee, als ob ihm der Laden gehört. Was übrigens nicht der Fall ist.

»Hey, Tony«, murmele ich, bevor ich mich wieder dem hinteren Bereich zuwende. Er ist irgendwie unten durch, nachdem er mich gestern Abend versetzt hat, und das weiß er.

»Es tut mir leid, dass ich nicht nach Hause gekommen bin. Es gab ein Problem mit der Produktlinie, und Steve bat mich darum Überstunden zu machen«, entschuldigt er sich, obwohl ich das alles schon einmal gehört habe.

Steve ist Tonys Chef, der ihn seit zehn Jahren herumschubst. Warum er nicht kündigt und sich einen neuen Job sucht, werde ich nie verstehen. Am Anfang habe ich versucht Geduld aufzubringen, aber jetzt bin ich nur noch taub für das Thema.

Das ist mir jetzt egal.

Es ist mir egal, dass ich alleine schlafe. Es ist mir egal, dass er den Großteil unserer Verabredungen absagt. Es ist mir egal, dass es offensichtlich ist, dass er sich mehr um seinen Job kümmert als um unsere Beziehung.

Es ist mir egal.

In Wahrheit macht es mir genauso viel Spaß alleine rumzuhängen, wie wenn er mal beschließt zu einer anständigen Stunde nach Hause zu kommen.

Wenn Vernachlässigung Teil deiner normalen Routine wird, gewöhnt man sich wohl daran. Es ist erbärmlich, aber es ist sicher. Ich weiß, was mich erwartet und kann es in einem Wort zusammenfassen. Enttäuschung.

Es ist nicht so, dass Tony ein Bösewicht ist. Ist er nicht. Er ist eigentlich ein wirklich guter Kerl. Das Problem ist, dass sich keiner von uns genug um unsere Beziehung kümmert, um daraus etwas Wertvolles zu machen.

Stattdessen stecken wir in unserer eigenen Mittelmäßigkeit fest.

Ich atme frustriert aus, während ich mich mit den gewohnten Gedanken herumschlage.

Das ist schon okay. Ist schon in Ordnung. Paare machen das durch. Das ist normal. Alles paletti. Absolut. In Ordnung.

Tony folgt mir nach hinten und drückt mir einen keuschen Kuss auf die Wange. Ich lächle angespannt zurück, während meine Hände sich zu Fäusten ballen.

»Warum ruhst du dich nicht aus oder so? Ich muss diese Eclairs fertigstellen und sie nach vorne bringen, bevor wir öffnen.« Ich schaue auf meine Uhr und stelle fest, dass ich seit vier Stunden arbeite und viel mehr als normalerweise erledigt habe. Vielleicht habe ich an diesem Wochenende sogar Zeit, mit dem Buttercreme-Zuckerguss für die Johnson-Hochzeit zu beginnen.

»Ich habe gerade Kaffee getrunken, also bin ich jetzt erst mal fit. Ich werde versuchen, vor dem Schlafengehen eine Telefonkonferenz mit einigen Kontakten in China abzuhalten. Wir sehen uns später, okay?«

Er geht nach vorne, ohne meine Antwort abzuwarten, wobei ich mir nicht mal sicher bin, ob ich überhaupt etwas gesagt hätte. Was gibt es da auch zu sagen?

Stattdessen nehme ich ein paar Pfund Butter, werfe sie in den industriellen Mixer, und gebe noch etwas Puderzucker und Vanille hinzu.

Eine Stunde später kommt Theresa, eine meiner Lieblingskundinnen, herein. Sie kommt jeden Tag nach ihrem Training auf einen White Sinful Coffee und einen Zitronen-Mohn Muffin vorbei. Das Mädchen ist eine große Inspiration, und ich liebe es von ihren neuesten Abenteuern zu hören.

»Hey, du«, grüße ich sie, während ich ihre übliche Bestellung richte.

»Hey!«, entgegnet sie. »Was gibt's Neues bei dir?«

Ich zucke mit den Achseln, während ich ihre Bestellung eingebe. »Ach, das Übliche. Und wie sieht's bei dir aus? Wie geht es den Jungs?«

Sie grinst von Ohr zu Ohr. »Sie sind fantastisch. Erinnerst du dich, wie ich dir von Mathieu's bevorstehendem Spiel erzählt habe?«

Ich nicke interessiert.

»Nun, sie haben gewonnen! Das gegnerische Team verlor den Ball in den letzten fünf Minuten, Matt schnappte ihn sich, trug ihn in die Endzone und machte einen Touchdown. Das hättest du sehen sollen!«, schwärmt sie aufgeregt, während sie auf dem Kreditkartengerät unterschreibt.

»Das ist ja unglaublich!« Ich ziehe ein paar Plastikhandschuhe an und füge ihrer Bestellung einen weiteren Mohnmuffin hinzu. »Hier. Auf's Haus für seinen Sieg. Gratuliere ihm von mir, okay?«

»Mache ich auf jeden Fall.«

Dankbar nimmt sie die Papiertüte entgegen, verabschiedet sich und eilt zur Tür. Sie ist gerade dabei, sie zu öffnen, als jemand sie ihr entgegenschlägt. Der Mann, den ich erst kürzlich kennengelernt habe, betritt meinen Laden und löst damit einen Schwarm Schmetterlinge in meinem Bauch aus.

Mein müder Gesichtsausdruck verwandelt sich in ein riesiges Lächeln, sobald ich ihn sehe. Zumindest, bis ich mich daran erinnere, mich zusammenzureißen.

»Bis später, Theresa!«, rufe ich ihr hinterher, als sie zum Ausgang geht.

»Bis morgen, Indie«, wirft sie mir noch über ihre Schulter entgegen und mustert meinen neuesten Kunden subtil.

Rhett hat mich noch gar nicht wahrgenommen und konzentriert sich nur auf die Glasvitrine mit einer Vielzahl von Gebäck und anderen süßen Leckereien.

Heute habe ich eine Auswahl an Muffins, Cronuts, Eclairs, Cupcakes, Croissants und den weißen Schokoladenbriochebrötchen von heute Morgen, anzubieten.

Rhett sabbert praktisch, während er die Auswahl begutachtet. In seinem Gesichtsausdruck steckt pure Lust.

Ja, das hast du richtig gehört. Aus gutem Grund sagt man, dass der Weg zum Herzen eines Mannes durch seinen Magen führt. Diesen Blick habe ich schon oft gesehen, dieser Typ braucht einen richtigen Zuckerschock zu seinem Morgenkaffee. Sofort.

»Hey Fremder!«, begrüße ich ihn und lehne mich lässig an die Oberseite der Glastheke.

»Indie?« Rhett scheint wirklich überrascht zu sein, mich hier zu sehen. »Ist *das* dein Laden?«

»So ist es! Was kann ich dir bringen?«

Er lächelt mich breit an. »Ich habe keine Ahnung. Das sieht alles unglaublich aus. Was würdest du mir empfehlen? Sein Blick fällt wieder auf die Fülle von Angeboten, bevor er mich ansieht.

Ich halte meinen Finger hoch und fordere ihn auf, einen kleinen Moment zu warten, gehe zum hinteren Teil des Ladens, und nehme einen noch warmen, frisch zubereiteten Cronut aus der Fritteuse. Das ist eine Kombination aus einem luftigen Croissant und einem glasierten Donut. Sie sind täglich ausverkauft, aber ich versuche, die Regale aufzufüllen, wenn ich Zeit habe, mehr zu machen.

»Zum hier essen oder zum Mitnehmen?«, frage ich, als ich wieder nach vorne komme.

Sein Mund wird wässrig, als er das Gebäck sieht.

»Was ist das? Und kann ich zehn davon haben?«

Lachend antworte ich: »Es ist ein Cronut. Und ich würde

dir mehr geben, wenn ich mehr hätte, aber das ist das Allerletzte. Außerdem sind sie ziemlich reichhaltig. Ich möchte nicht schuld daran sein, dass du noch heute Vormittag in ein Zuckerkoma fällst.«, zwinkere ich ihm zu. Möchtest du auch einen Kaffee? Und du hast meine Frage nicht beantwortet, Mister!«

»Ja, ein großer Kaffee wäre toll, danke. Und obwohl ich gerne bleiben würde, muss ich mich leider an die Arbeit machen. Ich kann an meinem ersten Tag nicht zu spät kommen.« Er grinst schelmisch und mein Herz setzt einen Schlag aus.

»Wir wollen hier ja nicht gegen die Regeln verstoßen, nicht wahr?«, necke ich und versuche mich nicht in seinen gelbbraunen Augen zu verlieren. Er hat eine leicht gekrümmte Nase, die aussieht, als wäre sie einmal gebrochen und nicht wieder gerichtet worden, und ein ausgeprägtes Kinn, das aussieht, als wäre es aus Granit gemeißelt worden.

Und wem läuft jetzt das Wasser im Mund zusammen?, frage ich mich, während ich das ganze Rhett Jacobs-Paket begutachte.

Oh Mann, und was das für ein Paket ist.

»Kann ich einen Kaffee mit zwei Stück Zucker und etwas Milch bekommen? Ich glaube, ich sehne mich heute nach etwas besonders Süßem«, scherzt er und sorgt wieder für Schmetterlinge in meinem Bauch.

»Sicher«, murmle ich, als ich seinen Kaffee richte und dabei versuche, meine Libido unter Kontrolle zu bringen.

Mit zittrigen Händen wische ich über den Bildschirm meines iPads, das als Registrierkasse fungiert. Mein Herz rast, als wäre ich gerade einen Marathon gelaufen. Er gibt mir seine Kreditkarte, nachdem ich ihm den Gesamtbetrag genannt habe, und ich klammere mich daran fest. Ich möchte das verdammte Ding auf gar keinen Fall vor lauter Zittern fallen lassen.

Ich sehe ihm zu, wie er den Laden verlässt und mich dann mit meinen ungewohnten Gedanken und Gefühlen zurücklässt.

Der morgendliche Ansturm vergeht in einer chaotischen Unschärfe von zufälligen Gesichtern und vertrauter Aufregung. Ich muss endlich dieses männliche GQ-Model aus meinem Kopf bekommen, das Get Baked vor einiger Zeit verlassen hat, und ich hoffe, dass mir meine Routinearbeiten dabei helfen werden. Ich wische die Theke ab und beginne, den vorderen Bereich aufzuräumen, in dem ich eine Auswahl an Broten, Keksen, Brownies vom Vortag und hausgemachten Marmeladen habe.

Ein paar Stunden später schwingt die Tür auf und Sophie und Natalie kommen herein. Sie sind meine neuen Mitarbeiter. Sophie hat kurzes blondes Haar mit heller Haut und erinnert mich an Tinker Bell, während Natalie groß ist, mit langen dunklen Haaren und mandelförmigen Augen. Sie sind beide auf ihre Art wunderschön, aber völlig gegensätzlich.

»Hey Ladys. Seid ihr bereit loszulegen?«, begrüße ich sie.

»Yep«, antworten sie unisono. Sie sind voller Vorfreude und ihre Begeisterung wirkt ansteckend auf mich.

»Perfekt. Jede von euch bekommt noch eine Schürze und dann könnt ihr anfangen.«

Ich verbringe den Rest des Morgens damit, Kunden, Gebäck und die beiden neuen total witzigen Mädchen unter einen Hut zu bekommen. Ich habe so ein Gefühl, dass das noch lustig mit uns wird.

Ich stecke den Schlüssel in das Schloss bei Get Baked und fühle mich völlig erschöpft. Heute war ein großartiger

Verkaufstag, aber es blieb wenig Zeit, um sich zu entspannen oder sogar ein paar Minuten zu sitzen. Ich kann es kaum abwarten, bis Natalie und Sophie vollständig eingearbeitet sind. Verdammt, wenn sie wenigstens schon wüssten, wie die Kasse funktioniert, wäre das ein Gewinn.

Mein Telefon klingelt, als ich den kurzen Weg nach Hause antrete, und ich ziehe es aus meiner Handtasche, um zu sehen, wer anruft.

Der Name meiner Mutter blinkt auf dem Display auf und ich stöhne.

Sie und ich haben eine ziemlich gute Beziehung. Nicht besonders erwähnenswert, aber dennoch solide. Ich bin ein Einzelkind, also bekomme ich die ganze Aufmerksamkeit. Ich liebe sie unendlich, aber sie ist etwas ... sie sieht die Dinge nicht immer aus meiner Perspektive und geht davon aus, dass eine Entscheidung, die für sie gut war, für jeden das Richtige wäre.

Oder ist meine Perspektive vielleicht verzerrt? Wer weiß.

Ich nehme den Anruf an und führe mein Handy an mein Ohr. »Hi Mom.« »Hallo Liebling! Wie läuft's mit dem Backen?«

Ich lache. »Alles bestens. Wie geht es dir und Papa?«

»Oh, uns geht es gut. Wie geht es Tony?«

Ist das nicht die Millionen-Dollar-Frage? »Gut, denke ich? Ich weiß nicht. Ich habe in letzter Zeit nicht viel mit ihm gesprochen. Auf Arbeit ist viel los und ...« Ich versuche, mir eine weitere Ausrede einfallen zu lassen, warum er und ich nicht miteinander gesprochen haben. Mir fällt keine ein.

»Nun, das ist schön. Ein sicherer Job ist viel Wert.«

Ich habe diesen Vortrag schon öfter gehört, als ich zählen kann. »Ich weiß. Es ist großartig, dass er viel zu tun hat.«

»Das ist richtig. Hat er dir schon die große Frage gestellt?«

Dieses Mal kann ich das Stöhnen, das mir entgeht, nicht unterdrücken. »Mom, im Ernst?«

SIE WILL NICHT ÜBERFÜRSORGLICH SEIN, UND ICH BIN MIR sicher, dass ich mir vieles davon einbilde, aber das hindert mich nicht daran, wie ein Teenager zu reagieren.

»Was?«, verteidigt sie sich, ihre Stimme tropft vor Unschuld.

Ich verdrehe die Augen. »Wir haben dieses Gespräch bereits milliardenfach geführt.

Denkst du nicht, ich hätte dich angerufen, wenn wir uns verlobt hätten?« Sie summt zustimmend.

»Und zweitens sind wir nicht bereit für die Ehe. Ich möchte nicht, dass er mir jetzt einen Antrag macht. Wenn wir soweit sind, werden wir sehen, wie es weiter geht. Aber bis dahin, vergiss es.«

Jetzt ist sie an der Reihe zu stöhnen. »Indie, ihr seid seit über einem Jahrzehnt zusammen. Wie um alles in der Welt seid ihr zwei nicht soweit?«

Ich drücke gegen meinen Nasenrücken und denke über eine sinnvolle Antwort nach, aber mir fällt keine ein. Sie versteht es nicht. Sie ist seit über dreißig Jahren glücklich mit demselben Mann verheiratet. Heiratete ihn direkt nach der Schule und bekam mich zehn Monate später. Die Entscheidung war richtig für sie. Was sie nicht versteht, ist, dass es möglicherweise nicht für alle so funktioniert. Und was noch wichtiger ist, womöglich ist es für *mich* nicht der richtige Weg.

Vielleicht werde ich nie heiraten. Ist das ein Verbrechen? Ich meine ... Ich *dachte* zwar immer, ich würde, aber jetzt, da die Ehe offensichtlich der nächste Schritt in meiner Beziehung zu Tony ist, kann ich mich einfach nicht darin wiederfinden.

»Ich weiß nicht, aber die Dinge waren in letzter Zeit — *angespannt« - ich kämpfe darum, das richtige* Wort zu finden. »Es ist, als leben wir seit acht Jahren nebeneinander her und haben keine Ahnung, wie *wir* wieder zueinanderfinden können, weißt du?«

»Ich verstehe das, aber manchmal muss man einfach den Sprung wagen.

Es könnte gut für euch beide sein. Ich möchte, dass du glücklich bist.«

Ich atme tief ein und versuche mein Temperament zu zügeln. Ich weiß, dass sie es gut meint, aber das hilft nicht. Sollte ich nicht glücklich sein, *bevor* ich heirate, anstatt zu heiraten, um glücklich zu sein? Sollte ich nicht bis über beide Ohren verliebt in den Kerl sein? Vielleicht sind es all diese Disney-Filme, mit denen ich aufgewachsen bin. Vielleicht habe ich eine verzerrte Sicht auf Beziehungen. Ich meine... Ich weiß, dass nicht immer alles perfekt ist, aber sollte ich nicht wenigstens *glücklich* sein, wenn ich mit meinem zukünftigen Ehepartner zusammen bin?

Ich bin mir ziemlich sicher, dass Gleichgültigkeit nicht der Parameter ist, den ich erreicht haben sollte.

Sie spürt mein Zögern, und ihre sanfte Stimme versucht, mich zu trösten, als sie wiederholt: »Ich möchte nur, dass du glücklich bist, Schatz. Das ist alles.«

»Danke für deinen Rat. Ich werde es in Betracht ziehen«, sage ich und bete für einen Themenwechsel. »Also, was gibt es Neues Zuhause?«

Wie durch ein Wunder schluckt meine Mutter den Köder und geht detailliert auf den neuesten Klatsch in der Nachbarschaft und die neuesten Angebote im Supermarkt ein.

Halleluja.

KAPITEL DREI

RHETT

Es ist eine Woche her, seit ich in der neuen Niederlassung angefangen habe. Zum Glück habe ich, weil ich oft auf Geschäftsreisen bin, bereits die Mehrheit der Leute kennengelernt, mit denen ich arbeite, was bedeutet, dass es kein sehr schwieriger Übergang war. Jedenfalls bis jetzt.

Außerdem arbeite ich im selben Büro wie mein bester Freund Nathan. Er ist ein ziemlicher Dummkopf, aber er ist auch meine rechte Hand sowohl bei der Arbeit als auch außerhalb.

Der heutige Tag begann reibungslos, endete aber in völligem Chaos. Der Vertrag zwischen einem potenziellen Investor und einem neuen Kunden von mir, StormShock Enterprises, ist geplatzt.

Nachdem Nathan und ich ein wenig nachgehakt und ein paar Fäden gezogen hatten, konnten wir einen anderen möglichen Investor finden, der sich für das Joint Venture interessiert. Wir haben nächste Woche ein Treffen mit ihnen, was bedeutet, dass ich verdammt viel Papierkram aufarbeiten muss, um alles fertig zu haben.

Es ist fast elf Uhr abends an einem Donnerstag, und ich bin völlig fertig. Ich ziehe meine Schlüssel aus der Tasche und gehe zu meiner Wohnung. Aber als ich meinen Gang erreiche, halte ich kurz an.

In der Nähe meiner Haustür befindet sich ein Haufen, von dem ich zunächst annehme, dass er ein gut gekleideter Obdachloser ist-bis ich einen Schritt näher komme. Es ist definitiv kein Obdachloser. Es ist mein Engel einer Nachbarin, die sich zu einer kleinen Kugel zusammengerollt hat und fest schläft.

Aber warum schläft sie im Gang?

Ich überlege, ob ich sie mit ihrer Fußmatte als erbärmlichem Matratzenersatz allein lassen oder ob ich sie wecken soll.

Eigentlich steht das nicht zur Debatte. Ich zögere jedoch immer noch, als ich mich zu ihr beuge, um ein paar Haarsträhnen von ihrer Stirn zu streichen.

»Indie? Ist alles in Ordnung?«

Sie schreckt auf, als hätte ich sie mit einem Feuerzeug verbrannt, bevor sie sich aufrappelt, und sich mit ihrem Rücken an ihrer Haustür anlehnt.

»Heilige Scheiße! Hast du mich erschreckt!«, kreischt sie. Indie packt ihre Brust, als hätte sie einen Herzinfarkt. Ich halte meine Hände kapitulierend hoch.

»Geht es dir gut? Ich wollte dich nicht erschrecken, ich dachte nur, dass etwas nicht stimmt, weil du hier draußen im Gang bist ...«

Sie schaut von mir zu ihrer Haustür und zurück. Dann reibt sie sich die Augen und steht auf. »Ich denke schon? Ich weiß nicht. Wie spät ist es?« »Kurz nach elf.« Grinsend frage ich: »Hast du eine Bank ausgeraubt und nach einem Versteck gesucht?«

Indie sieht verwirrt aus, bis sie meinem Blick auf ihr komplett schwarzes Outfit folgt. Sie verdreht die Augen, als sie endlich meinen Witz versteht. »Nein.«, sagt sie lang gezogen. »Ich habe mich aus der Wohnung ausgesperrt. Joggen mit Schlüsseln und Handy ist grässlich«, erklärt sie. »Mein Freund sollte um sechs zu Hause sein, also dachte ich, dass das kein Problem sein sollte. Aber ... anscheinend schon.« Ihr Ton trieft vor lauter Ärger und Frustration. Tatsächlich lenkt mich ihr herber Kommentar einen Moment lang von dem ab, was sie gerade preisgegeben hat.

Warte ...

»Du hast einen *Freund?*«

Sie zieht ihren unordentlichen, hohen Pferdeschwanz fest, während sie verlegen auf den Boden schaut. »Ähm… ja. Habe ich ihn nicht erwähnt?«, fragt sie ungeschickt.

Ich lache trocken. »Nein, ich glaube nicht.« Ich versuche unauffällig, tief durchzuatmen, in der Hoffnung, meine ungerechtfertigte Eifersucht einzudämmen. »Wie lange seid ihr zwei schon zusammen?«

»Viel zu lange«, antwortet sie, bevor sie sich schnell korrigieret. »Das war ein Scherz. Wir sind jetzt seit dreizehn Jahren zusammen. Wir haben uns im Kindergarten kennengelernt, aber offiziell sind wir seit meinem ersten Highschool Jahr zusammen.« Ich spüre einen Hauch von Groll in ihrer Stimme, aber vielleicht ist das ein Wunschdenken meinerseits.

»Hast du ihn angerufen?«

Sie verdreht die Augen, bevor sie ihr Handy hochhebt und damit herumfuchtelt. »Das habe ich probiert. Es ging sofort die Mailbox ran.

Ihr Tonfall deutet darauf hin, dass sie es gewohnt ist, ignoriert zu werden. Aber vielleicht ist auch das Wunschdenken.

»Das tut mir leid«, antworte ich aufrichtig. Niemand hat es verdient, im Gang zu schlafen, besonders wenn ihr dummer Freund nicht ans Telefon geht.

Sie seufzt niedergeschlagen. »Davon geht die Welt nicht unter.«

»Trotzdem scheiße.«

Sie nickt und wiegt sich auf den Fersen ihrer Laufschuhe hin und her.

Eine unangenehme Stille erfüllt den Gang. Ohne groß darüber nachzudenken, spreche ich ein Angebot aus. »Willst du in meiner Wohnung warten, bis er nach Hause kommt? Vielleicht ein bisschen bequemer, als hier draußen.« Ich deute auf ihre Fußmatte.

Sie wechselt von einem Fuß auf den anderen und starrt auf die Fußmatte vor ihrer Haustür. Ich kann praktisch sehen, wie sich die Räder in ihrem Kopf drehen, während sie darüber debattiert, ob dies eine gute Idee ist oder nicht. Ehrlich gesagt bin ich mir auch nicht sicher, ob es eine gute Idee ist. Wahrscheinlich nicht, wenn es nach ihrer Anziehungskraft geht. Aber ich kann den Gedanken nicht ertragen, dass sie im Gang schläft, anstatt sich richtig auszuruhen. Muss sie nicht in ein paar Stunden auf Arbeit sein?

»Bist du sicher, dass das in Ordnung ist? Du schuldest mir nichts ...« Die gleiche unangenehme Stille wie zuvor füllt den Raum zwischen uns. Die Ringe unter ihren Augen bestätigen nur meine Entscheidung. Sie sieht verdammt müde aus.

Ich deute mit meinem Kopf zu meiner Haustür. »Komm herein.«

Sie braucht eine Sekunde, aber sie nickt und nimmt meine Einladung an. »Danke.«

Es gibt immer noch ein paar Kisten im Wohnzimmer, die ich schnell in die Ecke staple, während Indie im Eingangsbereich steht.

»Nimm doch Platz.« Ich deute auf die abgenutzte Ledercouch. »Kann ich dir was zu trinken bringen oder so?« Ihr

Blick fällt auf die kahlen Wände meines Wohnzimmers, bevor sie sich wieder zu mir umdreht.

»Äh, ja. Danke. Ein Getränk wäre toll.« Ich gehe in die Küche und nehme ein sauberes

Glas und fülle es mit Wasser aus dem Kühlschrank. »Also, wie war das Joggen?«

Sie zögert, bevor sie sich auf die Kante der Couch setzt. Es ist offensichtlich, dass sie sich in meinem persönlichen Bereich nicht sehr wohl fühlt. Aus irgendeinem Grund ist die Erkenntnis beunruhigend, obwohl ich nicht sicher bin, warum.

»Es war gut«, antwortet sie. »Es ist schön, in der Nähe vom Central Park zu leben, so kann ich mein Training machen, ohne gegen die Fußgängerflut anzukämpfen, weißt du?«

Ich nicke. »So geht es mir auch. Das war tatsächlich eines der Hauptkaufargumente für diese Wohnung. Ich bin gerne in der Nähe des Parks. Manchmal kann einen die Stadt etwas ersticken.« Ich gehe ein paar Schritte von der Küche zum Wohnzimmer, um ihr das Glas anzubieten. Sie nimmt einen Schluck und automatisch folgen meine Augen der Bewegung. *Freund, erinnerst du dich?* Ich räuspere mich, setze mich auf die Couch und achte darauf, ein ganzes Kissen zwischen uns zu lassen.

Falls Indie unseren Abstand wahrnimmt, erwähnt sie es nicht.

Stattdessen entspannt sie sich etwas mehr auf der Couch und lehnt sich gegen das Leder, während ihre Muskeln vor Erschöpfung dahinschmelzen. Sie seufzt zufrieden.

»Danke dir übrigens. Das fühlt sich so viel besser an als diese verdammte Fußmatte.« Ich lache warmherzig. »Jederzeit. Lässt dich dein Freund oft hängen?«

Ihr Rücken richtet sich zur Verteidigung auf, bevor sie

mit einem weiteren Seufzer antwortet. Nur dieses Mal hört er sich geschlagen an.

»Tony ist ein ziemlicher Workaholic und hat die Angewohnheit, die Außenwelt zu vergessen, weißt du? Es ist keine große Sache, und ich hätte darüber nachdenken sollen, bevor ich meine Schlüssel liegenlassen habe. Das wird natürlich nicht wieder vorkommen.« Sie verdreht die Augen und versucht, das Verhalten ihres Freundes abzuschwächen.

Ich lache trocken. »Ich denke, das ist wahrscheinlich eine kluge Idee.«

Eine angenehme Stille füllt den Raum, als Indie einen weiteren Schluck Wasser nimmt, bevor sie den Boden des Glases gegen ihr Bein lehnt.

Ihr Telefon klingelt und ich nehme ihr Getränk, damit sie antworten kann.

Von dem leisen Stöhnen, das ihren Lippen entgeht, nehme ich an, dass es ihr Freund ist. Ich gebe ihr etwas Privatsphäre, fliehe in die Küche und beginne das leere Glas zu spülen. Ich versuche, nicht zu lauschen, aber ich scheitere kläglich.

»Hey.« Ihr Ton ist kurz und voller Frustration. Das kann ich ihr nicht verübeln. Ich wäre auch sauer.

»Was? Ich muss eine Minute lang keinen Empfang gehabt haben oder so.« Stille.

»Nein. Ich habe meine Schlüssel nicht.« Noch mehr Stille.

»Ja, ich weiß ... Aber du hast gesagt, du würdest ...«

Sie bricht abrupt ab und ich nehme an, er hat aufgelegt. Meine Hände umklammern das Glas und drohen, es vor Frustration zu zerbrechen.

»Ich versteh schon.«

Ich schaue zu ihr hinüber und sehe, dass ihre Lippen zu einer dünnen Linie zusammengezogen sind.

»Ja. Okay. Ich bin beim Nachbarn.«

Ihre Augen wandern zu mir in die Küche, und ich drehe

mich um und gebe vor, sehr am Aufräumen der Utensilienschubladen interessiert zu sein, anstatt an dem völlig uninteressanten Gespräch, das hinter mir stattfindet.

»Na schön. Ich komme gleich.«

Ich mache noch eine Sekunde Pause, damit sie wieder zu sich kommen kann, bevor ich mich umdrehe und zurück zur Couch gehe.

Sie hebt ihr Handy in die Luft und schüttelt es einige Male hin und her. »Tony hat angerufen. Offensichtlich. Er hat endlich meine Nachrichten gelesen und ist gerade nach Hause gekommen.« Ihr Lächeln ist eingefroren, aber ich habe das Gefühl, es liegt an ihrem Freund und nicht an mir. »Danke, dass du mich heute Abend gerettet hast. Ich weiß das wirklich zu schätzen.«

»Jederzeit, Indie. Wenn du einen Ersatzschlüssel hast, kannst du ihn gerne bei mir zu Hause aufbewahren. So kann dir das nicht wieder passieren.«

»Das ist keine schlechte Idee. Normalerweise jogge ich nicht ohne Schlüssel, aber mein Freund hat mir versprochen, dass er zu Hause sein würde, deshalb habe ich gedacht, dass es keine große Sache wäre.« Sie verdreht verärgert die Augen, bevor sie laut gähnt. Das Mädchen ist fertig und braucht eine Portion Schlaf.

Ich verziehe das Gesicht, als mir der Gedanke kommt und versuche, meinen Beschützerinstinkt zu unterdrücken, der aus dem Nichts auftaucht, wenn ich an sie denke.

»Nochmals vielen Dank, dass ich hier rumhängen durfte. Komm morgen in die Bäckerei und ich reserviere dir einen Cronut. Aufs Haus natürlich.« Sie zwinkert mir spielerisch zu und verlässt die Wohnung dann durch meine Haustür.

KAPITEL VIER

INDIE

»Wo warst du?« Tonys Stimme ist voller Anschuldigungen, aber er macht sich nicht die Mühe, von der Couch aufzustehen.

Mir sträuben sich die Nackenhaare, aber ich versuche, meine erschöpften Emotionen in Schach zu halten. »Entschuldige - *wie* bitte?«, frage ich leise und fühle mich geschlagen.

»Wo warst du? Du sagtest, du seist ausgesperrt, und ich habe mich beeilt nach Hause zu kommen, nur um festzustellen, dass du verschwunden bist und nicht ans Telefon gehst. Ich war krank vor Sorge.«

Ich mache mich über die Übertreibung lustig, die er vom Stapel lässt. »Beeilt, nach Hause zu kommen? Im Ernst? Das willst du mir weißmachen?« Ich atme tief durch die Nase ein und bereite mich auf einen Streit vor, für den ich eigentlich keine Energie habe.

»Ich war bei unserem neuen Nachbarn gegenüber. Er sah mich vor der Tür schlafen und bot mir an, bei ihm zu warten, bis du auf meine Nachrichten reagierst. Mein Telefon klingelte nur einmal und ich antwortete sofort. Vielleicht gab es eine Netzstörung oder so? Keine Ahnung, aber als ich sah, dass du zu Hause warst, kam ich gleich rüber. Es ist keine so große Sache. Ich bin erschöpft und muss in« - Ich ziehe mein Handy heraus und sehe auf die Uhr, bevor ich meinen Kopf niedergeschlagen sinken lasse - »drei Stunden aufstehen. Ich gehe jetzt schlafen.

Wenn du noch mehr darüber reden möchtest, lass es uns bitte auf morgen verschieben, wenn du auf einen Kaffee vorbeischaust, okay?«

Ich drehe mich gerade zum Schlafzimmer, als seine kalte Stimme mich aufhält. »*Er?*« Verärgert richte ich mich gerade auf, drehe mich um, und starre ihn an.

»Ja *er*. Wenn du jemals zu Hause wärst, würde er dich sicher gerne kennenlernen und über Baseball oder was auch immer plaudern.« Ich winke abweisend mit der Hand durch die Luft. »Wirf nicht mit lächerlichen Anschuldigungen um dich, nur weil du sauer bist, dass ich fünfzehn Minuten lang nicht ans Telefon gegangen bin. Wenn wir damit anfangen, hätte ich in unserer Beziehung schon oft genug *Grund* genug gehabt zu gehen.« Mein bissiger Kommentar hängt für eine kurze Sekunde in der angespannten Luft, bevor ich mich von ihm abwende und in unser Schlafzimmer gehe.

Ich bin es leid zu kämpfen. Müde von den Streitereien in unserer Beziehung, die alle Höhepunkte erstickt haben. Ich kann mich nicht mehr erinnern, wann ich das letzte Mal *Tonys Gesellschaft wirklich* genossen habe. Das klingt hart, aber es ist die Wahrheit, und ich habe das Gefühl, ich sollte endlich ehrlich zu mir selbst sein.

Meine Mutter erinnert mich gerne daran, dass es normal ist, wenn es in einer so langen Beziehung, wie Tony's und meiner, eine Flaute gibt. Das Problem ist, dass unsere »Flaute« bereits ungefähr acht Jahre anhält. Und selbst davor kann ich nicht sicher sagen, ob ich jemals wirklich glücklich war oder ob wir einfach angefangen haben uns zu verabreden, weil es das war, was unsere Mütter, die schon ewig Freundinnen sind, von uns erwartet hatten. Ich suche weiter nach dem Licht am Ende unseres dunklen Tunnels ... aber ich finde es nicht. Jedes. Einzelne. Mal.

Ich bin mir nicht sicher, wie lange ich das noch kann, besonders wenn ich bedenke, dass ich bereits fast die Hälfte meines Lebens damit verbringe.

Ich schiebe meine negativen Gedanken beiseite, ziehe meine stinkende Laufkleidung aus und denke darüber nach zu duschen, entscheide mich aber dagegen, weil ich so verdammt erschöpft bin. Ich kann morgen früh duschen. Nachdem ich ein altes, schäbiges T-Shirt angezogen habe, das bis zu meinen Knien reicht, rutsche ich unter die kühlen Laken und gleite für den Rest der Nacht in einen unruhigen Schlaf.

TONY KAM NIE FÜR SEINEN MORGENKAFFEE VORBEI, ALSO streiten wir wohl immer noch. Mein Herz schmerzt bei dem Gedanken daran. Ein weiteres ungelöstes Problem wird unter den Teppich gekehrt.

Trotzdem zwinge ich mich dazu, mich auf die Arbeit zu konzentrieren, während ich mich durch die Tür schiebe, die die Küche von dem Verkaufsbereich trennt.

Als ich sehe, dass Rhett die Muffins ins Auge gefasst hat, weiß ich, dass die Arbeit im Vergleich zu ihm als Ablenkung gar nichts ist. Er trägt einen klassischen Business-Anzug, der ihm wie angegossen passt. Der obere Knopf seines weißen Hemdes ist geöffnet, was ihm ein weniger spießiges Aussehen verleiht, und seine linke Hand steckt beiläufig in seiner Tasche. Ich bin vielleicht in einer Beziehung, aber ich bin nicht blind. Der Typ sieht appetitlicher aus als jedes Gebäck in meinem Laden, und das sagt etwas aus.

»Hey, du!« Ich grinse, während ich mir die Hände an meiner fleckigen Schürze abwische.

»Hey. Also ich muss dich etwas fragen, aber du darfst nicht beleidigt sein.«

Meine Augen weiten sich und ich nehme mir eine Sekunde Zeit, um darüber nachzudenken, worauf er hinaus will. »Muss ich mir Sorgen machen?«

Er grinst breit, bevor er sein schiefes Lächeln in meine Richtung dreht.

Verdammt, er hat's echt drauf.

»Vielleicht.«

Ich schließe mich seinem ansteckenden Lachen an. »Nun, jetzt bin ich neugierig. Lass hören.«

»Wie zum Teufel kommt es, dass du keine 100 Kilo wiegst, wenn du so gut backen kannst? Ich habe die ganze Nacht von deinem Cronut geträumt.«

Ich beiße mir auf die Lippe, um die Röte einzudämmen, die sich über meine Haut schleicht.

»Ähm … ich jogge?«, antworte ich, obwohl es sich eher wie eine Frage anhört.

Er grinst. »Das habe ich gestern Abend schon herausgefunden. Aber ich glaube immer noch, ich müsste ungefähr fünfzig Meilen pro Tag laufen, wenn ich hier arbeiten würde. Mischst du irgendwas in dein Gebäck, damit deine Kunden süchtig werden?«

Ich winde mich unter seiner unschuldigen Neckerei. »Ja, in der Tat. Man nennt es Zucker. Gemischt mit Butter und Mehl hat es eine süchtig machende Wirkung.« Meine Stimme ist leise, als würde ich ihm vertrauliche Informationen anstelle von Allgemeinwissen preisgeben.

Er wackelt schelmisch mit den Brauen auf und ab. »Das gefällt mir. Wo ist mein Fix, Dealer?«

Meine Augen kräuseln sich amüsiert. »Bin gleich zurück.«

Ich nehme einen Cronut vom Rost, träufle die weiße Glasur darüber und lasse den Überschuss auf die Theke tropfen. Nach ein paar Sekunden nehme ich eine braune Papiertüte und bringe sie zu Rhett.

Er legt einen Zwanzig-Dollar-Schein auf den Tresen. Mein Blick wandert vorsichtig dahin.

»Hey, der geht aufs Haus«, erinnere ich ihn und schnippe das Geld in seine Richtung. Er nimmt ihn nicht zurück. »Dann nimm es halt als Trinkgeld. Ich muss meinen Lieferanten bei Laune halten.«

Ich schüttle den Kopf, während sich ein Grinsen auf meinem Gesicht auszubreiten droht. »Also, wie ist es mit deinem Freund gelaufen?« Er versucht, sich lässig zu verhalten, aber ich merke, dass er versucht, Informationen herauszubekommen. Ich bin auch ein wenig überrascht, dass er es angesprochen hat. Als er das letzte Mal da war, rannte er davon, als wäre die Hölle hinter ihm her, aber heute bleibt er für eine Minute, um sich zu unterhalten. Ich bin nicht sicher, ob mein schwaches Herz mit seiner Aufmerksamkeit umgehen kann. Besonders wenn er meinen Freund thematisiert. Seine Erwähnung von Tony trifft mich wie ein kalter Waschlappen im Gesicht.

»Ähm ...« Ich schweige, während mein Gesicht sich verzieht, und meine Augen durch den Raum wandern, um möglichst nicht auf Rhett zu landen. »Wirklich so schlimm?«

Ich verschränke meine Arme schützend vor meiner Brust und lasse meinen Blick endlich wieder auf ihn zurückwandern. »Nein, alles in Ordnung, denke ich? Nur… das Übliche.« Ich knabbere an meiner Unterlippe in der Hoffnung, mein Pokerface aufrecht zu halten. Rhett hat anscheinend die Angewohnheit, meine innersten Gedanken ans Licht zu bringen, und ich bin nicht bereit mich mit ihm über meine fehlgeschlagene Beziehung auszutauschen.

Er nickt, aber seine Augen leuchten besorgt.

»Ich weiß, wir kennen uns nicht gut, aber wenn du jemals etwas brauchst ...«

»Ja. Ich werde, ähm ... dann melde ich mich.« Ich lächle angespannt, während ich innerlich bete, dass er das Thema wechselt. Das fühlt sich verdammt viel persönlicher an, als unsere Beziehung sein sollte. »Indie.« Sein Ton ist gerade weich genug, um mich zu ködern. »Ich habe eine Schwester. Ich wünsche mir, dass ihr auch jemand hilft, wenn sie es jemals braucht. Ich kann nicht leugnen, dass ich mich von dir angezogen gefühlt habe, als wir uns das erste Mal trafen, aber seit ich erfahren habe, dass du bereits vergeben bist, bist du für mich tabu. Ich gehe nur mit Single Frauen aus. Ich glaube fest an Beziehungen und bin *kein* Betrüger. Du brauchst dir keine Sorgen zu machen, dass ich Hintergedanken habe. Verstehst du?«

Meine Brauen erreichen praktisch meinen Haaransatz, als er fertig ist.

»ÄhmJa. Ich auch nicht.«

Er lächelt mich warm an und der Anblick beruhigt mich sofort, so wie Aloe Vera bei einem Sonnenbrand, und ich schätze seine Bemühungen sehr.

»Gut. Wenn du jemals einen Freund zum Reden brauchst«, betont er, »dann bin ich für dich da.«

Ich nicke.

»Danke noch mal für den Cronut,« fügt er hinzu. »Diese Dinger werden mir noch den Tod bringen.« Er hebt die braune Tüte zum Gruß in meine Richtung, bevor er verschwindet und den Bürgersteig entlang spaziert, als wäre nichts gewesen.

»Tschüss«, flüstere ich in den Raum. Mein Blick folgt

ihm, bis er um die Ecke biegt und außer Sichtweite ist, sodass ich mich mit mir selbst und meinen widersprüchlichen Gefühlen auseinandersetzen kann.

Ich verpasse meine Pause. Wie war das noch mal? 30 Minuten ununterbrochen sitzen können? Es ist so lange her, dass ich mich fast nicht einmal erinnern kann.

Okay, ich bin ein bisschen albern. Es ist zwei Wochen her. Und es ist erst neun Uhr morgens, aber trotzdem. Meine Füße schmerzen und ich brauche eine Pause. Diese langen Schichten bringen mich um. Zum Glück werden Natalie und Sophie jeden Moment hier sein, um weiter eingearbeitet zu werden, und ich kann es kaum erwarten, dass sie sich zurechtfinden.

»Wenn man vom Teufel spricht«, murmle ich, während ihr Lachen zusammen mit der klingelnden Glocke an der Eingangstür durch den winzigen Laden hallt.

»Komm schon, Noogie. Wir wissen beide, dass du in ihn verliebt bist. Warum unternimmst du nichts, und schnappst dir den Kerl?«, neckt Sophie.

Natalies Wangen sind knallrot, was angesichts ihrer olivfarbenen Haut eine ziemliche Leistung ist.

»Kannst du endlich mal den Mund halten?« Ich bin *nicht* in deinen Bruder verliebt! Der Typ ist ein Arschloch!« Sie wirft ihre Hände in die Luft, bevor sie geschlagen stöhnt, als Sophie fortfährt und ihre Proteste völlig ignoriert.

»Er ist kein Arschloch! Er weiß einfach nicht, wie er mit dir umgehen soll, das ist alles. Komm schon, wenn wir Schwestern sein wollen, musst du ihn heiraten. Es tut mir leid, aber das haben wir geplant, seit wir fünf waren. Es gibt kein zurück mehr.« Ihre Arme sind fest in ihre winzigen Hüften gestemmt, als sie ihre Tirade beendet. Die Haltung lässt sie *fast* einschüchternd wirken ... wenn sie nicht die Größe einer Elfe hätte.

»Ich ignoriere dich«, antwortet Natalie, bevor sie mich

anspricht. »Hi. Entschuldigung, wir sind etwas spät dran. Dieses Plappermaul hier drüben«- sie zeigt auf Sophie - »begann irgendwelche Leute in der U-Bahn zu fragen, was sie von meinem Liebesleben halten.« Natalie verdreht dramatisch die Augen.

Sophie mischt sich von hinten ein. »Apropos, ich hätte dazu auch gerne deine Meinung gehört!« Natalie peitscht ihren ganzen Körper herum und gibt ihr den Todesblick.

»Nicht. Ein. Wort!«, zischt sie zwischen den Zähnen hindurch. Ihre Reaktion scheint Sophie nur zu ermutigen, da diese schelmisch grinst.

Meine Augen wandern zwischen den beiden Mädchen hin und her und beobachten die Show. Natalie rührt sich nicht und ich kann fast sehen, wie Rauch aus ihren Ohren aufsteigt. Nach einer angespannten Minute nimmt Sophie den Aufruhr ihrer Freundin wahr und gibt nach.

»Guuut.«, sagt sie lang gezogen. »Ich verschiebe das auf einen späteren Zeitpunkt.«

Natalies Körper sackt erleichtert in sich zusammen. »Vielen. Dank.«

Ich räuspere mich subtil, um anzudeuten, dass ich immer noch hier bin und sie definitiv nicht allein sind.

»Jetzt, wo wir das geklärt haben, sind wir bereit, etwas Arbeit zu erledigen?«

»Ja! Lasst uns backen!« Sophies Aufregung ist fast spürbar, und ich grinse zurück und nicke ihnen zu.

»Wunderbar! Dann können wir ja loslegen!«, stimme ich zu.

Zwanzig Minuten später ist mir klar, dass Sophie *keine* Bäckerin ist. Aber sie ist ein sozialer Schmetterling und kann ziemlich gut mit Zahlen umgehen, also ist ihr Platz vorne an der Kasse. Nach einer kurzen Einweisung übernimmt sie den Bereich und ist voll in ihrem Element, während sie eine Vielzahl von Kunden bedient, als ob ihr der Laden gehört. Ich bin begeistert!

Natalie hingegen ist eine vielversprechende Bäckerin, und ich freue mich darauf, sie in der Küche arbeiten zu lassen. Wir sind gerade damit fertig geworden, Zuckerkekse zu dekorieren, und ich zeige ihr, wie man die Eclairs füllt. Ich habe das Brandteiggebäck und die Crème Patisserie bereits vorbereitet, daher sollte es relativ einfach sein.

Ich nehme den Spritzbeutel, fülle ihn mit Creme und drehe den Deckel fest, um ihn Natalie zu reichen.

»Hier. Halte ihn fest und drücke fest von oben, damit es nicht über deine Hand quillt. Es gibt mehrere Techniken, wie man ein Eclair befüllt, ich bevorzuge ein paar Löcher in den Boden zu stechen und dann die Spitze der Tülle in die kleine Öffnung zu halten.« Ich demonstriere die Bewegungen, während ich sie verbal erkläre. »Als Nächstes drückst du die Füllung hinein, bis sie fast aus den Seiten sickert.«

Ich helfe ihr, die Creme in das Gebäck zu drücken. Nach einer Sekunde geht es ganz leicht durch und ich lasse den Druck aus dem Beutel. Natalie lächelt breit, als sie es selbst hinbekommt. Ihr Gesicht strahlt vor Triumph.

»Das ist erstaunlich!«

Ich kichere über ihre Begeisterung. »Es macht ziemlich viel Spaß, oder? Weiter so ... ich werde mit der Schokoladenglasur für die Deckel beginnen.«

Der hintere Bereich von Get Baked ist relativ klein, sodass wir uns unterhalten können, während wir beide weiter an unseren eigenen Jobs arbeiten.

»Also, erzähl mir von dir«, sagt Natalie, während sie vorsichtig Löcher in den Boden eines weiteren Eclairs pikst. »Woher kommst du? Hast du einen Freund? Was machst du am liebsten? Hast Du Haustiere? Einen grünen Daumen? Klär' mich auf!«

Ich lache. »Ich glaube, Sophie hat auf dich abgefärbt. Das sind sehr viele einzelne Fragen in einem Satz.«

Sie kichert, bevor sie die Gebäckschale anhebt und sie befüllt. »Du hast vermutlich recht. Aber das ist okay. Sophie ist die Beste. Sie mag verrückt erscheinen, aber sie ist verantwortungsbewusster, als man denkt.«

»Ja, sie scheint eine lustige Person zu sein.«

»Ist sie. Beantworte die Fragen! Wir haben noch genug Zeit, uns kennenzulernen, oder?« Ich rühre weiter die geschmolzene Butter und die Bitterschokolade auf dem Herd, während ich versuche, mich an ihre Fragen zu erinnern. »Mal sehen ... ich komme aus New Jersey und *habe* einen Freund. Wir sind schon so lange zusammen, wie ich mich zurückerinnern kann. Meine Lieblingsbeschäftigungen sind Backen und Joggen. Ich habe keine Haustiere, obwohl ich so gerne einen Hund haben würde, und ich habe definitiv keinen grünen Daumen. Du bist dran.«

»Na schön. Geboren in Süd Kalifornien. Kein Freund. Keine Haustiere. Ich liebe es, mit Sophie rumzuhängen und um die Häuser zu ziehen, sie ist so komisch, wenn sie betrunken ist. Und ich habe noch nie versucht, eine Pflanze zu versorgen, also kann ich nicht sagen, ob ich einen grünen Daumen habe oder nicht.« Sie zuckt mit den Achseln, bevor sie den letzten Eclair befüllt und sich zu mir an den Herd setzt.

Ich wollte sie gerade nach Sophies mysteriösem Bruder fragen, als Sophies Kopf erscheint.

»Du« - sie zeigt direkt auf mich - »hast einen Besucher. Und er ist der Hammer.« Sie fächert sich gespielt Luft mit der Hand zu. »Bitte sag mir, dass sein Freund Single ist. Bitte, Bitte, Bitte.« Mittlerweile, sind ihre Augen weit aufgerissen und blinzeln dramatisch, ihre Unterlippe ist weit herausgeschoben und ihre Hände sind vor ihrer Brust inbrünstig zum Gebet gefaltet.

Ich schüttle meinen Kopf, sowohl amüsiert über ihre Mätzchen als auch verwirrt darüber, wer möglicherweise nach mir fragen könnte.

Tony kommt nie vorbei, es sei denn, es ist für einen Kaffee früh morgens und dafür wäre es jetzt viel zu spät, was bedeutet, dass ich keine Ahnung habe, wer es sein könnte.

»Ooo-kay.«, sage ich lang gezogen, bevor ich zur Tür gehe, die zur Vorderseite des Ladens führt. Zögernd schaue ich durch die Tür und finde Rhett mit einem Fremden an seiner Seite. Mein Atem stockt bei dem Anblick. Schnell bringe ich meine Gesichtszüge unter Kontrolle. »Hey! Brauchst du Nachschub?«, necke ich ihn, während ich versuche, mir einzureden, dass er nur ein weiterer Kunde ist, und ich alle meine Kunden so behandle.

»Ja, tatsächlich. Ich war heute großzügig und habe Nathan ein Stück meines Cronut abgegeben.« Er neigt seinen Kopf in die Richtung des Fremden. »Er wollte meinen Dealer kennenlernen. Meinst du, er könnte auch einen Fix bekommen?« Rhett zwinkert mir spielerisch zu und mein Herz setzt einen Schlag aus.

Verdammtes Herz.

Ich kichere und liebe diesen Insider. »Schön dich kennenzulernen, Nathan. Leider ist dieser spezielle Fix vergriffen, aber ich kann dir einen frischen Eclair besorgen. Oder vielleicht ist hier in der Theke noch etwas dabei, das du probieren möchtest. Der Napoleon schmeckt auch sehr gut.«

Nathan lächelt böse, bevor er das Angebot begutachtet.

Jetzt wird's schwierig.

Ich versuche, mich weiterhin auf ihn zu konzentrieren, aber Rhetts Blick lenkt mich immer wieder ab. Ich kann praktisch fühlen, wie er mein Gesicht entlang gleitet und bis zu meinen Zehen wandert. Wir sind uns vielleicht beide einig, dass wir keine Betrüger sind und dass nie etwas zwischen uns laufen wird, aber Chemie ist Chemie. Und die haben wir.

»Ich glaube, ich werde die Eclairs probieren, wenn das in Ordnung ist?«, sagt Nathan schließlich nach einer Ewigkeit, aber seine Augen sind nicht auf mich gerichtet. Sie kleben an Sophie, die ihn von der Tür aus nicht gerade unauffällig beobachtet hat. Es ist offensichtlich, dass sie das ganze Gespräch belauscht.

»Ich bin gleich wieder da.« Ich schüttle Rhetts Blick ab und gehe in die Küche, während ich die erhitzten Blicke zwischen Rhetts Freund und meiner neuesten Angestellten völlig ignoriere. Natalie und Sophie benehmen sich so, als würden sie ein echtes Einhorn im Laden sehen, anstatt ein paar heißer Typen.

Ja, das gebe ich zu. Sie sind heiß.

Verdammt.

»Servietten sind da drüben«, necke ich die Mädchen, als ich an den beiden Zaungästen vorbei in das Hinterzimmer gleite, um die Eclairs zu holen. »Wischt euch den Sabber vom Mund, bevor ihr wieder rausgeht.«

Ich nehme zwei Stücke des Gebäcks und bringe sie zur Kasse.

»Der erste Fix geht auf's Haus. Du wirst wiederkommen.«

Nathan nimmt die Tasche und Rhett lacht, bevor er mir einen weiteren Zwanziger gibt, den ich aber entschieden ablehne.

»Nein. Der geht auf mich«, wiederhole ich.

»Komm schon. Lass mich wenigstens meinen bezahlen.« Seine Brauen heben sich und sein Mundwinkel verzieht sich verschmitzt, aber ich bleibe hart.

»Nein«, wiederhole ich. »Du hast mir gerade einen lebenslangen Kunden gebracht, mein Freund. Ein kostenloses Eclair ist das Mindeste, was ich tun kann.«

Sein Lächeln verwandelt sich in ein breites Grinsen,

während er den Schein in das Trinkgeldglas in der Nähe der Registrierkasse steckt.

»Ich muss meinen Dealer im Geschäft halten«, neckt er wie beim letzten Mal, als er mich mit Schmetterlingen und einem Zwanziger zurückgelassen hat, den ich meinen neuesten Mitarbeitern geben werde.

Sobald sich die Tür schließt, bricht ein Quietschen aus.

»Oh mein Gott! Bitte sag mir, dass er einen Bruder hat«, schwärmt Natalie.

»Nein, ich will Nathan. *Hast* du seine Muskeln unter diesem Anzug gesehen? Und dieses arrogante Grinsen?«, witzelt Sophie, bevor sie sich an Natalie wendet. »Sorry, Noogie. Du kannst keinen Bruder abbekommen, es sei denn, es ist *mein* Bruder.«

Ich halte meine Hände in die Luft, um mich ihrer Flut von Fragen zu ergeben. »Stopp! Wessen Bruder?«

»Mr. Groß, Dunkel und Gutaussehend. Hat er einen Bruder?«, wiederholt Nat.

Bei ihrer Beschreibung nehme ich an, dass sie Rhett meint. »Rhett? Ich habe keine Ahnung. Warum?«

»Du weißt nicht, ob dein Freund einen Bruder hat? Obwohl ihr schon so lange zusammen seid, wie du zurückdenken kannst? Mädel, in was für einer Beziehung lebt ihr?« Ihre Stirn zieht sich in Falten.

»Er ist nicht mein Freund«, korrigiere ich. »Äh ... bist du sicher?« Beide Mädchen sehen mich an, als wäre ich der größte Idiot auf dem Planeten.

Ich verdrehe die Augen. »Ich bin mir ziemlich sicher, das ich weiß, ob er mein Freund ist oder nicht. Warum fragst du?«

»Weil er seine Augen nicht von dir lassen konnte«, antwortet Natalie unverblümt.

»Und die Anziehungskraft zwischen euch war so groß, dass ich dachte, *ich bräuchte* eine kalte Dusche, als er weg war«, fügt Sophie hinzu. Sie tut fast so, als wäre ich ihre persönliche Reality-Fernsehserie.

Ich stöhne.

»Macht euch wieder an die Arbeit, ihr beiden.«

»O-Oh. Kommt nicht in Frage. Du musst uns ein *bisschen* was erzählen«, fährt Nat fort und ignoriert meine Bitte völlig.

Ich seufze. »Was wollt ihr wissen?«

»Wer. Ist. Er?«, fragen sie im Chor, während sie mich von beiden Seiten umschwärmen. Ich habe meine Meinung geändert. Ich habe beschlossen, dass sie eher Polizisten werden sollten, weil sie kurz davor sind, mich mit ihrer Befragungstechnik zu knacken.

Ich verziehe mein Gesicht und versuche meinen Mund zu halten, aber es funktioniert nicht.

»Na schön. Er heißt Rhett, ist mein neuer Nachbar und sehr nett. Er ist *nicht* mein Freund.« Ich achte darauf, den letzten Satz zu betonen. »Aber er *ist* ein wirklich netter Kerl.«

»Das hast du schon gesagt«, betont Natalie mit einem fiesen Grinsen auf ihrem Gesicht.

»Also wer ist dein Freund? Und ist er so heiß wie Rhett? Denn wenn nicht, musst du diesen Jungen fallen lassen und in den Rhett-Zug steigen, bevor er den Bahnhof verlässt.« Sophies Augen starren verträumt in die Ferne, und ich habe das Gefühl, dass ihre Gedanken nicht sonderlich jugendfrei sind.

Ich lache über die beiden. »Ihr seid beide gefeuert.« Das weckt sie auf und beide starren mich an, während ich fortfahre. »Mein Freund heißt übrigens Tony und er sieht auch wirklich gut aus.« Ich weiß nicht, warum ich ihn verteidige, da er gerade ausquartiert ist, aber ich denke, das macht eine treue Freundin.

»Gut für dich, denn wenn ich so einen Kerl hätte, der

mich so ansieht, wie er dich ansieht ....« Natalie ahmt Sophies Position nach und fächert sich dramatisch Luft zu, während wir alle drei in Gelächter ausbrechen.

»Macht euch nicht lächerlich. Zurück an die Arbeit!«

Wir verbringen den Rest des Nachmittags bis in den Abend hinein damit zu backen, zu lachen und uns wie lange verloren gegangene Freunde kennenzulernen. Und ich glaube ... das sind wir irgendwie auch.

KAPITEL FÜNF

RHETT

Es ist einen Monat her seit ich umgezogen bin, und es stellt sich endlich eine Routine ein. Aufwachen, Frühstück bei Get Baked besorgen, zur Arbeit gehen, durch den Central Park joggen, nach Hause kommen und ins Bett gehen. Gelegentlich mal mit Kumpels etwas Trinken gehen, aber das war es auch schon.

Das war kein Scherz, als ich sagte, Indie sei mein Dealer. Leider ist ihr Gebäck nicht das Einzige, nach dem ich süchtig bin. Ihr unschuldiges Lächeln, ihre indigoblauen Augen, ihre winzigen Ohrläppchen. Ja, sogar ihre Ohren sind bezaubernd.

Ich habe den Freund immer noch nicht kennengelernt. Ein Teil von mir möchte an die Tür klopfen, bis er öffnet, damit ich mich vergewissern kann, dass ihre Beziehung real ist. Um mich persönlich davon zu überzeugen, dass sie bereits vergeben ist. Dass sie unantastbar ist.

Dass ich sie nicht haben kann.

Es war keine Lüge, als ich sagte, ich sei kein Betrüger. Mein Vater hat meine Mutter betrogen, als ich zwölf Jahre alt war, und das hat unsere Familie auseinandergerissen. Ich weiß, dass Indie nicht verheiratet ist, aber das spielt keine Rolle. Betrügen ist betrügen. Schlicht und einfach.

Wenn sie Single wäre, würde das die ganze Situation *so* viel einfacher machen. Ich habe das Gefühl, die Sache lässt mich nicht los, obwohl mir die Hände gebunden sind. Es macht mich wahnsinnig.

Mein Telefon klingelt, als ich von einem langen Arbeitstag nach Hause gehe, und ich sehe den Namen meiner Mutter auf dem Display aufblitzen. »Hey, Mom.« Ich grinse.

»Hey Baby. Wie geht's dir?«

»Mir geht's gut. Ich gehe gerade nach Hause. Wie läuft's auf der Arbeit? Irgendwelche Kinder, die dich heute angespuckt haben?«

Meine Mutter ist eine pädiatrische Zahnarzthelferin, was bedeutet, dass sie den ganzen Tag mit Kindern zu tun hat. Du wärst überrascht, wie viele von ihnen beschissene Würgereflexe haben.

Sie lacht gutmütig. »Heute nicht, Gott sei Dank. Wie gewöhnst du dich so an den Big Apple?«

Ich zucke die Achseln, obwohl sie mich nicht sehen kann. »Nicht schlecht. Ich habe ein neues Unternehmen, das ich betreue, und wir hoffen diese Woche einen neuen potenziellen Investor zu bekommen.«

»Hört sich gut an, Baby.«

»Apropos Babys, wie geht es Laney?« Sie ist meine kleine Schwester und wird dieses Jahr die Highschool beenden. Unnötig zu erwähnen, dass sie für meine Eltern eine ziemliche Überraschung war.

Ich kann das Lächeln in der Stimme meiner Mutter hören. »Es geht ihr gut. Aber du weißt, wie sehr sie es hasst, wenn du sie ein Baby nennst.«

Ich lache. »Hey, du nennst mich auch immer noch Baby.«

»Ja, aber ich mache es aus Zuneigung. Du tust es, um sie zu ärgern,« argumentiert meine Mutter.

»Touchè. Ist sie mit jemandem zusammen? Du weißt, ich bin immer bereit, ein paar brüderliche Drohungen auszusprechen, nicht wahr?«

Meine Mutter lacht leicht, bevor sie meine Frage beantwortet. »Nichts Ernstes, mach dir keine Sorgen. Und wie geht es meinem Nathan?«, erkundigt sich meine Mutter und wechselt das Thema.

Nathan und ich haben uns auf dem College kennengelernt und sind seitdem beste Freunde. Obwohl wir nicht immer in der Nähe gelebt haben, ist Nathans Familie ein Haufen egoistischer Idioten, also hat meine Mutter ihn irgendwie adoptiert.

»Dem geht's gut.« Ich verschiebe das Thema Laney auf einen anderen Tag.

»Ist er mit jemandem zusammen?«, mischt sich meine Mutter weiter ein und ich lache noch einmal.

»Nicht wirklich ... es sei denn, du meinst seine wöchentlich wechselnden Dates«, scherze ich.

Sie schnappt nach Luft und ich kann mir fast vorstellen, wie es sie vor Ekel schüttelt.

»Junger Mann, du musst da jetzt *nicht* ins Detail gehen!«, ermahnt sie mich. Ich breche in dröhnendes Lachen aus.

Wenn sie nur wüsste.

»Apropos ... möchtest du mir etwas erzählen? Willst du mich zur Oma machen?« »Nö. Jedenfalls nicht so bald.«

»Das war alles? Das ist alles, was du mir dazu sagen willst?«

Ich schnaube. »Sorry, Mom. Keine Babys unterwegs. Auch keine Aussichten auf ein Mädchen.«

»Aber was ist mit dem Nachbarsmädchen, das du vor einiger Zeit erwähnt hast?«

Ich drücke mit meiner Hand frustriert meinen Nacken. »Oh, ja, *sie*.«

»Ja, sie«, stichelt sie. »Wie läuft es da?«

»Sie hat einen Freund«, sage ich ihr unverblümt. Zur Verteidigung meiner Mutter sprachen sie und ich über Indie, bevor ich von dem berüchtigten Freund erfuhr.

»Ah. Ja. Das ist eine Schande, Baby. Ich bin sicher, du wirst bald jemanden finden und mir viele Enkel schenken, okay?«

Es ist höchst unwahrscheinlich, dass dies passiert, aber ich war noch nie einer, der Träume zerstört, also sage ich: »Ich werde sehen, was ich tun kann.«

»Guter Junge. Dann erzähl mir etwas über deinen Investor.«

Also mache ich das. Ich erzähle ihr alle Details, und sie hört aufmerksam zu, wofür ich sie noch mehr liebe.

Als ich nach Hause komme, lächle ich von Ohr zu Ohr und fühle mich erfrischt von dem Gespräch mit meiner Mom.

Ich löse meine Krawatte, als ich mein Wohnhaus betrete und Indie sehe. Sie steht an der Wand, die mit winzigen Briefkästen bedeckt ist. Ihre langen, straffen Beine sind in Laufshorts zu sehen, und ich muss frustriert meine Hand über mein Gesicht reiben, um mich davon abzuhalten, sie noch genauer zu betrachten.

Meine Schlüssel klimpern, als ich mich neben sie schiebe und meinen Briefkasten aufschließe.

»Hey, du«, sagt sie und lächelt mich sanft an.

»Hey.« Ich schnappe mir einen kleinen Stapel Post und beginne, ihn zu sortieren. Indie entdeckt ein Lebensmittelprospekt in meinem Stapel und nimmt es mir aus den Händen.

»Sorry, ich nehme mal an, dass du kein Interesse daran hast.« Ich grinse. »Ich denke, damit hast du recht.«

Ihre Nase rümpft sich süß, als sie hinzufügt: »Ich habe immer recht.« Lachend entscheide ich mich, sie ein wenig zu ärgern. »Immer, ja?« »Mm-hmm.« Sie nickt und summt als Bestätigung.

Mein Blick verengt sich in stiller Herausforderung. »Na schön. Schokolade oder Vanille?«

»Kommt auf das Rezept an«, kontert sie, lehnt ihre Schulter an die Wand und schenkt mir ihre volle Aufmerksamkeit.

»Okay ... Basketball oder Football?« Sie lacht. »Äh ... Basketball?«

Ich runzele meine Stirn bei ihrer unsicheren Stimme. »Bist du dir da sicher?«

»Also ...«, schnaubt sie. »Da gibt es nicht wirklich eine richtige oder falsche Antwort. Es ist eine Meinung, beweist es also wirklich etwas?«

»Es beweist, ob du denkst, dass du immer recht hast oder nicht. Die Tatsache, dass du zugibst, dass es andere mögliche Antworten gibt, zeigt mir, dass du tatsächlich immer richtig liegst. Herzlichen Glückwunsch. Sag deinem Freund, dass er mir leidtut.«

»Und warum genau tut dir mein Freund leid?« Sie dreht sich um und stemmt beide Hände in die Hüften.

Ich lehne mich vor. »Weil es nicht einfach ist, mit jemandem zusammen zu sein, der immer im Recht ist. Das macht doch gar keinen Spaß, oder?«

Sie schnappt nach Luft und gibt vor, beleidigt zu sein. »Hey! So schlecht bin ich auch wieder nicht.«

Ich lache, weil ich einfach nicht anders kann. »Du hast recht, Sonnenschein. Du bist überhaupt nicht schlecht.« Als ich mich zum Aufzug umdrehe, grinse ich von Ohr zu Ohr. »Gar nicht schlecht«, murmle ich leise.

KAPITEL SECHS

INDIE

Es fühlt sich gut an, mit Rhett zu reden ... *so entspannt*. Ich kann nicht anders, als meine Gespräche mit ihm, mit Tony zu vergleichen, und das ist ein Unterschied wie Tag und Nacht. Nur eines dieser Gespräche lässt mich danach stundenlang mit einem riesigen Grinsen zurück. Ich hüpfe in die Dusche und entscheide mich dann, mir an einem Stand was zu Essen zu besorgen. Ich schlüpfe in ein schwarzes Trägershirt und kombiniere es mit abgeschnittenen Jeans.

Mein Gesicht ist frisch und sauber, als ich zur Tür unserer Wohnung gehe und am Eingang fast in Tony's muskulöse Brust renne.

Ich quietsche überrascht und springe ungefähr eine Meile in die Luft, während ich das Gefühl habe, gerade dabei erwischt worden zu sein, etwas Hinterhältiges zu tun. Obwohl das nicht der Fall ist.

»Hey.« Er lächelt. »Gehst du weg?«

Anscheinend streiten wir nicht mehr. Schock. Es ist nur eine weitere ungeklärte Auseinandersetzung, die unter einen sehr lumpigen Teppich gekehrt wird.

Ich zögere für eine kurze Sekunde, bevor mir wieder einfällt, was ich machen wollte. »Ja, tatsächlich. Ich wollte Essen gehen.« Ich zögere, bevor ich hinzufüge: »Möchtest du mitkommen?« Er antwortet nicht sofort. Stattdessen stellt Tony seine Aktentasche neben die Haustür und reibt dann seinen Nacken, um zu überlegen, ob er mitgehen soll oder nicht.

Es ist keine Raketenwissenschaft!

Ich kann die Absage bereits spüren, bevor er überhaupt spricht. »Ich muss einige wirklich wichtige Arbeiten nachholen. Warum bringst du mir nicht etwas mit?«

Ich stoße einen tiefen Atemzug aus, von dem ich nicht einmal gemerkt habe, dass ich ihn angehalten habe, und antworte: »Ich denke, es wäre gut für uns, ein bisschen Zeit miteinander zu verbringen, Tony. Wann haben wir uns das letzte Mal hingesetzt und tatsächlich ein Gespräch geführt? Wann haben wir das letzte Mal am selben Tisch gegessen? Ist das nicht erbärmlich?

Dass es so lange her ist, dass wir uns nicht mehr erinnern können, wann es das letzte Mal war?«

Ich bin selbst ein wenig überrascht, dass ich ihm meine Bedenken geäußert habe, da ich immer jemand war, der seine wahren Gefühle verbarg und argumentierte, dass es die Mühe nicht wert ist. Aber wenn eine Beziehung die Mühe nicht wert ist, warum zum Teufel bin ich dann in einer?

»Ich kann nicht gehen. Es tut mir leid. Aber geh. Amüsiere dich. Wir sehen uns, wenn du nach Hause kommst.«

Er geht ohne einen Kuss zum Abschied an mir vorbei und zieht sein Handy aus der Anzugtasche.

Seine Finger fliegen bereits schneller über das Display, als ich sagen kann: »Bis später.«

»Ich verstehe es nicht«, sage ich zu seiner verschwindenden Gestalt. »Du kommst heute früh von der Arbeit nach

Hause, nur um Arbeit aufzuarbeiten?« Sarkasmus sickert aus jedem Wort.

Tony dreht sich nicht einmal um. »Schau, ich habe momentan keine Zeit dafür. Geh und hab Spaß. Wir reden später.« Und damit verschwindet er den Flur hinunter ins Schlafzimmer und lässt mich allein an der Haustür zurück.

Ich weiß nicht warum, aber seine Missachtung bringt mich fast auf die Knie. Unsere Beziehung bröckelt vor meinen Augen und ich weiß nicht, wie ich das beheben soll.

Vergiss das. Unsere Beziehung liegt bereits unter meinen Turnschuhen in Trümmern und ich bin mir nicht sicher, ob es *repariert werden* kann.

Es ist nur ein Abendessen. Und das war's. Und es ist keine so große Sache, dass er nicht mitkommen will, und ich bin deshalb nicht verärgert. Was mich aufregt, ist, dass dies nur ein weiterer Teil von *uns* ist, der zusammenbricht. Es ist die Kombination all der anderen Male, in denen er mich umgehauen hat, all der anderen Male, in denen ich es vorgezogen habe, allein zu sein. Es ist die mangelnde Anstrengung auf beiden Seiten, die mich dazu bringt, die Stabilität unserer Beziehung und das Fundament, auf dem wir sie aufgebaut haben, infrage zu stellen.

Sollten wir nicht *Zeit* miteinander verbringen wollen?

Leise öffne ich die Haustür und schließe sie hinter mir. Mein Körper fühlt sich an, als würde er tausend Pfund wiegen, als ich den Flur entlang stapfe. Man könnte meinen, ich bin zwanzig Meilen anstatt fünf Schritte gelaufen, weil meine Lungen nach Sauerstoff schnappen.

Meine Güte. Das ist lächerlich.

Eine Tür schließt sich leise hinter mir und ein winziger Hoffnungsschimmer entzündet sich. Siehst du? Tony kümmert sich immer noch um unsere Beziehung. Er hat gemerkt, dass ich verletzt bin, und möchte Zeit mit mir verbringen. Ich drehe mich um und erwarte, dass Tony auf mich zukommt, aber ich sehe stattdessen meinen Nachbarn.

»Hey«, sagt er und ein Lächeln spielt auf seinen Lippen. »Lange nicht gesehen.«

Ich lache trocken, während ich versuche, Tränen der Enttäuschung zu unterdrücken.

»Hey.«

Rhetts Gesicht füllt sich mit Besorgnis, als er näher kommt. »Ist alles in Ordnung?«

Mein Kopf zittert leicht, ohne, dass ich es unterdrücken kann. »Ehrlich gesagt, ich weiß es nicht.« Ein weiteres humorloses Lachen entgeht mir. Das scheint mir heute Abend häufig zu passieren. Ich kann nicht glauben, dass ich meinem Nachbarn, der praktisch ein Fremder ist, etwas so Ehrliches zugegeben habe.

Ich muss gehen. *Jetzt.* Sonst werde ich mich noch vor Rhetts Füßen zu einer Kugel zusammenrollen und liegenbleiben. Ich drehe mich um, um die Treppe zu nehmen, aber Rhetts schwielige Hand greift sanft nach meinem Unterarm.

»Warte.«

Ich bleibe stehen, mein Herz schlägt bei seiner unschuldigen Berührung gegen meinen Brustkorb.

»Was ist los? Du hast vor weniger als dreißig Minuten noch gelächelt. Was hat sich geändert?«

Ich schüttle den Kopf, aber er wartet, ohne von seiner Frage oder seinem Anliegen abzulassen.

»Was ist los?«, wiederholt er leise.

Die Stille wirkt erstickend.

Nach einer Minute finde ich meine Stimme wieder. »Kann ich dich etwas fragen?« »Alles«, antwortet er schroff. Der grobkörnige Klang sorgt für Gänsehaut auf meinen

Armen. Oder vielleicht ist es seine Berührung, die sie auslöst. Ich denke, das werden wir nie erfahren.

»Wenn deine Freundin dich zum Abendessen einladen

würde und ihr wart seit mindestens sechs Monaten nicht mehr zusammen aus, würdest du gehen? Oder würdest du Arbeit als Ausrede benutzen, um dich, darum zu drücken? Ich meine, wieviel Zeit sollte ein Paar in einer Beziehung miteinander verbringen? Ist es eine wöchentliche Sache? Monatlich? Verdammt, einmal im Jahr?«

Er zieht sich ganz leicht zurück, als wäre er von meinen Fragen überrascht. Als ob meine Worte ein physischer Angriff wären, versucht er auszuweichen, weil er weiß, dass es chaotisch werden könnte.

»Ehrlich?« Seine faszinierenden Augen studieren mich, als läge ich unter einem Mikroskop.

Ich nicke und bete, dass er weiterredet.

»Jeder braucht gelegentlich seine Zeit alleine, aber warum mit jemandem zusammen sein, wenn man keine Zeit mit ihm verbringen möchte? Wenn ich das Glück hätte, in einer Beziehung mit einem Mädchen wie dir zu sein, würde ich jede wache Sekunde damit verbringen, mich in ihrer Gegenwart zu aalen. Ehrlich gesagt, bin ich mir nicht sicher, ob ich sie überhaupt aus den Augen lassen würde.« Sein Blick ist so fokussiert wie ein Laser, was mich unter seiner Intensität winden lässt. »Und nicht, weil ich ihr nicht vertrauen würde, sondern weil ich weiß, dass ich nicht in ihrer Liga spiele, und ich hätte jeden Moment Angst, dass sie das herausfinden würde.«

Ich schließe meine Augen fest, während ich zulasse, dass seine Worte für ein paar Sekunden meine Seele durchdringen. Irgendwie wusste er genau, was ich hören musste.

»Vielen Dank.« Meine Stimme ist nichts als ein Flüstern, die gedämpften Worte hängen in der Luft. Langsam öffne ich meine Augen und sehe, dass Rhett mich immer noch beobachtet. Keineswegs auf sexuelle Art. Aber es ist ... irgendwie intim.

Seine Hand bleibt immer noch an Ort und Stelle und als

ich auf seine Berührung hinabschaue, lässt er mich endlich los.

»Ich gehe besser«, sage ich und deute mit meinen Kopf in Richtung meiner Wohnung.

»Ich bin sowieso nicht mehr wirklich hungrig.« Meine Augen sind immer noch ein wenig glasig, als ich nach Worten ringe. Aber nach unserem kleinen Gespräch fühle ich mich besser. Leichter vielleicht?

»Wenn du jemals etwas brauchst, Indie ... ich bin nur ein paar Meter entfernt.« Sein Mundwinkel verzieht sich leicht, als ich zu meiner Haustür gehe, sie öffne und hinter mir schließe.

Sein Blick weicht nicht von mir, bis ich sicher zu Hause bin. Lässt mich nicht aus den Augen.

GESTERN ABEND WAR SCHEIẞE. ICH BLIEB UNGEFÄHR DREIẞIG Sekunden im selben Raum wie Tony, bevor ich das Handtuch warf, mich nackt auszog und mit verschlossener Tür ein heißes Bad nahm. Wir haben uns den ganzen Abend nicht zwei Worte gesagt. Und was *mich wirklich* frustriert, ist, dass Tony nicht einmal bemerkt hat, dass ich verärgert bin. Meine Stille löste keinen Alarm in seinem Kopf aus, der sagte: *Hmm ... Vielleicht ist Indie ein bisschen frustriert.* Der rationale Teil meines Gehirns erkennt, dass Männer keine Gedankenleser sind, und wenn ich wollte, dass er mit mir spricht, hätte ich etwas sagen sollen.

Der irrationale Teil meines Gehirns sagt, dass er es sowieso hätte wissen sollen.

Bäh! Ich atme tief ein, bevor ich meine Knöchel in den klebrigen Briocheteig hämmere. Der Geruch von Hefe und Zucker weht in der Luft und macht meine Wut etwas spürbarer. Diese Brötchen müssen erst heute Nachmittag fertig sein, aber ich arbeite gerne vor. Und die Scheiße aus etwas herauszuprügeln, ist die perfekte Art der Therapie.

Nachdem ich den Teig noch ein paar Minuten geknetet habe, arbeite ich einige getrocknete Preiselbeeren und gehackte weiße Schokoladenstücke hinein und stelle die Schüssel in die Gärschublade, damit der Teig aufgehen kann. Es ist noch früh, aber die Türglocke läutet und kündigt einen Kunden an. Schnell spüle ich meine Hände in der Spüle, bevor ich zur Theke gehe und Tony eine Tasse Kaffee einschenken kann.

»Hey. Ich bin spät dran, habe also nicht viel Zeit, aber ich wollte wissen, ob wir dieses Wochenende noch zu dieser Kochsache gehen? Ich habe eine Benachrichtigung auf meinem Handy erhalten.« Er stellt die Kaffeekanne wieder an ihren Platz, bevor er das Telefon greift und darauf tippt, als wäre ich nicht einmal anwesend.

»Willst du immer noch da hin?«, erkundige ich mich und kann den Schock in meiner Stimme nicht verbergen. Tony sieht zu mir auf und seine Augen brauchen eine Sekunde, um mich zum ersten Mal seit Wochen wirklich anzusehen.

»Natürlich möchte ich hin. Wenn es dir wichtig ist, dann ist es mir auch wichtig.«

Ich würde mich über die Absurdität seines Kommentars lustig machen, wenn sein Gesichtsausdruck nicht so verdammt aufrichtig aussehen würde.

»Meinst du das ernst?«, frage ich und fühle mich zum ersten Mal seit Jahren wieder verletzlich in unserer Beziehung.

Anscheinend haben wir heute Morgen viele *Premieren*.

Tony tritt einen Schritt zurück und tut so, als wäre meine Frage ein schwerer Schlag. Er schüttelt enttäuscht den Kopf. »Natürlich meine ich das ernst. Indie, wir sind schon immer zusammen. Ich liebe dich. Erinnerst du dich?«

Ich lasse seine Worte für eine Minute einwirken.

Erinnere ich mich, dass er mich liebt?

Hat er *mich jemals* geliebt?

»Baby, ich muss los, aber wir reden heute Abend oder so über die Kochsache, okay? Ich habe heute ein großes Meeting, und werde dann für ein paar Wochen weg sein. Steven möchte, dass ich ein Fertigungsproblem in China leite, und ich denke, das ist eine großartige Gelegenheit.« Seine Aufmerksamkeit kehrt zu seinem geliebten Telefon zurück und ich weiß, dass ich den alten Tony wieder verloren habe. Vorläufig jedenfalls.

Er geht ohne einen Blick zurück aus der Tür und ich bleibe allein mit meinen Erinnerungen zurück.

Zum Glück kommen Sophie und Natalie wenige Minuten später und ich bin dankbar für ihre Ablenkung. Ihre Anwesenheit ist eine deutliche Erinnerung daran, dass sich die Welt tatsächlich noch dreht und dass ich mir andere Sorgen machen muss als meine gescheiterte Beziehung.

»Warum so bedrückt?«, fragt Sophie, als sie hinter die Theke rutscht und sich eine frische Schürze schnappt.

»Ach nichts«, erwidere ich und versuche, sie damit zu beruhigen, während ich die Vitrinen mit Blaubeermuffins bestücke.

»O-Oh. Da muss ich Soph zustimmen, Indie. Du siehst deprimiert aus. Was ist denn los?« Natalie folgt Sophies Beispiel und bindet ihre Schürze um, bevor sie mir hilft, die Cronuts aufzufüllen.

Ich habe noch einen hinten für Rhett, nur für den Fall, dass er auftaucht.

Ich mache das Gleiche für Theresa und ihre Zitronenmohn-Muffins, also verurteile mich nicht!

»Alles in Ordnung. Nur Beziehungsprobleme, denke ich.« Ich zucke mit den Schultern, während ich bete, dass die Mädchen das Thema fallen lassen.

»Willst du wissen, wie man Beziehungsprobleme überwindet?«, fragt Sophie, ohne zu bemerken, dass ich nicht darüber reden will.

»Wie?«, frage ich widerwillig.

»Du legst dich unter jemand anderen.«

Meine Augen fallen mir bei ihrer lächerlichen Bemerkung fast heraus.

»Sie macht Witze«, fügt Natalie hinzu. »Aber im Ernst. Es ist Freitag. Warum machen wir heute Abend nichts? Vielleicht nach der Arbeit etwas Trinken gehen? Sieht so aus, als könntest du etwas Mädelzeit gebrauchen.«

»Und dafür sind wir genau die Richtigen«, witzelt Sophie. Man kann ihr die Begeisterung bei der Aussicht auf einen Mädelsabend ins Gesicht geschrieben sehen, sodass ich das Gefühl bekomme, wenn ich ihr Angebot ablehne, wäre es, als würde ich sie persönlich ablehnen.

»Na schön. Ich werde mitkommen, aber nur für eine Weile.«

»Yippieee!«, quietscht Sophie und fängt an wie eine Wahnsinnige herumzuspringen und mich in eine enge Umarmung zu ziehen. Natalie lacht ebenfalls und bevor ich mich umsehen kann, bin ich zwischen beiden Mädchen in einer Gruppenumarmung eingeklemmt. Es wäre unangenehm, wenn es nicht ... *sie wären.* Und ich liebe sie irgendwie dafür.

KAPITEL SIEBEN

RHETT

»Mr. Sucosky, wenn Sie sich Seite sieben des Berichts ansehen, werden Sie feststellen, dass durch die Investition in StormShock Enterprises der Umsatz um sechsundvierzig Prozent gesteigert wird. Dies bedeutet, dass Sie innerhalb eines Jahres bei gleichbleibender Gewinnspanne eine Kapitalrendite von sechsundneunzig Prozent erzielen. Und in den nächsten drei Jahren werden Sie ungefähr dreihundertsieben Prozent erreichen.«

Er blättert wie ein erfahrener Prüfer durch die Seiten der Darstellung. Der Typ ist dafür bekannt, ein Hai im Sitzungssaal zu sein, und ich habe persönlich gesehen, wie er erwachsene Männer zum Weinen gebracht hat.

Er schaut von dem Dokument auf, legt dann seine ausgestreckten Finger auf den Papierkram, und fixiert mich dabei mit seinem Blick. »Mr. Jacobs, Sie sind ein bekannter Geschäftsmann, und viele Männer, die ich respektiere, haben wegen Ihnen und Ihrem Partner viel Geld verdient.« Er nickt Nathan zu, der am Konferenztisch neben Anthony sitzt, einem Mitarbeiter von StormShock Enterprises.

Mr. Sucosky macht eine Pause, aber ich schweige und halte seinem Blick über dem Tisch stand. Ich bin kein Idiot. Er wird *mir mit Sicherheit in ungefähr zwei Sekunden ein ›aber‹* entgegenwerfen.

»Aber ich fordere eine zusätzliche Rendite von einem viertel Prozent meiner Investition als Sicherheitsnetz.«

Anthony beugt sich vor, um zu protestieren, aber ich sehe, wie Nathan ruhig seine Hand auf Anthony's Schulter legt und ihn davon abhält, diesen ganzen Deal zu vermasseln.

»Entschuldigen Sie, Mr. Sucosky, aber wenn Sie mich als Geschäftsmann respektieren, dann verstehen Sie, dass ich in all meinen Geschäften fair bin und das perfekte Geschäft für den perfekten Investor garantiere. Meine Aufgabe ist es, die bestmöglichen Kandidaten zusammenzustellen, um eine angenehme Beziehung zu gewährleisten, und«- ich werfe ihm ein arrogantes Grinsen zu- »eine sehr lukrative Partnerschaft. Dank Anthony's Präsentation haben Sie den Spielplan des Kunden für die Zukunft gesehen und wissen, dass dies eine solide Investition ist. Der Vertrag ist nicht verhandelbar. Und obwohl ich glaube, dass Sie der beste Kandidat sind, gibt es viele andere, die für diese Gelegenheit töten würden. Wenn Sie nicht an diesem Unternehmen interessiert sind, können wir sicher ein anderes Mal zusammenarbeiten. Diese spezielle Investition wird jedoch nicht mehr lange verfügbar sein. Das kann ich auch garantieren.«

Die Leute mögen ihn als Hai betrachten, aber er ist nichts als ein Beluga-Wal in diesem Konferenzraum, und nach seinen Gesichtsausdruck zu urteilen, kam er zu dem gleichen Schluss.

Er räuspert sich brüsk, bevor er nach dem blauen Kugelschreiber auf dem Tisch greift und mit seinem Namen auf der gepunkteten Linie unterschreibt.

»In Ordnung. Es ist schön, mit Ihnen Geschäfte zu machen, meine Herren.«

Mein Gesichtsausdruck wird sanfter, als er den Stift ablegt. »Immer wieder gerne.« Wir geben uns die Hand, bevor unsere Rezeptionistin ihn zum Aufzug führt.

Sobald sich die Türen schließen, springt Anthony von seinem Stuhl, und bricht in Jubel aus.

»Ja, verdammt! Wir haben es geschafft.«

Ich lache, klopfe ihm auf den Rücken und sage: »Wir haben es alle geschafft.

Glückwunsch, Mann! Grund zum Feiern!«

»Wir *haben alle Grund zum* Feiern«, wirft Nathan ein. »Weil Ihr Erfolg« - er zeigt auf Anthony - »unser Erfolg ist. Lasst uns etwas Trinken gehen!«

Anthony zieht sein Handy heraus und beginnt auf dem Display zu tippen. »Kann nicht.

Ich muss meiner Freundin erst die guten Nachrichten erzählen. Wir sehen uns später!« Er verlässt den Konferenzraum und Nathan richtet seine Aufmerksamkeit auf mich.

»Also. Sieht so aus, als ob nur du und ich übrig bleiben.«

Ich stöhne. »Mann, bin ich müde. Lass uns lieber morgen ausgehen.«

Ich habe viel zu viele Stunden damit verbracht, diese Präsentation zusammenzustellen, um sicherzugehen, dass sie reibungslos verläuft. Es ist ein Wunder, dass wir es geschafft haben, besonders als dieser ursprüngliche Investor abgesprungen ist. Zum Glück haben wir es geschafft, und jetzt möchte ich nach Hause gehen und mindestens zwölf Stunden wie ein Toter schlafen.

»Ein Drink«, bittet er. »Ich kenne einen Ort, an dem es die besten Burger gibt, und er ist nur einen Block von deiner neuen Wohnung entfernt. Komm schon, Mann. Genieße das Leben ein bisschen.«

Ich verdrehe die Augen, bevor ich ihm widerstrebend zustimme. Er hatte mich mit dem Wort *Burger geknackt.*

Es ist noch relativ früh, als wir eintreten, aber es ist schon einiges los. Die Bar wirkt eher wie eine irische Kneipe, und während an jeder Wand Fernseher hängen, steht die Bar ohne Zweifel im Mittelpunkt des Geschehens. Der Sitzbereich ist ziemlich klein und jeder Stuhl ist bereits besetzt.

Vorsichtig sehe ich zu Nathan, und mit erhobenen Brauen frage ich schweigend, ob das Warten auf diese Burger sich *wirklich* lohnen wird.

Er nickt mir begeistert zu und macht mir alle Hoffnungen zunichte, direkt nach Hause zu fahren und eine Woche lang zu schlafen.

Als ein Paar seine Plätze an der Bar räumt, klopft Nathan auf meinen Rücken und schubst mich nach vorne, um die eben freigewordenen Plätze zu beanspruchen.

Wir setzen uns beide auf die gepolsterten drehbaren Barhocker, als der Barkeeper auf uns zukommt.

»Was kann ich euch bringen, Jungs?«, fragt er mit leichtem irischen Akzent. »Zwei Burger und zwei Helle.« Nathans Stimme ist erstaunlich gut in dieser lauten Kneipe zu hören. Der Barkeeper nickt, bevor er sich umdreht, um zwei Gläser mit der bernsteinfarbenen Flüssigkeit zu füllen.

»Du bezahlst für meinen Burger«, grummle ich, als der Barkeeper einen eiskalten Krug Bier vor mich stellt.

Ich nicke ihm dankend zu, bevor ich das Bier anhebe und einen Schluck nehme. »Kommt nicht in Frage«, antwortet Nathan beiläufig. Ich brauche eine Sekunde, um zu kapieren, wovon er spricht.

»Hm?«

»Du bezahlst für deinen eigenen verdammten Burger, und bestellst noch einen Drink für deine Freundin da drüben. Verdammt, du solltest wahrscheinlich auch für meinen bezahlen.«

Er deutet mit seinem Kinn hinter mich und ich drehe mich um, um zu sehen, was seine Aufmerksamkeit erregt hat.

Scheiße.

Nathan hat recht. Ich werde heute Abend für meinen eigenen Burger bezahlen, und ja … ich *sollte* wahrscheinlich anbieten, auch für ihn zu bezahlen.

Ich habe bereits auf der ganzen Welt schöne Frauen gesehen. Aber ich habe *noch nie* jemanden so Atemberaubendes gesehen wie das Mädchen hinter mir.

Verführerisches schwarzes Kleid, lockeres, schulterlanges Haar und Absätze, die jeden Zentimeter ihrer Beine köstlich aussehen lassen. Ich bin so konzentriert auf diesen Anblick, dass ich eine Sekunde brauche, um zu begreifen, dass ich sie tatsächlich kenne.

Ich muss meinen Kopf physisch hin und her schütteln, um mein Blut dort zu halten, wo es hingehört, anstatt wegen des Meisterwerks vor mir bergabzurasen.

Ein Mann in Lederjacke und nach hinten gekämmten, fettigen Haaren, kommt von hinten auf sie zu. Er schlingt seine Arme um Indies Taille und das Besitzergreifende in dieser Berührung fühlt sich an wie ein Tritt in den Bauch. Ich sehe, wie er seine Lippen gegen ihren Hals drückt, und meine Fäuste ballen sich um mein Glas.

Ich hätte nie gedacht, dass Indies Freund so aussieht. Aus irgendeinem unerklärlichen Grund dachte ich, sie würde mit jemandem zusammen sein, der mir ähnlicher war. Jemand, der Business-Anzüge trägt und ein sexy Seitenlächeln hat. Eines, das er für sie alleine aufhebt.

Jemand, der sie zum Lachen bringt, ein Geräusch, dass ihn nachts wach hält, in der Hoffnung, es wieder zu hören.

Was ich *nicht* erwartet hatte, war ein schleimiger Arsch, der nach Axe Deo stinkt und sich nie die Haare wäscht.

Ich habe das Gefühl, ich beobachte ein Zugunglück, aber ich kann mich nicht abwenden, als er sich vorbeugt, um sie zu küssen. Ihre Reaktion ist nicht das, was ich erwarte. Anstatt ihn wie eine treue Freundin zu begrüßen, schiebt sie ihn eine Sekunde weg, bevor ihr Gesicht vor Wut rot wird.

Irgendetwas stimmt nicht.

Ich stehe von meinem Platz auf und stürme über den Linoleumboden, bevor ich über meine Handlungen nachdenken kann. Mein Drink ist bereits vergessen.

Ich greife mit der linken Hand nach dem Kragen der Lederjacke des Arsches, während mein anderer Arm nach hinten gespannt ist und bereit ist, den Bastard zu schlagen. Ich hole aus, ohne Fragen zu stellen, und bin nicht in der Lage mich zu bremsen.

Auf jeden Fall nicht das Klügste, was ich je gemacht habe, aber ich bin gerade voll auf Adrenalin. Das Bedürfnis, Indie zu beschützen, ist so groß, dass ich befürchte, ich könnte sie mir über meine Schulter werfen und sie zur nächsten Höhle bringen, wenn ich mich nicht in den Griff bekomme.

Der Kopf des Mannes peitscht von dem festen Schlag zurück, den ich gerade gelandet habe, und er fällt zu Boden.

Gut ... das war enttäuschend.

Ein Keuchen lenkt meine Aufmerksamkeit von dem auf dem Boden liegenden Körper ab und ich drehe mich um, um zu sehen, wie Indies zarte Finger geschockt ihren weit geöffneten Mund bedecken.

Ihre Augen sind nicht mehr so glasig wie zuvor, und ich habe das Gefühl, dass mein spontaner Schlag sie ziemlich ernüchtert hat.

»Alles in Ordnung?« Meine Stimme ist schroff, als ich einen Schritt auf sie zu mache. Ich untersuche sie von Kopf bis Fuß und suche nach einem Kratzer, einem fehlenden Haar, einer Falte in ihrem Kleid und allem, was mir sagt, dass es ihr nicht gut geht. Dass sie von außen nicht so perfekt ist wie innen nach diesem Durcheinander, das ich ihr versehentlich zu Füßen gelegt habe.

»Es geht mir gut«, haucht sie. Ihr Blick ist fest auf mich gerichtet und versucht lautlos,

mein schäumendes Temperament zu beruhigen.

Ich bin nicht böse auf sie. Ich bin wütend auf ihren Freund, der sie berührte, als sie nicht berührt werden wollte.

Und das ist nicht akzeptabel.

»Es tut mir leid, dass ich deinen Freund umgehauen habe«, entschuldige ich mich, aber meinem Ton fehlt die Aufrichtigkeit.

Es tut mir nicht leid. Keineswegs! Dieser Typ hatte das verdient. Zur Hölle, er verdient viel Schlimmeres für die Art, wie seine Berührung sie zu erschrecken schien.

»Das ist nicht mein Freund.« Indies Gesicht wird rot und ich fürchte, sie wird ohnmächtig, also führe ich sie zum Hocker neben Nathan. Er scheint von der Szene, die sich gerade abgespielt hat, sehr gut unterhalten zu sein und grinst uns beide an.

Der Hocker dreht sich, als Indie versucht, sich zu setzen. Sie rutscht fast von einem Ende ab, sodass ich nach dem gepolsterten Hocker greife, um ihn festzuhalten.

»Hoppla, Sonnenschein. Ist alles in Ordnung?« Sie wirkt ein wenig erschüttert, ein bisschen müde und mehr als nur ein bisschen verstört.

»Mm-hmm«, summt sie träge. Das widerhallende Geräusch lenkt meine Aufmerksamkeit auf ihre üppigen Lippen. Ich schüttle den Kopf und erinnere mich daran, dass sie tabu ist. »Alles gut.« Ihre Worte klingen leicht verwaschen.

Ja. Mehr als etwas verstört.

Der Barkeeper schiebt ihr ein Glas Wasser zu, bevor er mir zunickt, als wollte er sagen, dass er es gutheißt, dass ich mich in die Sache eingemischt habe. Ich bin dankbar, dass er die ganze Situation gesehen hat, denn wenn er es nicht getan hätte, würde ich wahrscheinlich wegen Körperverletzung ins Gefängnis wandern.

Sie trinkt gierig das Wasser, während ihre Freundinnen wie überfürsorgliche Hühner um sie herumschwirren. Ihre

Blicke hüpfen zwischen sich, ihrer Freundin und dem Kerl, der sie gerettet hat, hin und her. *Mir*. Anscheinend bin ich nicht der Einzige, der ein wenig verwirrt ist und einer Erklärung bedarf.

»Bist du sicher, dass es dir gut geht?«, fragt die Brünette, während sie an ihrer Unterlippe kaut.

»Ja. Was zum Teufel war das?«, fügt die Blondine hinzu und tut so, als würde sie dem Esel nachjagen und ihn mit ihren winzigen Fäusten schlagen. »Mir geht es gut.« Indie betont das Wort *gut*, bevor sie fortfährt. »Im Ernst, ich weiß nicht, was zum Teufel das war, aber es ist vorbei und mir geht es gut. Ich brauche nur ein ... Taxi oder so? Und Ibuprofen. Auf jeden Fall Ibuprofen.« Sie reibt sich ein paar Sekunden lang die Schläfen, während ich überlege, ob ich sie alleine lassen soll.

»Das ist wahrscheinlich eine gute Idee. Ich denke, wir sollten alle langsam heimgehen«, stimmt die Brünette zu und holt ihr Handy heraus, um ein Taxi zu rufen.

»Ihr müsst kein Taxi rufen. Ich werde dafür sorgen, dass ihr gut nach Hause kommt«, werfe ich ein.

»Das musst du nicht. Ich bin ein großes Mädchen.« Indie versucht aufzuspringen, aber ich fange sie auf, bevor sie auf ihrem Po landen kann.

»Ich weiß, dass du ein großes Mädchen bist, aber ich wohne dir gegenüber. Es ist keine große Sache für mich, dafür zu sorgen, dass du gut heimkommst.«

»Ich schaffe es ab hier, Batman«, witzelt sie und schüttelt meinen sanften Griff ab.

Widerwillig lasse ich sie.

»Batman?«, frage ich und ziehe meine Stirn in Falten.

Sie schlägt ihre Hand dramatisch in gespielter Aufrichtigkeit gegen ihr Herz. »Mein Held! Du hast mich gerettet!«

Ich verdrehe die Augen. »Na schön. Dann bin ich Batman, aber das bedeutet, dass ich sicherstellen muss, dass du sicher nach Hause kommst. Superhelden lassen Mädchen nicht alleine nach Hause gehen.« Mein Blick wandert zu Indies Freundinnen. »Und das schließt auch euch Damen ein.«

»Ich kann sie nach Hause bringen«, mischt sich Nathan ein und seine Augen leuchten unheilvoll, als er den Mädchen zunickt.

Ich habe ein wenig Angst, dass er sich nicht benehmen kann, und ich fühle mich nicht ganz wohl bei dem Gedanken, wenn er einen One-Night-Stand mit einem von Indies Freundinnen hat. Die Situation schreit nach Ärger, und davon habe ich für eine Nacht genug.

»Stopp.« Das dunkelhaarige Mädchen hebt den Zeigefinger und winkt uns, ihr eine Sekunde zu geben, während es mich direkt anstarrt. »Bist du sicher, dass du nicht ihr Freund bist?«

»Eindeutig«, antwortet Indie für mich. »Ich dachte, ich hätte dir das neulich schon gesagt?« Ihr Gesicht verzieht sich, als sie versucht sich zu erinnern, ob sie dem schwarzhaarigen Mädchen tatsächlich gesagt hat, dass wir nicht zusammen sind. Der Alkohol scheint ihre Erinnerungen vernebelt zu haben, und ich finde sie unglaublich charmant.

»War *er* dein Freund?«, fragt die Blondine und erregt Indies Aufmerksamkeit, als sie zu dem Ausgang geht, wo der Dummkopf kürzlich rausgeworfen wurde.

»Nein«, sagt Indie und drückt ihre Handfläche gegen ihre Stirn, damit sich der Raum nicht dreht.

»Wo zum Teufel ist dann dein Freund?« Nathan stellt die gleiche Frage, die mir auf der Zunge liegt, seit sie enthüllt hat, dass er heute Abend nicht hier ist.

Indie gähnt laut, als sie antwortet: »Arbeit, wahrscheinlich. Ich weiß nicht.« Sie zuckt die Achseln, bevor sie ungeschickt zur Tür geht und unser Gespräch beendet. Man könnte meinen, wir wären auf einem Kreuzfahrtschiff, so wie ihr Körper schwankt.

»Wie viel hat sie getrunken?«, frage ich ihre Freundinnen, während wir alle Indies erbärmlichen Versuch beobachten, die Räumlichkeiten zu verlassen.

»Anscheinend zu viel. Ich bin übrigens Natalie. Ich glaube nicht, dass wir offiziell vorgestellt wurden.« Sie hebt ihre Hand, damit ich sie schüttle, und ich nehme sie höflich an. »Rhett Jacobs. Ich bin Indies Nachbar. »Schön dich kennenzulernen.«

»Ich bin Sophie«, fügt die Blondine hinzu.

»Schön dich kennenzulernen.« Ich schüttle auch ihre Hand, bevor ich meine Aufmerksamkeit wieder auf Indie lenke. Sie lehnt sich an die Jukebox in der Ecke, abgelenkt von den blinkenden Lichtern und sieht absolut erschöpft aus.

Natalie folgt meinem Blick. »Ich glaube, sie hatte vorhin einen Streit mit ihrem Freund, aber ich bin mir nicht sicher. Sie hat uns nicht wirklich viel erzählt. Hast du gerade etwas darüber gesagt, dass du dich elend wohlfühlst?« Sie neigt ihren Kopf zur Seite, während sie versucht, sich an die genauen Worte zu erinnern, die Indie verwendet hat, bevor sie aufgibt und fortfährt. »Ich weiß nicht. Ich habe das Gefühl, dass die negativen Dinge etwas außer Kontrolle geraten sind. Sie wird morgen einen schlimmen Kater haben.« Natalie kräuselt angewidert die Nase, als würde sie sich an böse Kater aus ihrer Vergangenheit erinnern, und das kann ich ihr nicht verübeln.

Kater sind das Schlimmste.

»Ja«, stimme ich zu. »Ich werde sie sicher nach Hause bringen. Danke, dass du dich um sie kümmerst. Ist es für euch okay, wenn Nathan euch nach Hause bringt?«

Mein brüderlicher Instinkt wird voll aktiviert, als ich ihre Gesichtsausdrücke sehe.

Natalie sieht Nathan kaum an, während Sophie praktisch sabbert.

Bitte sei kein Dummkopf, Nathan.

»Damit bin ich definitiv einverstanden«, witzelt Sophie, leckt sich die Lippen und bestätigt damit meinen Verdacht, dass sie auch ein paar Drinks intus hat. Nathan grinst über beide Ohren wie ein Honigkuchenpferd, als er die Mädchen zu seinem Auto führt, ohne auch nur ein »Bis später«. Ich fluche leise, als ich sehe, wie sie alle durch den Ausgang gehen, bevor ich mich auf den Weg zu Indie mache.

»Also gut, Sonnenschein. Wir bringen dich nach Hause, okay?«

Sie nickt, bevor sie ihren Arm um meine Taille legt und sich an meine Brust schmiegt.

»Ich bin müde«, murmelt sie, legt ihren Kopf an meine Schulter und seufzt zufrieden. Die Fernseher und die überfüllte Bar summen leise im Hintergrund, während wir eine Minute so verharren. Als ich nach unten schaue, sehe ich, wie sich ihre Augen schließen.

Ich gebe ihr noch einen Moment, um die angenehme Stille zu genießen, die uns umgibt, bevor ich sie zum Ausgang schiebe. Sie wird bald einschlafen. »Komm schon, Indie. Lass uns dich nach Hause und ins Bett bringen.«

Vorsichtig greife ich nach ihren Händen und wickle sie von meinem Oberkörper ab, um sie dann um meinen Bizeps zu legen, damit sie etwas zum Festhalten hat. Sie legt ihren Kopf an meine Schulter und erlaubt mir, sie nach draußen zu führen.

Als uns die kühle Brise trifft, überrascht mich Indie, indem sie unser Gespräch von innen fortsetzt.

»Ein Bett wird meine Erschöpfung nicht beheben, Rhett.« Sie seufzt niedergeschlagen, als ihre Absätze gegen den Bürgersteig klopfen. Es ist noch früh und die Stadt wimmelt von geschäftigen Taxis, entferntem Hupen und Menschenmassen, die zu ihren unterschiedlichen Zielen eilen.

Ich halte an der Ecke neben unserem Wohnhaus inne. »Was meinst du damit, Sonnenschein?«

Ich sehe auf sie herab. Ihre Augen sind wieder friedlich geschlossen und der Großteil ihres Gewichts lehnt sich an meine Seite. Vorsichtig lege ich meinen Arm um ihre Taille, falls ihre Beine nachgeben und sie vor lauter Erschöpfung zusammenbricht.

»Ich meine, ich bin es leid, mich mit einer unglücklichen Beziehung abzufinden.« Sie öffnet die Augen und sieht mich durch ihre dicken, blonden Wimpern an, die mit dunkler Wimperntusche bedeckt sind. Ihr Make-up ist leicht verschmiert, aber sie ist immer noch wunderschön. Das tiefe Indigo ihrer Augen würde jeden Mann in die Knie zwingen. Sie hat keine Ahnung von der Macht, die von ihnen ausgeht.

»Meine Mutter sagt mir immer wieder, dass das normal ist, weißt du? Es ist normal, unglücklich zu sein. Ich meine, sie sagt das nicht direkt, aber ich kann das zwischen den Zeilen lesen. Was zum Teufel bedeutet das überhaupt?«, spottet sie. »Ich warte immer darauf, glücklich zu sein. Ich *versuche* es immer wieder. Macht das überhaupt Sinn?« Indie sieht mich an, als wäre ich der Mann, der alle Antworten hat. Ich habe keine Ahnung, was ich sagen soll. »Aber ich *bin* es leid, ich will nicht mehr. Und er auch nicht. Tony denkt vielleicht, dass er es noch will, aber am Ende des Tages bin ich es nicht wert. Unsere Beziehung ist es nicht wert. Und wenn keiner von uns das mehr will, warum zum Teufel sind wir dann noch zusammen?« Sie schüttelt wütend den Kopf. »Ich werde dir sagen warum: Wir haben uns *daran gewöhnt*. Weißt du? Wir kennen uns schon so lange und sind schon so lange zusammen ... dass wir keinen anderen Weg kennen. Wir fühlen uns wohl damit, missver ...« Sie bleibt abrupt stehen. Und kotzt mitten auf den Bürgersteig. Der Inhalt ihres Magens spritzt gegen den Beton, als ich sie zu einer Mülltonne führe und ihr Haar in einem provisorischen Pferdeschwanz halte, bis sie fertig ist.

»Ugh«, stöhnt sie, bevor sie sich mit dem Handrücken den Mund abwischt und die Wimperntusche ignoriert, die über ihre Wangen läuft.

»Warum habe ich so viel getrunken? Das ist fürchterlich! Ich will nach Hause gehen.« Indie lässt ihre Stirn an meine Brust fallen und ich gebe endlich meinen Instinkten nach. Ich schwinge einen Arm unter ihre Beine und den anderen um ihren Rücken, damit ich sie hochheben, und in unser Wohnhaus tragen kann. Ihre schlanken Arme legen sich um meinen Hals und sie seufzt leicht, als ich in den Aufzug trete.

Als wir zu ihrer Tür kommen, überlege ich, ob ich sie ablegen und nach einem Schlüssel suchen soll oder beten soll, dass ihr Freund zu Hause ist und sich von hier aus um sie kümmern kann.

Ich betrachte ihr bewusstloses Gesicht und beschließe, es mit dem Freund zu versuchen.

Verdammt, ich fühle mich diesem Mädchen schon viel zu sehr verbunden. Eine klare Erinnerung daran, dass sie tabu ist, kommt jetzt gerade recht.

Leise klopfe ich mit meinen Slippern etwas unkonventionell gegen die Tür und warte darauf, ob der besagte Freund die Tür öffnet.

Auf wundersame Weise öffnet sich die Tür und der Atem stockt mir in der Kehle. »Anthony?«

»Hey Mann, was gibt's?« Meine Anwesenheit überrascht ihn und es dauert eine Sekunde,

bis ihm klar wird, dass ich seine bewusstlose Freundin in meinen Armen halte.

»Was zur Hölle?«, fragt Anthony anklagend. Die Besorgnis ist ihm ins Gesicht geschrieben, als er sie auf Verletzungen untersucht und mir dann gestikuliert, sie zu übergeben. Sie wird mir von dem Kerl, in dessen Arme sie gehört, abgenommen, und ich spüre den Verlust sofort. Wie ein tiefer Schmerz, den keine Medizin heilen kann. Das Gefühl ist unerwartet und wird schnell gefolgt von Schuldgefühlen.

Anthony ist ein guter Kerl. Er ist einer der Gründe, warum meine Firma mich hierher gebracht hat. Verdammt, er ist der Grund, warum Nathan und ich heute Abend gefeiert haben.

Scheiße.

Warum zum Teufel war Indie mit Freundinnen unterwegs, anstatt mit Anthony zu feiern? »Betrügst du sie?« Die Frage rutscht mir aus meinem Mund, bevor ich darüber nachdenken kann. Ich war noch nie einer, der vor Konfrontationen zurückschreckt. Ich ziehe es vor, die Dinge direkt anzugehen, aber selbst ich bin überrascht von meiner dreisten Anfrage.

»Was?« Sein Gesicht verwandelt sich im Handumdrehen von Schock zu purer Empörung. »Wer denkst du, wer du bist? Und was hast du *an einem Freitagabend mit meiner* Freundin zu schaffen? Du hast gesagt, du würdest mit Nathan feiern gehen. Hast du *das* mit feiern gemeint?« Sein Kinn deutet nach unten und zeigt auf Indie in seinen Armen. »Ist sie deshalb nicht an ihr Handy gegangen? Weil sie *beschäftigt* war?« Er spuckt das letzte Wort fast aus. Mir sträuben sich die Nackenhaare.

Wut fließt durch meine Adern, aber ich versuche, sie einzudämmen. Schließlich ist es nicht meine Aufgabe, Indies Tugend zu verteidigen. Das ist die Aufgabe ihres Freundes.

Ich wähle meine nächsten Worte sorgfältig aus. »Anthony. Ich bin euer neuer Nachbar.« Ich zeige auf meine Tür gegenüber. »Ich habe Indie ein paar Mal getroffen und sie an der Bar gesehen, wo sie gerade sexuell belästigt wurde.« Das mag dramatisch klingen, aber wenn ein Mann ein Mädchen ohne ihre Erlaubnis berührt, ist es ein sexueller Übergriff.

Schlicht und einfach. »Ich bin dazwischen gegangen, habe die Sache geklärt und brachte sie nach Hause. Das war's.« Als ich fertig bin, ist Anthonys Gesicht kreideweiß und seine Augen sind vor Schock weit geöffnet.

»Scheiße«, murmelt er leise. »Es tut mir leid, Mann. Das hätte ich nicht sagen sollen. Es war nur ein langer Tag, das ist alles.«

Ich bin immer noch sauer auf seine Unterstellung, aber ich versuche, es loszulassen.

Verdammt, wir arbeiten zusammen, also *muss* ich es loslassen.

»Das ist schon ok.« Meine Stimme ist fest. Meine Worte sind kurz. »Sorge dafür, dass sie Schmerzmittel bekommt und viel Wasser trinkt. Ihr Kater wird übel sein.«

Ich drehe mich auf dem Absatz um und gehe mit geradem Rücken quer durch den Flur. Ich darf dieses Mädchen nicht mögen. Sie darf mir nichts von ihrer schwierigen Beziehung erzählen. Und ich sollte ihren Freund verdammt noch mal nicht kennen.

Wie gut stehen meine Chancen?

Sobald sich die Tür hinter mir schließt, stoße ich einen leisen Fluch aus, als ich in mein Schlafzimmer gehe, mich ausziehe und auf meinem Bett zusammenbreche.

Ich verbringe die nächsten Stunden damit, mich herumzuwälzen. Meine Gedanken kehren immer wieder zu der blonden Bombe zurück, die von ihrer Beziehung erschöpft ist. Aber ich kann nichts dagegen tun.

KAPITEL ACHT

INDIE

Mein Kopf pocht. Ich bin mir ziemlich sicher, dass ich meinen Herzschlag durch jedes rhythmische Pochen spüren kann, und das fühlt sich echt furchtbar an. Mein Mund ist trockener als die Mojave-Wüste und schmeckt nach stinkendem Käse. Ehrlich gesagt, *habe* ich noch nie stinkenden Käse gegessen, aber ich bin mir ziemlich sicher, dass er nach Biomüll schmeckt, und genau diesen Geschmack habe ich im Mund. *Igitt.*

Stöhnend rolle ich mich auf die Seite und werde mit einem Glas Wasser und vom Himmel gesandten Schmerzmitteln auf dem Nachttisch begrüßt.

Halleluja.

Gierig trinke ich die kühle Flüssigkeit, bevor ich die Tabletten schlucke und bete, dass sie innerhalb der nächsten dreißig Sekunden wirken. *Bitte, Bitte, Bitte.*

Mein Körper fühlt sich an, als wäre er mit Güllebeton gefüllt, als ich meinen pulsierenden Schädel zurück auf das Kissen lege.

»Hey.« Tonys sanfte Stimme ertönt vom anderen Ende

des Raums, aber meine Augen tun zu sehr weh, um sie zu öffnen.

Er ist niemand, der mich morgens weckt. Eigentlich bin ich mir ziemlich sicher, dass ich ihn samstags nie zu Hause sehe. Punkt. Es gibt immer noch Arbeit nachzuholen.

Anstatt zu antworten, schüttle ich meinen Kopf und grabe mich tiefer in die Kissen und Laken, während ich ihn völlig ignoriere.

Er lacht in sich hinein und der Klang wärmt mich auf *fast* ungewohnte Weise. Es ist viel zu lange her, seit ich es das letzte Mal gehört habe. Es erinnert mich an Schlammkuchen im Hinterhof meiner Eltern und an sommerliche Grillparties, als wir klein waren. Schritte machen sich auf den Weg zum Bett. Die Matratze gibt nach, als er sich auf die Kante setzt, und lässt mich näher an seinen Oberschenkel rollen.

»Hey«, wiederholt er. Ich kann nur stöhnen. Er lacht wieder und ich bekomme ein Deja Vu von vor dreißig Sekunden. »Wie fühlst du dich?« Noch ein Stöhnen.

»So gut, was? Kann ich irgendetwas tun, um zu helfen?«

Ich schüttle meinen Kopf mit geschlossenen Augen.

»Na schön. Ich habe einige Dinge, über die ich mit dir sprechen möchte. Eigentlich einige wirklich gute Nachrichten. Warum gehst du nicht duschen und dann können wir uns unterhalten?«

Ich schüttle wieder den Kopf.

Ich scheine das heute viel zu tun.

»Ich habe Bacon gemacht«, lockt er, bevor er aufsteht und zur Tür geht. Tony weiß, dass das mein Kryptonit ist, und komme was da wolle, ich bin in zehn Minuten da.

Bastard.

Ich mache alles für Bacon. Oder irgendeine andere Variante von Schweinefleisch. Gebackener Schinken mit Honigkruste ist auch ein Favorit von mir, aber das hebe ich mir normalerweise für die Feiertage auf.

Sieben von den zehn Minuten fühle ich mich immer noch wie ein Bleisack. Nach einem internen Aufmunterungsgespräch grabe ich tief und finde irgendwie die Kraft, meinen Hintern aus dem Bett in die Küche zu bringen. Die Dusche kann warten. Ich brauche wirklich etwas zu essen und Speck scheint das perfekte Heilmittel für diesen verdammten Kater zu sein. Mein Magen knurrt.

Vorsichtig setze ich mich auf den Stuhl am Tisch, bevor ich meine Ellbogen abstütze und meinen Kopf in meinen Händen halte. Mein Haar ist völlig zerzaust, während ich bete, dass der Speck magisch vor mir erscheint.

Tony schiebt einen Teller unter meine Nase und der Geruch trifft mich wie eine Abrissbirne. Gierig nehme ich ein Stück und beginne an der krümeligen Kruste zu knabbern.

»Es ist schon eine Weile her, seit wir zusammen gefrühstückt haben«, bemerkt Tony,

bevor er mir ein Glas Orangensaft gibt. Ich nehme einen Schluck und genieße den herben Geschmack, der auf meinen Geschmacksknospen explodiert.

»Ja. Das ist es wirklich.« Meine Stimme klingt so, als hätte ich kürzlich Glas gegurgelt,

also trinke ich noch etwas, um mich zu räuspern.

»Ich muss tatsächlich in den nächsten Minuten gehen.« Sein Kommentar macht mich auf ihn und seine Geschäftskleidung aufmerksam. Ich schnaube leise, als mein gebratenes Gehirn die Tatsache zusammensetzt, dass ich es so gewohnt bin, ihn in einem Anzug zu sehen, dass ich fast angenommen hätte, dass er in ihm geschlafen hat. Ich breche in Kichern aus, was meinen Verdacht bestätigt, dass ich von der letzten Nacht noch ein wenig betrunken sein könnte.

Ups.

»Natürlich tust du das.«, lache ich zynisch.

Seine Brauen sind besorgt zusammengezogen, als er mich von der anderen Seite des Tisches aus beobachtet.

»Ja. Wir haben gestern einen großen Investor gefunden, und ich wollte dir gestern Abend alles darüber erzählen, aber du bist nicht ans Telefon gegangen.« Er sieht mich scharf an und gibt mir das Gefühl, dass er sauer ist.

»Oh.« Ich mache eine Pause. »Ich ging mit Sophie und Natalie, den beiden neuen Mädchen, die ich eingestellt habe, auf einen Drink aus.«

»Was ist mit Rona passiert?«

»Sie hat ihr Baby bekommen.« »Sie war schwanger?« *Ernsthaft*?

»Yep.« Mein Gesicht verzieht sich. »Erinnerst du dich, du hättest mit mir zu ihrer Babyparty kommen sollen, aber dann hast du diese Reise nach Kalifornien gemacht?«

»Das habe ich wohl vergessen. Es war so viel auf Arbeit los, dass ich mich nicht mehr daran erinnern kann, ob du es erwähnt hast oder nicht. Egal, das ist großartig, dass du neue Mädchen eingestellt hast. Also, ich hoffe, dass das gut klappt.« Er hat Get Baked immer so unterstützt, dass mich seine Kommentare nicht überraschen. Aber dass er sich dafür interessiert? Das *ist* neu und ich schätze seine Aufrichtigkeit.

»Danke«, antworte ich und spüre schließlich die Wirkung der Schmerzmittel, während ich auf etwas knusprigerem Speck kaue. »Und es tut mir leid, dass ich nicht an mein Handy gegangen bin. Ich weiß, dass es keine Entschuldigung ist, aber ich hatte nicht damit gerechnet, etwas von dir zu hören. Normalerweise arbeitest du lang, und ich nahm an, dass gestern Abend da keine Ausnahme wäre.«

Tony nickt zustimmend, als wären meine Handlungen völlig verständlich.

Wir haben vor Jahren aufgehört, uns um seine Überstunden zu streiten. Jetzt ist es einfach normal. »Ich versteh schon. Ich hätte dich vorher warnen sollen, aber normalerweise gehst du Freitagabend nicht aus, also ...«

Ich bin mir ziemlich sicher, dass er keine Ahnung hat *oder* sich nicht darum kümmert,

was zum Teufel ich am Freitagabend mache, also entscheide ich mich, ihn ein wenig ins Schwitzen zu bringen, indem ich ihm keine Antwort gebe.

Ich zucke unverbindlich die Achseln, bevor ich einen weiteren Schluck aus meinem halb leeren Glas Orangensaft nehme.

»Wie fühlst du dich? Ich habe gehört, was passiert ist. Bist du in Ordnung?«

Sein Kommentar zählt nicht, also zucke ich weiter mit den Schultern und kaue und fühle mich nur ein bisschen schuldig für mein kindliches Verhalten. Mein Kopf tut zu sehr weh, um zu verstehen, wovon er spricht.

»Wie auch immer«, fährt er fort, »die Verhandlungen liefen großartig. Steve ist zufrieden mit all der Arbeit, die ich geleistet habe und hat mir eine Beförderung angeboten. Es wird noch etwas dauern, aber ich bin so kurz davor, Vizepräsident zu werden, das kann ich spüren!« Seine Stimme strahlt Begeisterung aus, während seine Augen vor Aufregung leuchten.

Ich dagegen fühle nichts als Verbitterung. Dass er noch mehr Zeit auf Arbeit verbringen muss, ist wie ein Schlag ins Gesicht.

Verdammt! Rhett hat einen Kerl geschlagen.

Und ich wurde irgendwie angegriffen. Darüber hat Tony vor einer Minute gesprochen. »Wie bin ich letzte Nacht nach Hause gekommen?«, kreische ich und bekomme Panik, als mich Erinnerungen von allen Seiten überrollen.

Scheiße.

Hat Rhett mich wirklich nach Hause gebracht? Habe ich ihm wirklich all diese Dinge über meine Beziehung zu Tony erzählt? Hat er mich wirklich in meine Wohnung getragen? Habe ich mich wirklich an ihn und seine himmlische muskulöse Brust gekuschelt?

Ich stöhne, als ich mit meinen Fingern durch meine Haare streiche, und frustriert meine Fingernägel in meine Kopfhaut grabe.

Scheiße. Scheiße. Scheiße.

»Was?«, fragt Tony. Er sieht völlig verblüfft aus.

»Ich erzähle dir, dass ich *endlich* Anerkennung von meinem Chef bekommen habe, und alles, was du dazu zu sagen hast, ist: *›Wie bin ich letzte Nacht nach Hause gekommen?‹*« Jetzt sieht er so aus, als wurde er geohrfeigt. »Indie, ich habe so verdammt hart dafür gearbeitet, aber du schiebst meine Neuigkeiten beiseite, als wäre es keine große Sache.«

»Es tut mir leid ...« Er hat das Recht, sich missachtet zu fühlen. Ich bin nur so verblüfft von dem, was passiert ist, dass ich nicht nachgedacht habe.

Er verschränkt die Arme vor der Brust, und ich kann sehen, wie er sich emotional direkt vor meinen Augen ausklinkt.

»Unser neuer Nachbar hat dich nach Hause gebracht«, informiert er mich widerwillig. »Ich arbeite übrigens mit ihm zusammen.«

Mir fällt der Kinnladen herunter. »Du arbeitest mit Rhett zusammen?«

Er stößt einen frustrierten Atemzug aus. »Ja. Komisch, dass du das interessanter findest als meine Beförderung.«

Scheiße.

Vorsichtig versuche ich, eine Antwort zu finden, die den alten Tony zu mir zurückbringt.

Derjenige, der mir Speck gemacht und Erinnerungen an eine glücklichere Zeit in unserer Beziehung zurückgeholt hat, aber er scheint sich in Luft aufgelöst zu haben. »Schau, ich freue mich wirklich für dich. Ernsthaft. Das tue ich. Steve sollte inzwischen wissen, wie großartig du bei deiner Arbeit bist, und ich bin froh, dass es sich endlich auszahlt.« *Hoffentlich.* »Es hat mich nur ein bisschen runtergezogen, dass du dann noch mehr Zeit auf Arbeit verbringst. Ich meine, wie viel mehr Zeit kannst du überhaupt noch dort verbringen? Willst du unter deinem Schreibtisch schlafen?« Sobald mir der sarkastische Kommentar rausgerutscht ist, ist mir klar, dass das ein Fehler war.

»Vielleicht mache ich das, Indie. Sieht so aus, als ob du mich hier nicht brauchst«, spottet er, während er sich vom Tisch aufrichtet und seinen Koffer greift.

»Ich muss gehen.« »Bis später.« Er schließt leise die Tür hinter sich. Das leise Klicken lässt mich stärker zusammenzucken, als es jemals ein Zuschlagen hätte tun können.

~

Ich dusche, nehme noch ein paar Schmerzmittel und ziehe ein weißes, fließendes Oberteil, abgeschnittene Shorts und ein paar flache Schuhe an. In New York wird es kälter, aber ich klammere mich immer noch mit jeder Faser meines Seins an die Vorstellung der warmen Sommerbrise. Selbst wenn mir mein Hintern einfriert, sobald ich nach draußen und zu Get Baked gehe.

Auf dem Weg zum Laden und zurück zu meinem Wohnhaus sind Erinnerungen an die letzte Nacht langsam durch meinen betrunkenen Dunst gesickert, und ich bin dankbar, dass ich endlich mein kleines Abenteuer rekonstruieren kann.

Alkohol und ich hatten immer eine ziemlich solide Beziehung. Ich habe immer gewusst, wo meine Grenze ist, und im Gegenzug bin ich immer dem schrecklichen Kater entkommen, über den die Leute reden.

Aber der gestrige Abend ist außer Kontrolle geraten. Ich habe getrunken, weil ich traurig war und gehofft habe, dass ich mich durch den Alkohol besser fühlen würde. Darauf bin ich nicht stolz, aber es ist die Wahrheit, und ich kann zugeben, wenn ich einen Fehler gemacht habe.

Was auf gestern Abend zutrifft. Einen *großen* Fehler.

Ich klopfe dreimal fest gegen die Tür vor mir.

Klopf. Klopf. Klopf.

Ich warte gespannt darauf, dass er die Tür öffnet.

Innerhalb von Sekunden öffnet sie sich und zeigt einen oberkörperfreien Rhett.

»Heilige Scheiße, Batman«, murmle ich leise, während ich den herrlichen Anblick vor mir begutachte.

Ich bin so konzentriert auf die gemeißelte Brust, dass ich das teuflische Grinsen seiner Lippen nicht bemerke, bis die Brust vor Lachen zittert und meine Augen nach oben zieht.

»Kann ich dir helfen?«, fragt er und lehnt eine muskulöse Schulter gegen den Türrahmen.

Die Bewegung lenkt mich fast wieder ab, aber irgendwie schaffe ich es, nicht zu Boden zu fallen und den Gott von einem Mann vor mir anzubeten.

Ich bin der Meinung, dass das eine brillante Idee wäre. Ich sollte auf jeden Fall versuchen, eine Kirche zu gründen, die sich um ihn dreht. Das ist nur logisch. Die Leute können kommen und ihn stundenlang anstarren, ohne müde zu werden von dem Meisterwerk seines Torsos und der Art und Weise, wie er sie fühlen lässt, als wären sie in den Himmel versetzt worden.

Beim zweiten Gedanken bin ich mir ziemlich sicher, dass sie Probleme mit der Massenkontrolle haben würden ... Vielleicht ist es das Beste, dass er diese Muskeln vor der Öffentlichkeit verbirgt.

Seufz.

Er räuspert sich und sein teuflisches Grinsen verwandelt

sich in ein breites Grinsen. »Kann ich dir helfen?«, wiederholt er.

»Oh. Ähm ...« Meine Augen hüpfen zwischen seinen Brustmuskeln, seinem Bizeps und seinem hübschen Lächeln hin und her.

Verdammt, er sieht zu gut aus.

»Ich wollte mich nur entschuldigen. Normalerweise trinke ich nicht viel und das war letzte Nacht ...” *War was? Eine Katastrophe*? "Hast du wirklich einen Kerl geschlagen?"

Er kichert leise und sein Blick fixiert mich. »Ja. Das tut mir leid. Ich war mir nicht sicher, an wie viel du dich erinnern würdest.«

Ich zucke zusammen und wiederhole meine Entschuldigung von früher. »Ich trinke wirklich nicht oft, ich schwöre. Letzte Nacht war eine große Ausnahme. Ich hatte einen harten Tag und die Mädchen schlugen vor etwas trinken zu gehen. Ich hatte nicht geplant, dass die Nacht so endet, und deshalb bin ich herübergekommen, um mich zu entschuldigen.« Verlegen schaue ich zu ihm auf. »Ich wollte mich auch dafür bedanken, dass du mich sicher nach Hause gebracht hast. Ich bin ein großes Mädchen, und ich bin sicher, ich hätte es selbst hinbekommen, aber es ist schön zu wissen, dass Ritterlichkeit nicht ausgestorben ist.«

Sein Blick wird weicher und lässt mein Herz schmelzen. »Jederzeit Sonnenschein.«

Ich räuspere mich, bevor ich ihm die Papiertüte in meiner Hand entgegenstrecke. »Hier.Das ist das Mindeste, was ich tun kann.«

Er nimmt die Tüte und schaut hinein, und ich sehe zu, wie seine Augen anfangen zu leuchten. »Meine Heldin«, scherzt er, holt den Cronut aus der Tüte und nimmt einen riesigen Bissen davon.

Ich kichere, als ich sehe, wie er das Ganze in wenigen

Sekunden verschlingt und möglicherweise mit seinen massiven Bissen einen Weltrekord schlägt.

»Es ist gut, dass ich meinen bereits auf dem Weg hierher gegessen habe, sonst könnte ich jetzt eifersüchtig werden«, necke ich. Mein Angestellter, Julio, arbeitet an den Wochenenden im Laden, um mir eine Pause zu gönnen, und ich bin dankbar, dass er ein paar Cronuts für mich beiseitegelegt hat. Rhetts Reaktion war die SMS am frühen Morgen absolut wert.

Er leckt seinen Daumen und Zeigefinger, und ich schlucke schwer bei dem Anblick.

»Ich, ähm ... ich schätze, wir sehen uns", biete ich an, bevor ich einen Schritt in Richtung meiner Tür mache.

»Wir sehen uns, Indie. Nochmals vielen Dank für den Fix.«

Er beobachtet mich, bis ich die Tür hinter mir mit einem leisen Klicken schließe. Das Bild von ihm, wie er sich über die Finger leckt, läuft für den Rest des Tages in einer Dauerschleife durch meinen Kopf.

KAPITEL NEUN

RHETT

Ich verbringe meinen Sonntag damit, herumzulungern und ein paar E-Mails zu lesen, und habe gerade einen gemütlichen Spaziergang durch den Central Park beendet, während ich an meinen Cronut-Dealer denke und daran, wie sie viel süchtiger sie macht als das Essen, das sie kreiert.

Dieses Mädchen ist das schönste Meisterwerk, das ich je gesehen habe. Ich habe es schon einmal gesagt, und ich werde es noch einmal sagen. Sie ist sowohl von innen als auch von außen atemberaubend und ich kann sie nicht aus meinem Kopf bekommen. Es wird zu einem Problem.

Sie ist definitiv kein Single, und egal wie instabil ihre Beziehung zu Anthony ist, ich werde nicht der Vorschlaghammer sein, der sie zerstört. Nein, sie und Anthony sind nicht verheiratet und haben keine Kinder. Und nein, ich habe selbst keine Beziehung, also habe ich keine Bindungen oder Verpflichtungen.

Aber es würde mich immer noch zu sehr zu dem Typ von Mensch machen, der ich nie sein wollte- einer, der die Grundregel ignoriert, *wenn es nicht deins ist, rühr' es nicht an.*

Ich weigere mich, wie mein Vater zu sein. Das werde ich nicht zulassen.

Um die Ecke meines Wohnhauses herum finde ich das Mädchen meiner Träume, das mit ihrem Handy am Ohr auf und ab geht.

Ich versuche, nicht zu lauschen, aber meine Neugier überwältigt mich.

»Du hast es versprochen«, zischt Indie wütend ins Telefon.

Sie hört der anderen Person zu, während ich mein Handy herausziehe, und vorgebe, eine SMS zu schreiben. Meine Ohren sind aber auf ihre vertraute Stimme gerichtet.

»Deine Ausreden interessieren mich nicht, Tony. Wir haben miteinander darüber gesprochen. Du sagtest, du wärst vor einer Stunde zu Hause, um dich fertigzumachen. *Du hast es versprochen*. Trotzdem bin ich hier. Allein. Ich kann nicht alleine zu einem Paarkochkurs gehen. Es macht den Zweck irgendwie zunichte, meinst du nicht auch?«

Stille.

»Du erwartest ernsthaft, dass ich in den nächsten zehn Minuten jemanden finden kann, der mit mir dahin geht? Wirklich?« Sie ist sauer. »Das ist jetzt nicht dein Ernst.«

Noch mehr Stille an ihrem Ende.

»Rhett? Du erwartest, dass ich an die Tür unseres Nachbarn klopfe und frage, ob er mich zu einem Kochkurs begleiten kann?«

Sie macht eine Pause.

»Es ist mir egal, ob du ihn kennst, und denkst, dass er ein netter Kerl ist. Es ist mir egal, dass *ich* ihn kenne, und denke, dass er ein netter Kerl ist. Der Punkt ist, dass du mich versetzt hast. *Schon wieder*.«

Sie seufzt geschlagen und ihre Haltung bricht in sich zusammen, als sie hört, was Anthony zu sagen hat.

»Na schön. Wir reden später«, murmelt sie niedergeschlagen, bevor sie den Anruf beendet.

Ich stecke mein Handy in die Tasche und räuspere mich, um sie wissen zu lassen, dass sie nicht allein ist. Sie schaut über ihre Schulter und zuckt zusammen, sobald ihr Blick meinen trifft.

»Hast du das alles gehört?« Sie hebt ihr Handy leicht an und lässt ihre Hand wieder fallen.

»Nur das letzte bisschen.« Sie nickt. »Und?«

Ich ziehe die Brauen zusammen. »Und was?«

»Also? Willst du mitkommen?« Sie kann mich kaum ansehen, als sie fragt, und ich weiß,

dass es eine Mischung aus Verlegenheit und Wut ist, die ihre Wangen färbt. Diesmal ist es ein Erröten, das ich nicht liebenswert finde. Niemand sollte diesem Mädchen jemals das Gefühl geben, weniger zu sein als die erstaunliche Seele, die sie ist. Trotzdem ist es fast so, als würde sie anstelle von mir den Taxifahrer fragen, da ihre Augen an dem gelben Taxi kleben, das am Bordstein wartet, was irgendwie lustig ist.

»Fragst du mich oder den Taxifahrer?«, necke ich sie.

Sie sieht mich mit ihren großen Rehaugen an, erwidert mein verspieltes Grinsen und fügt hinzu: »Oh, Gary steigt erst um zehn da aus. Also fürchte ich, du musst einspringen.«

Ich kichere, dankbar, dass ihr Sinn für Humor noch intakt ist.

»Vermutlich. Gib mir kurz, um mich umzuziehen, und du erklärst mir dann auf dem Weg, wo wir hingehen. Klingt gut, oder?«

Sie nickt erneut und ich habe das Gefühl, ich habe gerade ein kleines Stück des Gewichts von ihren Schultern genommen. Das fühlt sich gut an. Die Erkenntnis trifft mich, als ich die Tür zu unserem Wohnhaus aufreiße. Ich wäre bereit, verdammt viel mehr von ihrem Gepäck zu tragen, wenn sie sich jemals entschließen würde, es mir abzugeben. Und das ist ein verdammt gefährlicher Gedanke.

Einer, den ich nicht haben sollte.

Habe ich nicht vor weniger als zwanzig Minuten entschieden, dass ich etwas Abstand zwischen uns schaffen würde? Habe ich nicht entschieden, dass ich mit dem Feuer spiele, indem ich mich ihr nähere, und dass ich damit aufhören muss, bevor wir uns beide verbrennen?

Und ich wäre ein Idiot, wenn ich anders denken würde.

Ich gehe in meine Wohnung und ziehe mir ein lässiges Hemd mit Knöpfen und dunkle Jeans an. Indie trägt ein weiches blaues Sommerkleid mit Absätzen, das wie ein halblässiges Outfit wirkt, also versuche ich, das gleiche Kleidungsniveau zu erreichen. Ich weiß nicht wirklich, was ein Kochkurs beinhaltet, aber ich bin mir ziemlich sicher, dass ich von einem Dach springen würde, um Indie so lächeln zu sehen ... Ich denke, es ist nicht wirklich wichtig.

Als ich meine Schlüssel schnappe, lehnt sich Indie gegen den Türpfosten und sieht zum Vernaschen aus. Ich lenke meine Aufmerksamkeit von ihren langen, gebräunten Beinen ab und versuche stattdessen, mich auf ihr Gesicht zu konzentrieren. Leider regt das nur meine unangemessenen Gedanken weiter an. Sie ist absolut großartig. Ich würde gerne denken, dass ich mittlerweile an ihre einzigartige Schönheit gewöhnt bin, nachdem ich sie während unserer gelegentlichen Run-Ins auf dem Flur und meines täglichen Cronut-Fixes gesehen habe, aber das ist nicht der Fall.

Der Anblick ihrer dunklen Indigo-Augen, ihrer natürlich rosigen Wangen und ihrer vollen Lippen reicht immer noch aus, um mich jedes Mal umzuhauen, wenn ich sie sehe. Und dieses verdammte Kleid ist nicht hilfreich. Sogar ein Heiliger würde es schwer haben, sich zusammenzureißen, wenn so viel seidige Haut ausgestellt wäre.

Und ich bin kein Heiliger.

Es wird ein langer Abend werden.

»Also, wohin gehen wir?«, frage ich, als ich die Tür abschließe. »Hast du schon von diesem Restaurant *Charmant gehört?*«

Ich denke über ihre Frage nach, als wir zum Aufzug gehen. »Ja, ich habe wirklich gute Dinge über diesen Ort gehört.«

»Nun, es gibt da diesen berühmten französischen Chefkoch namens Thomas Arquette, der es eröffnet hat. Er gibt ungefähr alle sechs Monate einen Kochkurs für Paare, und Tony und ich wollten heute Abend daran teilnehmen. Offensichtlich schafft er es nicht.« Ihr Ton ist bitter und das kann man ihr nicht verübeln. Es ist leicht, zu sehen, dass sie sich auf diesen Kurs gefreut hat. Er hat sie im Stich gelassen.

Wenn ich raten müsste, ist dies nicht das erste Mal, dass das passiert ist.

»Und ... dürfen wir das Essen essen, das wir machen?«, scherze ich. Bei dem Gedanken läuft mir das Wasser im Mund zusammen.

Sie lacht leicht, bevor sie meine Bauchmuskeln tätschelt. »Ja. Soviel du willst, Mister.«

»Perfekt«, stöhne ich, während ich mir den Bauch reibe, als hätte ich seit Tagen nichts mehr gegessen. Mein Mund kann die köstliche Küche schon fast schmecken.

~

Fun Fact: Ich koche nicht. Ich bin schrecklich darin. Ich hatte nie wirklich die Zeit. Aber ich liebe es zu essen. Vielleicht kann ich mich zurücklehnen und entspannen,

während ich zusehe, wie Indie die Weltherrschaft an sich reißt, ein fluffiges Croissant nach dem anderen.

Wir sind das letzte Paar, das in der industriellen Küche ankommt. Es sind sechs Edelstahlarbeitsplätze eingerichtet und jeder verfügt über eine Reihe von Messern, Schneidebrettern und anderen Kochutensilien. Es ist auch ein Kochfeld in den Tisch eingebaut, und neben jedem befindet sich ein Minikühlschrank, der mit Gemüse und Milchprodukten gefüllt ist. Indie und ich machen uns auf den Weg zur einzigen offenen Station in der linken Ecke des Raumes.

Ein älterer Herr stolziert nach vorne, sobald wir an Ort und Stelle ankommen. Er trägt eine weiße Kochmütze, die perfekt auf seinem rasierten Kopf positioniert ist, und beginnt mit seiner Einführung.

»*Bonjour*. Ich bin Chefkoch Thomas Arquette.« Er spricht seinen Namen *Too-ma* aus.

»Ihr könnt mich in meiner Küche *Chefkoch* oder *Koch Thomas* nennen. Ich habe ein schreckliches Namensgedächtnis, also werde ich euch als Sous Chef bezeichnen, *comprenez-vous?*«

Insgesamt gibt es sechs Paare. Wir sind im ganzen Raum verstreut und unsere Köpfe nicken ihm brav zu.

»*Bien*«, lobt er. »Ihr solltet jetzt alle eure Schürzen anhaben, da das Kochen etwas chaotisch werden kann, *oui?*« Er hat einen ausgeprägten Akzent, aber er strahlt auch Geduld aus. Ich mag den Kerl sofort.

Indie und ich bemühen uns, unsere Schürzen anzuziehen, während der Rest der Paare die Anweisungen des Kochs stillschweigend anerkennt.

»Heute machen wir eine Soupe à l'oignon, Rindfleisch-Bourguignon und Schokoladensoufflé. Hat jemand von euch diese Gerichte bereits gekocht?« Er sieht sich im Raum um, aber nur ein paar Leute heben die Hände. Indie ist eine von ihnen.

Schock.

»*Parfait*. Sie sind hier, um zu lernen, und ich bin hier, um es ihnen beizubringen. Weiß jemand von euch, was Suppe à l'oignon auf Englisch bedeutet?« Wieder durchsucht er den Raum nach Freiwilligen und Indie hebt ihre Hand.

»Oui?« Chefkoch Thomas nickt Indie zu. »Es ist eine französische Zwiebelsuppe.«

»Parfait! Und was ist Rindfleisch-Bourguignon?«

Indie lächelt und genießt die Aufmerksamkeit. »Es ist ähnlich wie ein Rindfleischeintopf, aber das Fleisch wird in Rotwein geschmort.«

»Oui! Bravissimo!« Er klatscht begeistert. »Und wir alle wissen, was Schokoladensoufflé ist. Es ist ein kniffeliges Dessert, das die Angewohnheit hat, abzustürzen, nicht war?« Der Kurs lacht.

»Ich freue mich sehr, heute bei euch zu sein. Ich glaube, Kochen ist die Sprache *de l'amour.*

Es ist die Sprache der Liebe. Und deshalb unterrichte ich Paare, die verliebt sind, *wie* man kocht. Ich bin ein sehr beschäftigter Mann, aber ich muss mir Zeit für diese Dinge nehmen. Sie erinnern mich daran, warum ich meine Reise begonnen habe. Wisst ihr, ich hatte schon immer eine Leidenschaft für das Kochen, aber ich habe meine Reise erst wirklich begonnen, als ich anfing, für *mon amour* zu kochen. Meine Geliebte. Ich glaube fest daran, dass Paare, die zusammen kochen, zusammen bleiben. Und deshalb, Sous Chefs, sind wir heute hier.«

Subtil schaue ich zu Indie und frage mich, was sie denkt. Es ist wahrscheinlich unangenehm für sie, mich anstelle von Anthony neben sich zu haben.

Es ist definitiv unangenehm für mich.

Aber vielleicht macht es ihr nichts aus? Neulich sagte sie, dass sie nicht die beste Beziehung hatten, und nach ihrem Telefongespräch zu urteilen, ist dies wahrscheinlich nicht das erste Mal, dass er sie versetzt hat.

Trotzdem hätte ich ablehnen sollen. Es ist nicht wirklich wichtig, ob sie mit dieser Situation umgehen kann.

Ich kann es nicht.

Ich sollte nicht hier sein. Wir sind nicht einmal ein Paar. Es fällt mir schon schwer, mir diese kalte, harte Wahrheit vor Augen zu halten. Ich brauche keinen Franzosen mit einer Kochmütze, der mich daran erinnert.

Indies Gesicht ist blass rosa gefärbt, als ihr Blick meinen trifft.

Ich beuge mich vor und flüstere ihr ins Ohr: »Meinst du, wir sollten gehen?« Ich ziehe mich zurück, um ihre Reaktion zu sehen.

Ihr Blick hält meinen für eine Ewigkeit fest. Sie leckt sich die Lippen und schüttelt den Kopf. »Nein.«

»Bist du sicher?«, frage ich leise, unsere Gesichter sind nur Zentimeter voneinander entfernt.

Sie schluckt schwer. »Sicher.«

»Passt auf, *ihr oiseaux d'amour*«, unterbricht uns der Chefkoch von der Vorderseite des Raumes. Seine Stimme ist streng, aber seine Augen sind freundlich. »Hebt euch eure intimen Gespräche für das Schlafzimmer auf, *oui*?«

Indies Kiefer fällt herunter.

Wir sind absolut sprachlos, als wir feststellen, dass er mit uns spricht. Ich bin mir nicht sicher, ob es wegen der Rüge vor allen Kursteilnehmern ist, oder weil er das Schlafzimmer erwähnt hat. Aber wir nicken beide wie zwei Schulkinder, denen Nachsitzen droht.

»Parfait. Commençons.« Ich kann kein Französisch, aber ich nehme an, er hat so etwas wie *»Perfekt, fangen wir an«* gesagt, weil er direkt zur Suppenzubereitung übergeht.

Indie ist ein Naturtalent, was angesichts ihres Berufs keine Überraschung ist.

Ich versuche mich gerade darin, die Zwiebeln für die Suppe dünn zu schneiden. Nachdem ich die Erste in große Stücke geschlachtet habe, lacht Indie über meinen erbärmlichen Versuch.

»In Ordnung, Rhett. Sieht so aus, als ob du vielleicht ein bisschen Hilfe brauchst«, sagt sie und versucht, ihr neckendes Grinsen mit einem sanften Lächeln zu überdecken. Ihr Tonfall erinnert mich an eine Vorschullehrerin, die einem Dreijährigen zum ersten Mal hilft eine Schere zu benutzen.

Witzig. Die *ganze Situation erinnert mich sehr an die Schule.*

»Vielleicht…«, ich ziehe das Wort ganz lang. »Möchtest du mir zeigen, wie es geht?«

»Nur weil du nett gefragt hast«, neckt sie, bevor sie meine Position neben dem Schneidebrett betrachtet. »Hier, du hältst das Messer ganz falsch.«

Sie tritt hinter mich und schlingt ihre dünnen Arme um meine Vorderseite. Vorsichtig legt sie ihre zierliche kleine Hand auf meine, während sie das Universalmesser schwingt. Die Klinge ist nur etwa fünf Zoll lang, aber sie ist böse scharf.

Ihre andere Hand greift nach einer frischen Zwiebel und legt sie auf das Schneidebrett.

»Zuerst musst du ein wenig von der Seite abschneiden, damit du ein flaches Ende hast. Es ist viel einfacher, eine Zwiebel zu schneiden, wenn sie nicht überall auf dem Schneidebrett herumrollt.« Ich schaue über meine linke Schulter und finde Indies Indigo-Augen, die zu mir aufblicken. Ihre Lippen verziehen sich zu einem neckenden Grinsen.

Ich lächle schief im Gegenzug.

»Gut zu wissen«, murmle ich.

Indie räuspert sich, bevor sie sich wieder der anstehenden Aufgabe widmet. »Als Nächstes solltest du die Zwiebel nicht mit dem Messer zerschlagen, sondern mit der Klinge über das Fruchtfleisch des Gemüses streichen. Ungefähr so.« Sie führt das Messer und schiebt es in sanften, aber absichtlichen Bewegungen über die Zwiebel. Die Klinge schneidet leicht durch die Zwiebel und hinterlässt dünne Scheiben auf dem Schneidebrett.

»Perfekt!« Sie grinst und legt die Seite ihres Kopfes auf meine Schulter. Sie lässt mich die Führung übernehmen, indem sie ihre Hände entfernt, schwebt aber immer noch hinter mir, während sie um meine Schulter späht.

Ich kann mich nicht konzentrieren, wenn sie mich so berührt. Es ist so unschuldig, aber ich kann den Anflug von Lust spüren. Scheiße, vielleicht bilde ich mir das nur ein. Vielleicht war es das ganze Gerede davon, dass Kochen eine Sprache der Liebe ist. Vielleicht weil wir von lauter *echten* Paaren umgeben sind. Oder vielleicht wünschte ich mir, es wäre so.

Nicht mit irgendjemandem. Mit *ihr*.

Was auch immer es ist, es steigt mir langsam zu Kopf. Bringt mich dazu, Dinge zu wollen, die ich nicht will. Ich sehne mich nach Dingen, die ich nicht erreichen kann. Ich sehne mich danach, etwas zu berühren, das ich nicht berühren kann.

»Ihr seid ein schönes Paar«, sagt Chefkoch Thomas, als er vor unserem Tisch zum Stehen kommt. Er ist in den letzten dreißig Minuten durch den Raum gelaufen und hat hilfreiche Tipps und Einblicke gegeben. Aber sein Kommentar bringt uns beide zurück in die Realität.

»Oh, wir sind kein Paar.« Indies Wangen brennen, als sie den Satz herauspoltert.

»*Pardonne moi*«, entschuldigt er sich. »Das wundert mich. Ihr zwei scheint, mehr verliebt zu sein als viele von *les autres* Paaren.«

»Das ist schon ok. Überhaupt keine große Sache. Mach dir darüber keine Gedanken«, eilt sie, bevor sie sich hastig von mir entfernt, als hätte ich Läuse.

»Und warum seid ihr kein Paar, *pourtant?*«, grinst er schelmisch. Es ist offensichtlich, dass er es genießt zu sehen, wie Indie nervös wird. Und ich mag es auch irgendwie.

Ich sehe, wie Indie sich windet, während ich meine Arme vor meiner Brust verschränke und mich gegen die kühle Arbeitsplatte lehne. Der Moment ist ziemlich lustig, also macht es mir nichts aus, sie den Wölfen vorzuwerfen und sie dazu zu bringen, genau die Frage zu beantworten, die mich schon seit Tagen beschäftigt.

Anthony hat sie nicht verdient. Er ist ein guter Kerl. Aber er will sie nicht so wie ich. Wenn er das täte, wäre er jetzt hier. Indie ist diejenige, die das noch realisieren muss. Und mit dem armen Arsch schlussmachen muss, damit ich etwas unternehmen kann, ohne meine *einzige* Regel zu brechen.

»Oh, ähm ...« Ihre Augen wandern zu meinen, während sie lautlos um Hilfe schreit.

Ich werfe ihr mein schiefes Grinsen zu, bevor ich unschuldig mit den Achseln zucke.

Sonnenschein, ich habe mich die gleiche verdammte Sache gefragt.

Ihre Augen verengen sich und ihre Lippen verziehen sich leicht. Sie verstand meine stille Nachricht laut und deutlich. Ich werde nicht zur Rettung kommen.

Diesmal ist sie alleine.

»Es ist ... *kompliziert*, Chefkoch Thomas«, sagt sie ausweichend, bevor sie sich der Pfanne auf dem Herd zuwendet, ein Stück Butter hinein wirft und beobachtet, wie es schmilzt. Es braucht keine Raketenwissenschaft, um zu bemerken, dass sie gerade ihren Kochdozenten abblitzen lassen hat.

Chefkoch Thomas bricht in Gelächter aus. »Nimm dich vor ihr in acht, *Monsieur*. Sie ist *forte tête*. Eigensinnig«, übersetzt er, »und wird sich nicht rühren, wenn sie nicht will.« Er wirft einen Blick über Indies Schulter, grinst und geht zur nächsten Station.

Indie versucht, ein Schmunzeln über seinen Verweis zu unterdrücken, schafft es aber nicht.

Wir verbringen die nächste Stunde damit, die Soupe à l'oignon und den Rindfleisch-Bourguignon herzustellen und wie alte Freunde miteinander zu lachen. Es ist lustig, wie wir uns synchron bewegen, fast so als würden wir in der winzigen Küche zu einem Lied tanzen, das keiner von uns hören kann. Wir beide kennen die Bewegungen auswendig ohne jemals unterrichtet worden zu sein. Sie greift nach dem Messer und ich schlüpfe hinter sie, um den Knoblauch zu zerdrücken. Ich gehe nach links und sie wirbelt um mich herum, um eine Prise Pfeffer hinzuzufügen. Ich bin so ... ich bin mir ihrer Anwesenheit so bewusst, dass ich weiß, wo sie sich zu jedem erdenklichen Zeitpunkt befindet. Ich habe mich noch nie so gut mit jemandem gefühlt. Ich kann mir nur vorstellen, wie sich dieser raffinierte Trick im Schlafzimmer umsetzen lassen würde.

Ich schüttle meinen Kopf bei dem Gedanken.

Wir haben gerade unser Abendessen angerichtet, als Chefkoch Thomas jedes Paar bittet, einen gefüllten Teller an seinen Tisch zu bringen, sodass uns nur noch einer übrig bleibt.

Chefkoch Thomas nimmt den Teller, den Indie und ich vorbereitet haben und untersucht den Rindfleisch-Bourguignon, bevor er sich einen mundgerechten Bissen abschneidet.

»Bon Appetit.« Seine schelmischen Augen sind auf Indie gerichtet, als er seine Gabel hebt. Er nimmt einen Bissen und seine Lider schließen sich leicht und genießen die einzigartigen Gewürze und den trockenen Wein, mit dem wir ihn beim Kochen bespritzt haben.

»Parfait.«, nickt er zustimmend und ich kann fast spüren, wie Indie vor Begeisterung über sein Kompliment platzt.

Die Paare, die uns umgeben, heben ihre Gabeln und füttern sich abwechselnd wie es Liebespaare eben tun.

Indie und ich hingegen bewegen uns unbeholfen nebeneinander und diskutieren, wie wir aus dieser plötzlich intimen Situation herauskommen können, in die uns unser Lehrer gerade geworfen hat.

Hinterhältiger Teufel.

»Chefkoch Thomas!«, ruft Indie. Ihre Stimme trieft vor Verzweiflung. Er wandert mit einem hinterhältigen Schimmer in den Augen zu uns hinüber.

»Oui?«

»Entschuldigung, aber können wir noch eine Gabel bekommen? Es scheint, als hätten wir nur eine.« Indie nutzt die Gelegenheit, um das Besteck durch die Luft zu schwenken.

»Oui. Ihr habt doch eine. Benutzt die. Oder muss ich euch anleiten, wie das geht?«, grinst er wissend.

»Nein, wir wissen beide, wie man Gabeln benutzt, es ist nur so ... wie ich sagte ... wir sind kein Paar.«

»Ihr seid zusammen zu einem Kochkurs für Paare gekommen. Ihr flirtet und spielt wie Nouvel Amour. Ich denke, ihr könnt euch eine Gabel teilen, non?«

»Ich habe einen Freund«, erklärt Indie. Ihre Augen wechseln zwischen Chefkoch Thomas und mir hin und her.

»Und weiß er, dass du hier bist?«, erkundigt sich Chefkoch Thomas.

»Doch, schon. Aber ...«

»Non. Es tut mir leid, Cherie, aber wenn er weiß, dass du hier mit ihm bist«- er neigt seinen Kopf zu mir -« dann weiß er bereits, dass du nicht mehr ihm gehörst. Esst. Genießt. Genießt den Geschmack der jungen Liebe. Bald machen wir Schokoladensoufflé.«

Chef Thomas verlässt unseren Tisch, während Indie auf

ihrer Unterlippe kaut. Ihre Angst ist so stark, dass sie die Luft erfüllt.

»Okay«, flüstert sie leise. Sie ist fassungslos über seine Beobachtung. Ihre Augen werden leicht glasig, als sie seine weisen Worte einsickern lässt.

Die Stille ist in unserer kleinen Ecke spürbar. Mein Magen knurrt vor Hunger, aber ich ignoriere seine Proteste.

»Glaubst du, er hat recht?«, fragt sie leise und weigert sich immer noch mich anzusehen. »Natürlich nicht, Sonnenschein.« Ich schüttle heftig den Kopf. »Er weiß nicht, wovon er spricht. Ich denke, er ist es gewohnt, dass Paare zu seinem Paarkochkurs kommen, und unsere Situation ist etwas unkonventionell. Er weiß nicht, wie er damit umgehen soll.« Indies Schultern heben sich geschlagen. Mein Herz schmerzt bei dem Anblick. »Er hat es nicht böse gemeint, okay? Vergessen wir es einfach. Gib mir zwei Sekunden. Ich werde mir noch eine Gabel besorgen.«

Ich mache einen Schritt in den vorderen Bereich, aber Indies Hand schießt heraus, um mich aufzuhalten. Sie packt mein Handgelenk mit mehr Kraft, als ich ihr zugetraut habe.

Zögernd drehe ich mich wieder zu ihr um. Meine Augen konzentrieren sich auf die Stelle, an der ihre Haut meine berührt. Die Art und Weise, wie mein Herz einen Schlag aussetzt, als ich sehe, wie sich ihre kleinen Finger um meinen Arm legen.

Ich mag es, wenn sie mich berührt. Und das ist ein Problem.

Langsam löse ich mich aus ihrem Griff und mache ein paar lange Schritte nach vorne. Nachdem ich mir ein sauberes Besteck und ein paar Löffel für die Suppe geholt habe, gehe ich zurück zu Indie. Ihre Augen folgen mir den ganzen Weg.

»Danke«, haucht sie aus, bevor sie die Gabel aus meiner Hand nimmt.

Wir essen schweigend. Die Spannung liegt schwer in der Luft. Keiner von uns sagt ein weiteres Wort, außer ein paar Kommentaren, wie toll das Essen ist.

Im Ernst, dieses Mädchen kann kochen.

Als Chefkoch Thomas wieder an unserem Tisch anhält, setzt Indie ihre Gabel ab und schenkt ihm ihre volle Aufmerksamkeit.

»Cherie, viens avec moi, s'il vous plait«, sagt er freundlich, bevor er weggeht.

Sie dreht sich zu mir um, ihre Augen schmal vor Verwirrung. »Ich bin gleich wieder da.« Ich nicke, aber sie ist schon weg und lässt mich allein, um die köstliche französische Zwiebelsuppe ohne sie aufzuessen.

Mein Blick kehrt immer wieder zu der Uhr zurück, die an einer der Wände hängt, während ich sehe, wie die Minuten langsam vergehen.

Indie ist immer noch weg.

Es ist zehn Minuten her.

Das sind sechshundert Sekunden.

Ich fange mir schon langsam an Sorgen zu machen, als sie endlich um die Ecke kommt.

Meine angespannten Muskeln lockern sich bei ihrem Anblick.

Sie sieht ... glücklich aus, das ist das Letzte, was ich erwartet habe. Irgendwie, als ob ihr ein Gewicht abgenommen worden wäre. Ihre Haut strahlt, ihre Augen funkeln und ihre Lippen lächeln. Ich bin so gespannt darauf, sie wiederzusehen, dass ich nicht einmal merke, dass ich stehe, bis sie auf mich zukommt und ihre Arme um meine Taille legt.

Sie zieht mich in eine warme Umarmung und hält mich fest, als würde ich sie erden.

Zögernd erwidere ich ihre Umarmung und lege mein

Kinn auf ihren Kopf. Sie riecht gut. Richtig gut. Wie Zucker und Gewürze und alles Schöne.

Ich lache über den kindlichen Spruch.

Sie riecht, wie jedes Mädchen riechen sollte. So perfekt. Ich muss mich zurückhalten, einen tiefen Atemzug von ihr einzuatmen.

»Danke, dass du heute Abend mit mir hierher gekommen bist«, murmelt sie an meine Brust. Sie drückt mich noch einmal, bevor sie mich loslässt.

»Alles in Ordnung?«, frage ich als wir beide sitzen. Sie nimmt einen Bissen von unserem jetzt kalten Essen.

»Noch nicht«, antwortet sie ehrlich und schaut mich an. »Aber das wird es sein.«

Es ist offensichtlich, dass sie etwas weiß, was ich nicht weiß. Und ich war noch nie ein Fan von Überraschungen. Aber ich beschließe, es laufen zu lassen. Wenn sie glücklich ist, bin ich glücklich. Ich würde alles dafür tun, sie noch einmal so aufleuchten zu sehen und mich noch einmal so innig von ihr umarmen zu lassen, wie sie es vor dreißig Sekunden getan hat. Zur Hölle, ich würde viel mehr als eine einfache Umarmung annehmen, wenn sie jemals bereit wäre mir mehr zu geben.

Wenn sie frei wäre, erinnere ich mich.

»Na gut«, sage ich, bevor ich den letzten Teil meiner Suppe schlürfe.

Sobald wir mit dem Essen fertig sind, verbringen wir die nächste Stunde damit, unser Schokoladensoufflé zuzubereiten. Wir schlagen das Eiweiß und heben es unter die anderen Zutaten (ja, es muss untergehoben werden), um einen fluffigen Schokoladenteig zu erhalten.

Sie taucht ihren Finger in die Schokoladenmischung, bevor sie mir ein freches Grinsen zuwirft und den mit Teig bedeckten Finger in ihren Mund schiebt. Sie schließt genießerisch ihre Augen, während sie davon probiert.

»Mmm«, stöhnt sie, bevor sie ihre Aufmerksamkeit auf mich richtet. »Im Ernst, du musst das probieren.«

Ich hebe eine Augenbraue. »Ich hoffe wirklich, dass du bei der Arbeit nicht deine Finger in das Essen steckst, Indie. Scheint höchst unhygienisch.«

Sie kichert, bevor sie mich ernst ansieht. »Ich bin ein sehr schmutziges Mädchen.«

Ich schüttle meinen Kopf, während ich trocken lache. Es gibt so viele Dinge, die ich dazu sagen könnte, aber ich beiße mir auf die Zunge.

Nicht zu haben.

Indie hebt die mit Zucker bestäubte Auflaufform, die mit dem Teig gefüllt ist, hoch, damit ich davon probieren kann.

Ich betrachte sie und murmele vor mich hin, während ich einen Schmollmund forme. »Du bist ein schlechter Einfluss.«

Sie grinst mich breit an. »Ich bin dein Dealer, Rhett. Das sollte dir bereits bekannt sein.«

Bevor ich mich versehen kann, probiere ich den Teig, und meine Gedanken wandern zu all den verschiedenen Stellen, von denen ich dies lieber lecken möchte als meinem eigenen Finger.

So. Viele. Möglichkeiten.

Aber ich werde nie eine davon erleben. Jedenfalls nicht bei ihr.

Vielleicht muss ich mal flachgelegt werden. Vielleicht beruhigt das den höchst unangemessenen Juckreiz, der unbedingt beseitigt werden möchte.

Aber als ich in Indies hypnotische Augen schaue, die ein paar Zentimeter von meinen entfernt sind, weiß ich, dass es nicht funktionieren würde.

Wenn ich mich noch ein wenig vorlehnen würde, würden sich unsere Lippen vielleicht berühren. Ich könnte endlich das schmecken, wonach ich mich mehr sehne als nach jedem anderen Suchtmittel auf der Welt. Ich möchte diesen Juckreiz nur mit ihr beseitigen.

Und dann trifft es mich wie der Schlag.

Ich verliebe mich in eine vergebene Frau.

Ich bin kurz davor, die einzige Regel zu brechen, die ich jemals hatte. Und es zerbricht mich.

»Ich muss gehen. Es tut mir leid, aber wir reden später, okay?«

Ich gehe geradewegs zum Ausgang, aber bevor ich ihn erreichen kann, ruft sie mir hinterher, ich soll warten. Ich ignoriere sie.

Ich renne um meiner Mutter Willen.

Ich renne für Anthony.

Und ich renne für den verzweifelten kleinen Jungen ohne Vater. Ich kann das nicht.

KAPITEL ZEHN

INDIE

Was zur Hölle ist da gerade passiert?

Alles war so klar. Ich wusste genau, was ich tun musste, um glücklich zu sein und jetzt ... scheint sich der Mut, den ich fest im Griff hatte, in Luft aufgelöst zu haben.

Ich nehme ein Taxi. Allein. Das Gefühl verlassen worden zu sein, ist immer noch frisch in meinem Kopf verankert und bringt mich dazu alles in Frage zu stellen.

Dann erinnere ich mich an die weisen Worte meines eigenen Mister Miyagi namens Chefkoch Thomas.

»Wann warst du das letzte Mal glücklich, crazy Cherie?« Ich hatte nicht antworten können, also redete er weiter. »Manchmal lieben wir die Vertrautheit einer Beziehung mehr als die Person darin.«

Tony und ich sind praktisch zusammen aufgewachsen, aber heißt das, dass wir füreinander bestimmt sind? Ganz ehrlich? Das glaube ich nicht. Ich liebe Tony. Das tue ich. Aber ich bin nicht in ihn verliebt. Ich bin mir nicht mal sicher, ob ich es jemals gewesen bin. Und wenn ich ganz ehrlich bin, glaube ich auch nicht, dass er mich jemals so geliebt hat. Wenn er es getan hätte, würde er mit mir zusammen sein wollen. Er würde mich so begehren, wie ich mich nach meinem Nachbarn sehne. Scheiße.

Ich ziehe mein Handy aus meiner Handtasche und tippe eine Nachricht an Tony.

Ich: Bist du zu Hause? Wir müssen reden.

Hastig drücke ich Senden, bevor ich es mir anders überlegen kann.

Mein Vater hat ein Sprichwort: Was du heute kannst besorgen, das verschiebe nicht auf morgen. Und ich setze diese Worte gerade um. Diese Nachricht war längst überfällig. Meine Hände zittern, als ich meine Schlüssel herausziehe und meine Tür aufschließe. Meine Handflächen sind verschwitzt, als ich nach dem Türknauf greife. Mein Herz rast vor Unsicherheit.

Was mache ich bloß?

Ich schlucke schwer und versuche meine Atmung zu kontrollieren, aber es funktioniert nicht. Wenn ich eine braune Papiertüte zur Hand hätte, würde ich sie jetzt wie die Großen im Film benutzen. Leider muss ich da jetzt durch. Ich muss das tun. Unabhängig von den Folgen.

Mein Telefon summt und ich schaue auf das Display.

Tony: Ich bin nicht zu Hause. Es ist etwas dazwischen gekommen. Bis bald.

Verdammt.

Ich hatte gehofft, dies schnell hinter mich zu bringen, bevor ich die Nerven verliere. Je länger ich warte, um so mehr Zeit bleibt mir, um es mir wieder auszureden. Und das habe ich in der Vergangenheit schon zu oft gemacht.

Ich lasse niedergeschlagen den Kopf hängen und starre an

die Raufaserdecke in meiner Wohnung. Mein Kopf stößt gegen die Wohnungstür hinter mir, und ich sinke mit meinem Rücken dagegen und lande als Haufen auf dem Boden.

Ich schreibe ein Dutzend Nachrichten, von »Du musst jetzt nach Hause kommen«; bis »Egal. Vergiss, dass ich was gesagt habe«. Schließlich drücke ich auf Senden, bevor ich es mir anders überlegen kann.

Ich: Ich werde warten.

~

Ich muss in einer Stunde bei der Arbeit sein, Tony ist immer noch nicht zu Hause und ich habe überhaupt nicht geschlafen.

Ich habe versucht mich auszuruhen, aber meine Gedanken hörten nicht auf zu kreisen. Es war die letzten vier Stunden lang eine ständige Schleife von Was-wäre-wenn's und ich kann das nicht tun. Ich habe das Gefühl, ich muss gleich brechen. Ich habe sogar zwanzig Minuten vor der Toilette gekniet, bis ich festgestellt habe, dass es nur meine Nerven waren.

Das Schloss an der Haustür klickt und ich setze mich auf der Couch auf.

Das ist das Richtige, erinnere ich mich.

Tony kommt herein und lässt seine Schlüssel auf die Küchentheke fallen. Als er sich umdreht, kann ich nicht verhindern, dass Tränen in meinen Augen aufsteigen.

Werde ich das wirklich durchziehen?

»Hey. Was ist los?«, fragt Tony und eilt zu mir auf die Couch, auf der ich wie eingefroren sitze. Vorsichtig schlingt er seine Arme um mich und zieht mich in eine beruhigende Umarmung.

Wenn wir das nur mit so einer einfachen Geste beheben könnten.

Wenn ich das nur wollte.

Ich fange noch stärker an zu Schluchzen und meine Finger greifen nach seinem weißen Kragenhemd und zerknittern den weichen Stoff.

Meine Brust hebt sich, während Tränen in wütenden Bächen über meine Wangen rinnen.

Die Schuld trifft mich wie ein Vorschlaghammer, als ich zu der Erkenntnis komme, dass ich diesen Mann gleich vernichten werde. Er tröstet mich, reibt mit seiner Hand über meinen zitternden Rücken auf und ab, während dieses Schluchzen mich von innen heraus zerreißt, und ich dabei bin, sein Herz in Stücke zu reißen. Ich weiß nicht, ob ich das schaffe.

»Schh ... was ist los, Indie? Wie kann ich dir helfen? Ist deine Familie in Ordnung? Was ist los?« Er überhäuft mich mit Fragen, aber ich bin zu verstört, um eine von ihnen zu beantworten.

Wir sitzen ewig so da, während ich versuche den Mut aufzubringen, das Schwierigste zu tun, was ich je getan habe.

Zögernd ziehe ich mich von ihm zurück, und verschränke dann meine Arme schützend vor meiner Brust.

»Es tut mir so leid«, weine ich, während ich versuche - und es nicht schaffe -, meine Gelassenheit zu bewahren.

Seine Besorgnis verwandelt sich im Handumdrehen in Verwirrung. Subtil lehnt er sich ein paar Zentimeter zurück und bringt Abstand zwischen unseren Körpern auf der weichen gelben Couch.

»Was ist los?«, flüstert er, als sein Blick über mein Gesicht huscht. Er versucht, sich einem Reim daraus zu machen, was ich ihm vorenthalte. Versucht, eine Lösung für diesen irreparablen Bruch zu finden, der zwischen uns beiden stattfinden wird.

»Ich kann nicht mehr.« Meine Augen schließen sich, als die Worte meine Lippen verlassen.

Ich bin ein Feigling.

Ich kann nicht zusehen, wie ich ihn mit fünf einfachen Worten zerbreche.

»Was?«

Vorsichtig schaue ich zu ihm rüber und nehme seinen besiegten Gesichtsausdruck wahr. Man könnte denken, ich hätte ihn geschlagen, weil er so verletzt aussieht.

Vielleicht hätte ich es tun sollen.

Ich denke, das wäre weniger schmerzhaft gewesen. Zumindest hätte er es kommen sehen können.

Tony und ich haben so etwas noch nie gemacht. Selbst während der Auseinandersetzungen haben wir nie mit einer Trennung gedroht, daher verstehe ich, welch ein Schock das für ihn sein muss.

Ich weiß nicht, was ich sonst sagen soll.

»Es tut mir so leid«, flüstere ich. Mein Blick ist fest auf das Strandgemälde geheftet, das an der Wand hängt, und ich wünschte, ich könnte den weichen Sand zwischen meinen Zehen spüren, die sanfte Brise auf meinem Gesicht. Ich wünschte, ich könnte mich frei fühlen. Frei von dieser Beziehung, in der ich nicht mehr sein möchte. Frei von dem Herzschmerz, den ich einem meiner besten Freunde verursache. Frei von dem unbekannten Weg, den ich gewählt habe, ohne jemanden zu haben, der mich führt.

»Was soll das heißen?«

Ich atme tief durch. »Ich sage, dass ich das nicht mehr kann, Tony. Ich sage das ...« Meine Worte überschlagen sich. »Ich sage, dass ich mich trennen will.«

»Was?«

Ich versuche, die Emotionen hinunter zu schlucken, die mir den Hals zuschnüren, während ich nach dem Mut suche, weiterzureden. »Tony, ich möchte mich trennen. Diese

Beziehung funktioniert nicht. Ich bin nicht glücklich. Du bist nicht glücklich.« Meine Stimme bricht, und ich weiß nicht, was ich sonst noch sagen kann, damit er es versteht. Damit er den Grund für meine Handlungen sieht.

»Wo kommt das nun wieder her?« Sein Unglaube verwandelt sich in Wut. Ich kann fühlen, wie sie in Wellen von ihm ausgeht. Genau wie die, die ich unbedingt am Strand sehen möchte.

Ich zucke mit den Schultern. »Es tut mir so leid«, wiederhole ich. Es ist das Einzige, was ich sagen kann.

Anthony steht abrupt auf und seine Bewegung drängt mich auf die Couch.

»Das ist alles, was du zu sagen kannst? Wofür entschuldigst du dich genau, Indie?«

Ich schweige, die Worte, nach denen ich verzweifelt suche, scheinen einfach unerreichbar zu sein.

»Hast du mich betrogen?«, spuckt er anklagend aus, während er wie ein Tiger im Käfig auf dem winzigen Boden des Wohnzimmers auf und ab geht.

»Nein, ich-«

»Ich kann es einfach nicht glauben. Es war Rhett, nicht wahr? Ich wusste, dass zwischen euch beiden etwas läuft. Ich habe gesehen, wie er dich angesehen hat, als er dich neulich nachts heimgebracht hat. Wie lange geht das schon so?«

»Da läuft nichts. Ich habe nur-«

Er wirft die Hände nach oben, bevor ich antworten kann. »Weißt du was? Ich will es nicht wissen.«

»Tony-«

»Nein. Nenn' mich nicht so. Ich bin sauer auf dich, Indie. Ich komme nach einem langen Arschtag nach Hause und du wirfst mir das entgegen? Ich weiß nicht, woher das kommt, aber ich habe momentan keine Zeit für so etwas. Es tut mir leid, aber hast du eine Ahnung, unter welchem Druck ich bei der Arbeit stehe? Ich habe keine Zeit für andere Dinge. Nicht jetzt.« Er schüttelt frustriert den Kopf. »Weißt du was? Mach was du willst. Wir werden später darüber reden!«

Er stürmt aus der Tür und schlägt sie hinter sich zu. Der Knall lässt mich nach oben springen, während noch mehr Tränen über mein Gesicht fließen und von meinem Kinn tropfen.

Ich nehme ein Sofakissen und drücke es an meine Brust, während der heutige Tag durch meinen Kopf Revue passiert.

Schuldgefühle nagen an mir bei lebendigem Leibe. Ich habe das Richtige getan, oder? Hat Tony es nicht verdient, dass ihn jemand ansieht, als hätte er den Mond aufgehängt? Hat er es nicht verdient, dass ihn jemand so bedingungslos liebt, dass er nichts falsch machen kann? Ich meine… ich denke, wir haben das beide verdient, nicht wahr? Ich wünschte nur, ich müsste ihn damit nicht so verletzen.

Er hat recht. Jetzt ist nicht gerade ein perfekter Zeitpunkt, um mit ihm Schluss zu machen, aber gibt es jemals wirklich einen guten Zeitpunkt? Das glaube ich nicht. Ich denke, es wird immer wehtun. Es wird immer unerträglich sein. Es wird immer eine Narbe hinterlassen, egal wie sehr man versucht den Schlag zu mildern.

Ich hoffe, er kann mir eines Tages vergeben. Ich weiß, dass es ein klassischer Wunschtraum ist, aber ich wünschte wirklich, wir könnten Freunde bleiben. Ich kenne ihn schon immer. Ich sorge mich um ihn. Ich liebe ihn. Es ist einfach nicht so, wie er es verdient.

Tränen rinnen weiter über mein Gesicht, während sich Rückblenden unserer Beziehung in meinem Kopf abspielen. Von jeder Berührung. Jedem Lächeln. Jeder einsamen Nacht. Jedem verpassten Abendessen. Jedes lumpige, ungelöste Problem, das unter diesen verdammten Teppich gekehrt wurde, taucht schließlich in einem Berg von Fehlern wieder auf, die niemals gelöscht werden können.

Dann erinnere ich mich an den letzten Kommentar von

Chefkoch Thomas. »Es ist besser allein und glücklich zu sein, als eine Lüge mit jemandem zu leben, mit dem du eigentlich nicht zusammen sein solltest, oui? Sei tapfer. Sei stark. Und wenn alles andere scheitert? Iss etwas Kuchen.«

Ein wässriges Lächeln ziert meine Lippen, als ich langsam aufstehe und zu unserer winzigen Küche gehe.

Meiner winzigen Küche.

Ich nehme die Schlüssel von der Theke und schließe ab, ohne mich noch mal umzuziehen.

Ich habe ein Ziel vor Augen, als ich mich zu Get Baked aufmache, und zwar, etwas ganz besonders Leckeres zu backen, in der Hoffnung den Schmerz unserer Trennung in meiner Seele zu lindern. »Kuchen ist die Lösung«, murmle ich vor mich hin.

Alles wird gut.

KAPITEL ELF

RHETT

Ich verbringe meine Nacht damit mich im Bett herumzuwälzen, bis ich das Handtuch werfe und lange laufen gehe. Nach einem brutalen Trainingsprogramm mache ich mich bereit für die Arbeit und habe am Ende noch eine ganze Stunde Zeit. Ich muss mich ihr erklären. Das schulde ich Indie, nachdem ich sie gestern Abend einfach stehen lassen habe.

Ich hätte sie nicht einfach so hängen lassen sollen, wie ich es tat. Sie hat diese Art von Reaktion von mir nicht verdient, und ich muss genau erklären, warum. Besonders nachdem ich mich vor ein paar Nächten geweigert hatte, sie in der Bar alleine zu lassen.

Ich öffne die Tür zu Get Baked. Es riecht gleichzeitig nach Glück und Trost.

Die Blondine arbeitet an der Kasse und ich brauche eine Sekunde, um mich an ihren Namen zu erinnern.

Sophie.

Ihr Gesichtsausdruck wird stählern, sobald sie mich sieht.

»Kommst du wegen einem Cronut? Oder wegen einer gewissen Bäckerin, die du gestern Abend sitzen lassen hast?

Ihr Gesichtsausdruck ist kalt, aber ich habe es absolut verdient.

»Beides?«

Sophie verdreht die Augen. »Einen Moment.«

Widerwillig verschwindet sie im Hinterzimmer. Sekunden später kehrt sie mit Indie im Schlepptau zurück. Ich trete vor und verfluche die Theke, die zwischen uns ist, weil klar ist, dass sie geweint hat.

»Hi. Was kann ich dir bringen?«

Sie sieht aus wie ein wunderschönes Zugunglück. Ihr Haar ist zu einem unordentlichen Knoten auf ihrem Kopf zusammengebunden. Sie hat Ringe unter den Augen und kein bisschen Make-up im Gesicht. Und ... ist das das gleiche Kleid von gestern Abend?

Ihr Aussehen nährt nur die Schuld, die ich in meiner Brust fühle.

»Kann ich einen Moment mit dir reden?«

Indie knabbert an ihrer Unterlippe und überlegt, ob sie meine Bitte zulassen soll.

Zögernd dreht sie sich zu Sophie um. »Kommen du und Nat hier ein paar Minuten lang alleine klar?«

Sophie mustert uns beide vorsichtig, bevor sie schließlich zustimmt. »Na guuut.« Dann zeigt sie mit ihrem perfekt gepflegten Finger auf mich. »Wage es nicht sie zu verletzen.«

Ich nicke und gebe Sophie damit mein stilles Versprechen. *Das habe ich nicht vor.*

Indie zieht ihre verkleckerte Schürze aus, stürmt um die Theke und geht direkt zur Tür, in der Erwartung, dass ich folge.

Das tue ich.

Indie stößt die Glastür auf und marschiert in Richtung Park, ohne sich umzusehen. Ich habe das Gefühl, sie möchte mich so schnell wie möglich loswerden. Aber wenn das der

Fall wäre, hätte sie direkt vor der Tür angehalten, also erlaube ich mir ein wenig Hoffnung zu haben.

Sie bleibt an einer Bank am Rande des Parks stehen, und lässt sich wie ein Kartoffelsack fallen. Trotzdem sieht sie mich nicht an. Sie sieht erschöpft aus und ich bezweifle, dass sie viel Schlaf bekommen hat.

Vorsichtig setze ich mich neben sie.

»Ich möchte mich für gestern Abend entschuldigen. Die Art, wie ich verschwand, war unhöflich und nachlässig. Ich hätte dich nicht alleine lassen sollen. Besonders nachts in New York City.« Sie sträubt sich gegen meinen Kommentar, aber ich mache weiter. »Nicht weil du nicht auf dich selbst aufpassen kannst, sondern weil meine Mutter mir immer beigebracht hat, dass ein Mädchen sicher nach Hause gebracht wird, nachdem es Zeit mit mir verbracht hat. Immer.«

Ihr Kiefer verkrampft sich, als sie ihre schlanken Arme vor der Brust verschränkt.

»Warum hast du dann nicht dafür gesorgt, dass ich sicher nach Hause komme? Ich dachte, du wärst Batman?«

Ich drehe mich auf meinem Platz um, um ihr meine volle Aufmerksamkeit zu schenken. Ich bin ihr zu nahe und sie ist zu verlockend, also rutsche ich einen Zentimeter in die andere Richtung, um Körperkontakt zu vermeiden. Die Bewegung bringt mich um, aber ich habe keine Wahl.

»Weil ich ein Idiot bin?«

Ihr Atem stockt bei meiner Direktheit, bis sie einen Hauch von Lachen ausstößt.

»Nein«, fahre ich fort. »Ehrlich gesagt hatte ich gestern Abend einen Moment, der etwas aus meiner Vergangenheit auslöste, und deshalb bin ich ausgeflippt. Es ist keine Entschuldigung, aber es tut mir leid. Ich musste meinen Kopf klar kriegen, bevor ich etwas tat, was ich bereuen würde.«

»Und was hättest du bereut?«, flüstert sie.

Ich schüttle den Kopf und weigere mich, ihr reinen Wein einzuschenken. »Das ist unwichtig. Vergibst du mir?«

Sie lächelt schüchtern, bevor sie einmal nickt. »Dir sei vergeben.«

»Perfekt.«, grinse ich. »Kann ich meinen Umhang zurückhaben?«

Sie runzelt die Stirn. »Umhang?«

»Ja. Wenn ich Batman bin, brauche ich meinen Umhang.«

Sie lacht. »Nur wenn du diese Frage beantworten kannst - musstest du mich wirklich von der Arbeit abhalten, *nur um mir zu* sagen, dass es dir leidtut, dass du mich gestern Abend stehen lassen hast?« Sie runzelt neckend die Stirn.

Ich zucke mit den Schultern. »Vielleicht habe ich nach einer Ausrede gesucht, um dich zu sehen.«

Sie kaut sprachlos auf der Innenseite ihrer Wange.

Ich schwelge in ihrer Verlegenheit, bevor ich meine Direktheit mit einer kleinen Notlüge abschwäche.

»Das war ein Scherz. Ich habe deine Nummer nicht und wollte mich dafür entschuldigen, dass ich ein Idiot bin. Nun, will ich dich aber nicht weiter aufhalten.« Ich ziehe sie von der Bank hoch.

Auf dem Rückweg kann ich mir nicht verkneifen, ihr noch eine Frage zu stellen. Eine, die ich seit letzter Nacht im Hinterkopf habe, nachdem ich Indies Gespräch mit Anthony belauscht habe.

»Also, geht es dir und Anthony gut?«

Sie holt tief Luft und schaut für den Bruchteil einer Sekunde zu mir auf. »Ich habe letzte Nacht mit Tony Schluss gemacht.« Ihr Geständnis trifft mich mitten in die Brust.

»Bitte was?«, frage ich mit großen Augen.

»Vertrau mir, du hast mich gleich beim ersten Mal richtig gehört.« Sie grinst, obwohl ihr Gesichtsausdruck immer noch düster ist.

»Aber ....« Ich mache eine Pause, packe angespannt

meinen Nacken mit meinen Fingern. »Warum hast du mit ihm Schluss gemacht?«

Ich hoffe, sie sagt, dass es nicht wegen mir war. Wenn sie sagt, dass sie einem anderen Mann das Herz gebrochen hat, weil sie wusste, dass ich an ihr interessiert bin, fühle ich mich schrecklich.

Es wäre dann *meine* Schuld, dass eine Beziehung beendet wurde, und damit könnte ich nicht umgehen.

Ungeduldig warte ich auf ihre Antwort.

»Es war nicht wegen dir«, gibt sie zu. Eine leichte Brise hebt die ungebändigten Haare um ihren Make-up freien Teint an und lässt sie im Wind tanzen.

Es ist, als hätte sie meine Gedanken gelesen.

»Es. War nicht. Wegen. Dir.«, wiederholt sie und ihre Augen leuchten aufrichtig. Ich spüre, dass es wichtig ist, dass ich ihr glaube, also nicke ich.

»Lass mich dir eine kleine Geschichte erzählen, okay? Meine Eltern waren ein Highschool-Pärchen. Und ihre besten Freunde heirateten sich auch. Kann man das glauben? Wie wahrscheinlich ist das?« Sie schüttelt ungläubig den Kopf. »Beide Paare wurden innerhalb eines Jahres schwanger und wer hätte gedacht, dass sie ein Mädchen und einen Jungen haben würden. Das war wie vom Himmel so eingefädelt.« Sie lacht sarkastisch. »Tony und ich haben angefangen, miteinander auszugehen, als ich gerade in der Highschool war. Wir sind uns praktisch in den Schoß gefallen. Oder wurden wir vielleicht von unseren Eltern gedrängt? Ich weiß nicht. Ich meine ... er war der Junge von nebenan. Wir hatten jedes Wochenende miteinander gespielt, als wir aufwuchsen. Es machte völlig Sinn, dass wir auch miteinander ausgehen würden.«

Sie knabbert an ihrer Unterlippe, während sie Erinnerungen an die Vergangenheit heraufbeschwört. Nach einer Sekunde schüttelt sie den Kopf. »Es ist sowieso egal. Ich werde ihn immer lieben, aber ich glaube nicht, dass ich jemals *in ihn verliebt* war. Es war, als wären wir in einer arrangierten Ehe, und keiner von uns wollte unsere Eltern enttäuschen, indem er sie absagte. Zur Hölle, ich bin mir nicht mal sicher, ob sie uns jemals unter Druck gesetzt haben oder ob alles in unseren Köpfen ablief. Unabhängig davon waren wir nicht die Richtigen füreinander, und ich musste allen Mut zusammen nehmen und es mir selbst eingestehen. Ich habe nicht für dich mit ihm Schluss gemacht. Ich habe mich von ihm getrennt, weil es längst überfällig war. Ich möchte glücklich sein und war es nicht. So einfach ist das.«

Ich bin sprachlos. Ich meine, was soll ich dazu sagen?

»Es tut mir leid, dass die Dinge nicht geklappt haben«, biete ich ungeschickt an.

»Es ist okay, Rhett. Wird schon werden. Bei ihm auch.« Den letzten Teil ihres Satzes murmelt sie leise. Als ob sie versucht, sich selbst davon zu überzeugen.

Wir erreichen die Vorderseite von Get Baked und ich ziehe sie in eine freundliche Seitenumarmung. Der Geruch von warmer Vanille weht durch die Luft und fordert mich auf, mich nach vorne zu lehnen und einen Kuss auf ihre Stirn zu setzen. Aber sie hat gerade mit einem Typen Schluss gemacht. Einem, mit dem sie seit dreizehn Jahren zusammen war. Sie könnte jetzt zu haben sein, aber ich werde auf keinen Fall den Lückenbüßer spielen.

Sie braucht Zeit. Und ich werde sie ihr geben.

Auch wenn es mich umbringt.

»Danke, dass du meine Entschuldigung angenommen hast, Indie. Wenn du etwas von mir brauchst, sag' bescheid, okay?«

Sie erwidert die Umarmung, indem sie ihre Arme um meine Taille legt und fest drückt. »Okay, Batman.«

Später an diesem Tag stöhne ich innerlich, als meine Füße auf den Bürgersteig treffen. Anscheinend habe ich mich mal wieder für das Laufen entschieden, um meine aufgestaute Energie loszuwerden. Es ist die einzige Lösung, die ich gefunden habe, um meine Gedanken von Indie abzulenken. Die Luft ist erfrischend. Die Blätter sind bereits gelb und rot verfärbt. Die Jahreszeit ändert sich, aber die *Hills* sind immer noch genauso brutal wie immer. Ich laufe nur selten mit Kopfhörern, weil ich den Klang der Außenwelt um mich herum bevorzuge. Und heute bin ich dankbar, dass ich sie zu Hause gelassen habe.

In einem nahe gelegenen Busch raschelt es. Der Klang weckt meine Neugier. Ich halte an, lege meine Hände auf meinen Kopf, während ich versuche, zu Atem zu kommen, und starre dabei auf das raschelnde Blattgestrüpp. *Rein durch die Nase, raus durch den Mund.*

Mein Fokus liegt immer noch auf dem raschelnden Busch, während ich etwas höre, das verdammt viel größer klingt als ein Eichhörnchen.

Ich gehe zögernden Schrittes vorwärts. Die Blätter hören auf zu zittern. *Was um Himmels Willen?* Ich komme näher und beuge mich vor, um zwischen den dornigen Zweigen zu schauen. Mattes, weißes Fell schimmert durch und ein leises Wimmern dringt an meine Ohren.

Ich greife nach einem der Zweige und ziehe ihn beiseite. Vor mir kommt ein Hund zum Vorschein. Zumindest denke ich, dass es ein Hund ist. Ich kann nur ein riesiges, räudiges Fellknäuel mit den größten braunen Augen erkennen, die ich je gesehen habe.

»Hey, großer Kerl«, flüstere ich und versuche ihn nicht zu erschrecken. »Wie bist du da reingekommen, Kumpel?« Ich neige meinen Kopf in verschiedene Richtungen und versuche, ein vollständiges Bild seiner Position zu bekommen. »Ich wette, du hast Eichhörnchen gejagt, oder?«

Nach einer Minute finde ich das Problem. Das lange Haar an seinem Schwanz ist mit den Zweigen und trockenen Blättern verheddert. Sein Schwanz wird praktisch wie von einer wütenden Klaue festgehalten. Jedes Mal, wenn er versucht, sich zu befreien, verheddert er sich mehr.

»Also gut, großer Kerl, wir werden dich da rausholen, aber ich werde deine Hilfe brauchen. Du musst ruhig bleiben, während ich versuche, dein Fell zu entwirren.« Vorsichtig lasse ich die Äste los, bevor ich zwischen ein paar Büsche trete und mich auf die Rückseite des Hundes zubewege. »Bitte beiß mich nicht«, grummle ich, greife nach seinem lockigen weißen Schwanz und ziehe an den Zweigen. Der Hund jammert und bewegt sich ein wenig, bleibt aber relativ ruhig, während ich das Chaos vor mir entwirre. Nach ein paar Minuten kann ich ihn befreien und dort herausholen. Die dicke Baumwolle meines Hoodies schützt meine Arme, aber meine Hände sind eine andere Geschichte. Ich kann sie nicht bedecken, während ich mit den Zweigen herumhantiere, weshalb sie überall zerkratzt werden. Kleine Blutstropfen bedecken meine Knöchel, aber dem Hund geht es gut, und ich schaffe es, ihn aus dem Höllenbusch zu befreien. Das ist alles, was wirklich zählt.

Als ich ihn auf den Bürgersteig setze, warte ich darauf, dass er in die entgegengesetzte Richtung rennt. Stattdessen wedelt er begeistert über seine neue Freiheit mit dem Schwanz. Seine Zunge ragt zur Seite heraus und seine großen braunen Augen starren mich an, als hätte ich gerade ein Wunder vollbracht.

Ich denke, für ihn war das wohl auch so.

»Keine Eichhörnchen mehr jagen, großer Kerl, okay? Ich werde das nächste Mal nicht hier sein, um dich zu retten.« Ich sehe ihn scharf an und fühle mich wie ein strenger Vater, der seinem Sohn einen harten Vortrag hält.

Er bellt als Antwort, bevor er sich gehorsam und geduldig hinsetzt und darauf wartet, dass ich mich bewege.

Ich bin mir nicht sicher, ob ich ihn einfach so dort lassen soll. Ich suche nach einer Hundemarke. Es gibt keine. Meine Augen scannen die Umgebung nach einem Flyer von einem entlaufenen Hund ab oder einem ängstlich suchenden Besitzer, der den Namen des großen Kerls ruft. Gar nichts.

»Was mache ich mit dir?« Ich greife nach unten und kraule den Köter hinter seinen Schlappohren. Er antwortet, indem er meine Handfläche leckt und sie mit seiner nassen Nase stupst.

»Hmm …«, summe ich tief in meiner Brust. »Also gut, großer Kerl. Es sieht so aus, als würdest du jetzt erst mal mit mir mitkommen. Wir finden deinen Besitzer.«

Ich jogge langsam den Weg entlang, und lasse die Hills hinter mir. Der Hund trabt sorglos, mit heraushängender Zunge, neben mir her.

Ich grinse, als ich darüber nachdenke, wie ich an dem undenkbarsten Ort einen neuen Freund gefunden habe.

KAPITEL ZWÖLF

RHETT

Meine zerkratzten Knöchel klopfen besorgt gegen Indies Tür. Ich zucke zusammen und erinnere mich daran, dass ich sie auf jeden Fall waschen sollte.

Als sich die Tür endlich öffnet, trifft mich ein Deja Vu in der Magengrube. Indies aschblondes Haar hängt über ihre Schultern, während sie vor mir in einem weißen Trägershirt und babyblauen Schlafshorts steht. Sie sind so kurz, dass sie schon fast unanständig sind.

»Hey, du«, begrüßt sie mich. Ihre Arme sind verschränkt und sie lehnt sich beiläufig gegen den Türpfosten, als hätte sie gar nicht bemerkt, dass mir die Zunge schon fast so wie dem großen Kerl seitlich aus dem Mund hängt.

Ich lecke mir über die Lippen. »Hey.«

»Kann ich dir helfen?« Sie grinst über meine Unbeholfenheit.

Ich räuspere mich und erinnere mich daran, warum ich überhaupt an ihre Tür geklopft habe. »Ja, tatsächlich. Ich habe mich gefragt, ob du weißt, ob man in dem Haus hier Tiere halten darf?«

Sie runzelt die Stirn, bevor sie fragt: »Hast du ein Haustier?«

»Mhm, nein?« Ich verziehe das Gesicht und weiß, dass ich wie ein Kind klinge, das beim Schulschwänzen erwischt wurde.

Nachdem sich Indie über meinen lächerlichen Versuch zu lügen amüsiert hat, befreit sie mich aus meinem Elend. »Es ist ein haustierfreundliches Wohnhaus. Kein Stress, Batman. Alles ist gut. Was für ein Haustier hast du? Und hast du es neu oder hast du es in den letzten anderthalb Monaten einfach gut versteckt? Weil ich kein Bellen oder Miauen oder Zwitschern gehört habe. Nichts.«

»Ich habe technisch gesehen kein Haustier bekommen. Ich habe beim Joggen einen Hund gefunden, der sich in einem Busch verheddert hatte. Er hatte kein Halsband, aber ich habe mit verschiedenen Tierärzten und dem Tierheim telefoniert. Der Tierarzt schlug vor, dass ich ihn vorbeibringe, um zu sehen, ob er gechippt ist. Das Tierheim hat mir vorgeschlagen, ich könnte ihn dort abgeben.« Das kann ich ihm aber nicht antun. Ich kenne den großen Kerl erst seit ein paar Stunden, aber er hat mich bereits um den Finger gewickelt.

Ein bisschen wie jemand anderes, den ich kenne ....

»Du kannst nach Flyern Ausschau halten, aber ich würde nicht vorschlagen ihn beim Tierheim abzugeben. Wenn er stubenrein ist, sollte es keine große Sache sein ihn ein paar Tage zu behalten, oder?«, schlägt sie vor und mir gefällt, wie sie nach dem großen Kerl Ausschau hält, bevor sie ihn überhaupt gesehen hat.

»Das habe ich mir auch gedacht.«

»Also, kann ich ihn kennenlernen?« Ihre Augen leuchten, als sie das sagt.

Ich gehe die fünf Schritte zu meiner Wohnung und öffne die Tür, um das riesige Fellknäuel in den Flur springen zu lassen. Seine Zunge hängt aus seinem Mund und lässt ihn aussehen, als wäre er der glücklichste Hund auf dem Planeten.

Indie sackt auf die Knie und streckt die Arme weit aus, während sie dem Mammuthund eine riesige Bärenumarmung gibt, die jeden Mann eifersüchtig machen würde.

»Och, bist du nicht das Süßeste, was ich je gesehen habe? Ja, das bist du! Ja, das bist du!«, gurrt sie liebevoll. Ihre Stimme trieft vor ungebremster Zuneigung. »Sie brauchen ein Bad, Mister!«, fügt sie hinzu, als sich ihre Finger in seinem verfilzten Fell verheddern.

Der große Kerl leckt ihr als Antwort über die Wange und lässt Indie glücklich kichern.

»Er ist das süßeste Ding überhaupt!«, schwärmt sie, bevor sie mich ansieht.

Ich nicke zustimmend und bin irrational froh, dass sie so gut miteinander auskommen.

»Aber er braucht wirklich ein Bad.« Sie verzieht ihre Nase ein bisschen, von dem Geruch, der immer noch an seinem Fell haftet.

»Ich weiß. Ich weiß nur nicht, wie er damit umgehen wird, und ich bin mir nicht sicher, ob ich ihn in die Wanne bekommen kann, ohne dabei selber klatschnass zu werden.«

Sie lacht leicht, und ich kann sehen, wie sich die Räder in ihrem Kopf drehen. »Brauchst du Hilfe?«

»Ernsthaft?« Ich hatte die ganze Zeit die Hoffnung, dass sie sich freiwillig bereit erklären würde mir zu helfen, denn ich möchte ehrlich gesagt nicht sehen, wer diesen Kampf gewinnen würde ... der Hund oder ich.

»Ja«, antwortet sie einfach. »Ich liebe Hunde und habe seit Jahren den Wunsch, einen zu haben, aber Tony ist allergisch. Ich würde gerne helfen, wenn du damit einverstanden bist?« Ihre flehenden Augen könnten mit denen jedes

Welpen mithalten, und ich kann mein schroffes Lachen nicht unterdrücken.

»Geht klar. Ich werde ihn halten, während du schamponierst.«

»Deal. Ich glaube, ich habe ein Baby-Shampoo, das ich für meine Freundin gekauft habe, ihr aber noch nicht gegeben habe. Wir können es jetzt verwenden und ich werde es später ersetzen. Wir können in die Tierhandlung gehen, um ein paar Dinge zu besorgen, nachdem wir ihn nach einem Chip abscannen lassen haben. Du solltest vorher nicht zu viel Geld ausgeben, falls du ihn nicht behalten darfst.« Sie ruft den letzten Satz über ihre Schulter, während sie in ihrer Wohnung verschwindet. Ich nehme an, sie wird nach dem Baby-Shampoo suchen und in einer Minute zurück sein.

Ich drehe mich zu dem Fellknäuel um, der zu meinen Füßen sitzt. »In Ordnung, Kumpel. Lass uns loslegen, okay?« Sein Schwanz schlägt rhythmisch gegen den Boden, während seine großen braunen Augen mich anhimmeln.

Ich mag ein ziemlich harter Kerl sein, aber dieser Hund könnte selbst die kältesten Herzen zum Schmelzen bringen.

Meine Finger tätscheln seinen Kopf, bis Indie aus ihrer Wohnung kommt, dann richte ich mich auf und führe sie und den Hund in meine. Es ist offensichtlich, dass sie aufgeregt ist, und ich bin froh, dass ich sie glücklich machen kann, auch wenn es nur ein paar Minuten sind.

Wir gehen ins Badezimmer, der große Kerl folgt uns.

Ich drehe den Wasserhahn auf und lasse das Wasser warm werden, bevor ich den Hund hochhebe und ihn in die Badewanne stellte. Seine Muskeln sind angespannt und seine Haltung ist starr. Offensichtlich mag er das Wasser nicht.

Indie zieht ihre Socken aus, und setzt sich erwartungsvoll auf den Wannenrand. Die runden Augen des Hundes beobachten sie vorsichtig, während das Wasser aus dem Wasserhahn tröpfelt.

»Alles wird gut, Mister. Wir kümmern uns um dich, okay?« Indies ruhiger Ton scheint ihn ein wenig zu beruhigen. Sie drückt das Shampoo direkt in sein verfilztes Haar und beginnt sanft zu reiben. Durch ein Wunder weicht er nicht von ihr zurück. Immer wieder reibt sie den Schaum durch sein Fell. Das Wasser wird trüb, während der schmutzige Schaum hinein tropft und eine grau-undurchsichtige Farbe hinterlässt.

»Du scheinst das schon ein paar Mal gemacht zu haben«, sage ich und beobachte, wie sie mit einer Tasse Wasser aus dem Wasserhahn sammelt, bevor sie es über sein nasses Fell schüttet. Jede Bewegung ist geplant. Ich beneide sie um ihr Vertrauen.

»Ja, ich hatte einen Golden Retriever, als ich klein war, und eine meiner Aufgaben war es ihn jeden Monat zu waschen. Die ersten Male war ich nasser als der Hund, aber nach einer Weile hatte ich den Dreh raus.« Sie lacht und schüttelt bei der Erinnerung den Kopf.

»Das sieht man. Du bist praktisch ein Experte. Der einzige Hund, den ich jemals hatte, war ein Yorkie namens Bob. Wenn er jemals etwas tat, das mir nicht gefiel, nahm ich ihn einfach hoch, damit er aufhörte. Ich bin mir ziemlich sicher, dass er vom ersten Tag an dachte, er sei ein Mensch. Das hat meine Mom um den Verstand gebracht. Egal wie oft wir ihn von der Couch geworfen haben, er sprang immer gleich wieder hoch. Nach Monaten des Versuchs gab sie schließlich auf und ließ ihn neben uns sitzen. Er schaute sogar fern und knurrte die Tiere auf dem Bildschirm an.«

Sie grinst amüsiert. »*Bitte, wie* hast du deinen Hund genannt?«

Lachend antworte ich: »Bob.«

Sie schnaubt und schüttelt gutmütig den Kopf. »Wer nennt seinen Hund *Bob*?«

Ich zucke die Achseln und grinse sie schief an. Meine

einzige wirkliche Verteidigung ist, dass ich fünf Jahre alt war, als ich ihm einen Namen gab.

Ich sitze auf dem geschlossenen Toilettensitz und lehne mich an die Kante der Wanne. Es sieht so aus, als ob Indie nicht einmal meine Hilfe braucht.

Sie erwidert mein leichtes Lächeln, offensichtlich genauso unterhalten von den Erinnerungen an mein Haustier aus Kindertagen, wie ich.

Leider ist es die Chance, auf die der Hund gewartet hat, denn sobald Indie sich zu mir umdreht, macht er einen Satz und springt über den Badewannenrand, wobei er Indie zurückwirft.

Seine spontane Flucht lässt sie ins schmutzige Wasser fallen. Sie quietscht überrascht, als das Wasser sie von Kopf bis Fuß durchtränkt. Ihr Mund steht vor Überraschung weit offen, bis sie in hysterisches Lachen ausbricht. Ich erwische ihn, bevor er aus dem Badezimmer kommen kann, aber am Ende bin ich auch völlig durchnässt von meinen Bemühungen. Besser ich als meine ganze Wohnung.

»Du liebe Zeit!«, schnaubt sie, während sie im Seifenwasser liegt. Es scheint, als wäre sie vor Schock erstarrt. Ich würde ihr ja beim Aufstehen helfen, aber ich halte gerade einen klatschnassen, hundert Pfund schweren Hund in meinen Armen.

Ich kann mein Lachen nicht unterdrücken, als mir die Lächerlichkeit unserer Situation klar wird. Tränen rinnen über Indies Wangen, während sie versucht sich wieder einzukriegen. Aber das funktioniert nicht. Sie liegt weiter in der Wanne und hält sich vor Lachen den Bauch.

Ihre Hysterie schallt von den umliegenden Fliesen ab. Das helle Geräusch erinnert mich an Windspiele im Sommer. Mir ist sofort klar, dass dies eines meiner Lieblingsgeräusche auf der Welt ist und ich mache es mir zur Aufgabe es öfter zu hören.

»Ich kann nicht glauben, dass dein Hund mich gerade gebadet hat!«, ruft sie durch ihre keuchenden Atemzüge hindurch.

»Ich auch nicht«, stimme ich zu. Ich versuche, ein Gentleman zu sein und *nicht* auf das jetzt durchscheinende Oberteil zu starren, das Indie trägt. Die leichte Baumwolle klebt wie eine zweite Haut an ihr und lässt der Fantasie wenig Raum.

Irgendwie schaffe ich es, das riesige Fellknäuel in meinen Armen anders zu halten, sodass meine rechte Hand frei ist. Ich biete sie dem triefenden Mädchen in meiner Wanne an. Sie nimmt sie bereitwillig an.

Ihre rutschigen, nassen Hände fühlen sich genau so seidig an wie immer, aber ich versuche es nicht zu beachten.

Es funktioniert nicht.

Ich ziehe sie vorsichtig hoch, bis sie steht. Danach stelle ich den Hund wieder in die Wanne, während ich meine Hand fest auf seinen Hals lege. Meine Berührung erinnert ihn still daran, dass ich immer noch hier bin. Mit so etwas wird er nicht wieder davonkommen.

Auch wenn es ziemlich lustig war.

Indie geht ungeschickt zur Seite, während das Wasser in Bächen von ihr fließt.

Sobald ihre Füße fest auf den Badezimmerfliesen stehen, nehme ich ein schwarzes Handtuch vom Haken und reiche es ihr. »Hier.«

Obwohl das Wasser warm war, zittert sie wie Espenlaub und nimmt es bereitwillig an.

»Danke.« Indie wickelt das Handtuch um ihre Schultern, bevor sie mich dankbar ansieht. Aufgrund der Größe des winzigen Badezimmers stehen unsere Körper fast Brust an Brust.

Wenn sie jemand anderes wäre, könnte ich die Zentimeter zwischen uns schließen und entdecken wie ihre

Lippen schmecken. Aber ich möchte kein Lückenbüßer sein. Ich möchte, dass sie über Anthony hinweg ist, bevor sie etwas mit mir anfängt.

Obwohl mich unsere Nähe umbringt.

Ihr Atem ist flach, als ihr Blick auf meine Lippen fällt.

So. Nah.

»Ich sollte äh ... wahrscheinlich gehen und mich umziehen.« Sie macht einen Schritt zur Tür, als ich ihre Flucht mit ein paar sanften Worten stoppe.

»Wir müssen noch in den Laden, um ein paar Dinge einzukaufen.«

Ich brauche sie näher. Ich bin noch nicht bereit sie gehen zu lassen. Ich möchte in dieser kleinen Traumwelt bleiben, in der ich so tun kann, als wäre sie meine.

Sie schaut über ihre Schulter mit einem sanften Lächeln, das mich mitten in die Brust trifft.

Verdammt. Sie ist so schön.

»Okay. Ich bin gleich wieder da.«

Und damit ist sie weg.

Ich beende das Bad des Hundes. Widersprüchliche Gedanken wirbeln durch meinen Kopf, genau wie das schmutzige Wasser den Abfluss hinunter wirbelt.

Wie lange muss ich warten, bis ich weitergehen kann?

KAPITEL DREIZEHN

INDIE

Ich bin klatschnass, als ich in Eile meine Wohnung betrete und mir vor Vorfreude ganz warm ums Herz wird. Ich hatte nicht damit gerechnet, dass Rhett an meine Tür klopfte, als ich meine Schlafsachen für den Abend auswählte, aber es war nicht schwer zu erraten, dass er meinen Mangel an Kleidung ein wenig zu sehr schätzte.

Oder vielleicht bilde ich mir das auch nur ein.

Er weiß, dass ich Single bin und er ist keinen Schritt weiter gegangen. Das muss bedeuten, dass er nicht interessiert ist, oder? Ich meine, worauf wartet er noch?

Ich habe seit Jahren keine romantischen Gefühle mehr gegenüber Tony gehabt. Wir leben so lange wie ich mich erinnern kann wie Mitbewohner zusammen, daher habe ich nicht wirklich das Gefühl, dass ich kürzlich eine Beziehung beendet habe. Ich habe das Gefühl, ich habe gerade einen Freund verloren. Und das war's.

Ich dachte, ich hätte Rhett das ziemlich klar gemacht, aber vielleicht sind meine Kommunikationsfähigkeiten irgendwie beschissen?

Ich ziehe mich aus, ziehe ein frisches lavendelfarbenes T-

Shirt und Röhrenjeans an, bevor ich meine Haare zu einem unordentlichen Knoten zusammenbinde. Als ich meine Waschbärenaugen im Spiegel bemerke, wische ich die nicht wasserfeste Wimperntusche weg und gehe zurück zu Rhett.

Nach dem Klopfen warte ich gespannt darauf, dass er öffnet. Als seine Tür aufschwingt, verschlucke ich mich fast an meiner Zunge.

Verdammt heiß.

Rhetts Haar ist noch feucht von seiner Dusche und er riecht wie ein Wald nach einem kühlen Regen. Langsam beuge ich mich vor, atme tief ein und genieße seinen Duft, als ich mich dabei erwische, wie ich an meinem Nachbarn schnüffle.

Ruhig, Indie. Ganz ruhig.

Rhett grinst, und er schüttelt den Kopf, während seine Augen amüsiert leuchten.

»Alles klar, Indie. Bist du bereit zu gehen?«

»Ja!« Ich folge Rhett den Flur entlang, sein großer, flauschiger Hund läuft hinter ihm her. Er sieht *nach seinem Bad so* viel besser aus, und ich wünschte, ich hätte auch eines genommen. Sie sehen alle beide gut aus, während ich mir ziemlich sicher bin, dass ich immer noch nach nassem Hund rieche.

Ich werde aus meinen Gedanken gerissen, als mir plötzlich an dem Bild vor mir etwas auffällt.

»Äh ... braucht er nicht eine Leine? Was ist, wenn er wegläuft?«

Rhett zuckt lässig mit den Schultern, die Hände in den Hosentaschen, und erinnert mich an einen kleinen Jungen. Der Gedanke bringt mich zum Lächeln.

»Ich weiß nicht. Er ist mir vom Park bis hierher gefolgt, also denke ich, dass er noch die paar Blocks bis zum Tierarzt schafft, nicht wahr?«

Ich ahme sein Achselzucken nach, weil er wahrscheinlich recht hat, und wir gehen zur Tierklinik.

Genau wie Rhett vorausgesagt hat, weicht der große Kerl nicht von seiner Seite.

Alles läuft reibungslos ab, was Rhetts Verdacht bestätigt, dass der Hund keinen Besitzer hat und die Wahrscheinlichkeit, dass wir einen finden, ziemlich gering ist.

Rhett kann sein jungenhaftes Grinsen kaum unterdrücken, als der Tierarzt die Nachrichten überbringt.

Verdammt, ist er süß, wenn er begeistert ist.

Danach gehen wir zum Zoofachgeschäft, das günstigerweise direkt nebenan liegt.

Ich habe noch nie in meinem Leben so viel gelacht, als wir Hundefutter, ein Bett, Leckereien, Kausnacks, eine Leine und ein leuchtend rotes Halsband herausgesucht haben, das innerhalb von Sekunden nach dem Anziehen im langen Fell des Hundes verschwindet.

»Du verwöhnst ihn sehr für einen Kerl, der nicht sicher ist, dass er ihn behalten wird«, necke ich ihn.

Rhett scheint über seinen Einkaufsbummel völlig reuelos zu sein. »Ja, aber auf diese Weise habe ich, selbst wenn sie den Besitzer finden, was, wie der Tierarzt sagte, ziemlich unwahrscheinlich ist, alles was ich brauche, um mich so um den großen Kerl zu kümmern, wie er es verdient.«

Ich seufze über seinen Tiefsinn und liebe es, wie sehr er sich um ein Tier kümmert, das er erst vor ein paar Stunden kennengelernt hat.

»Das ist ziemlich großzügig von dir.«

»Das ist doch selbstverständlich.«

Meine Wangen färben sich rosa.

Für mich ist das etwas ganz Besonderes.

Ich ging gleich nach dem Tierarzttermin nach Hause. Ich wollte mich nicht aufdrängen oder so. Außerdem musste ich ins Bett. Diese Muffins backen sich nicht von selbst!

Mein nächster Tag in der Bäckerei verschwimmt und ich halte auf dem Heimweg in der Tierhandlung an. Ich möchte mich nicht aufdrängen, aber ich möchte auch erfahren, wie ihre erste Nacht verlaufen ist. Ich wollte schon immer einen Hund, aber da Tony allergisch war, habe ich nicht darauf bestanden.

Jetzt spielt das keine Rolle mehr.

Es ist so ein surreales Gefühl. Ich bin seit über einem *Jahrzehnt* ein *Wir* gewesen. Zu einem *Ich* zurückzukehren ist gewöhnungsbedürftig.

Ja, es hat seine Vorzüge alleine zu sein, aber ich wollte mein Leben immer mit jemandem teilen. Um über meinen Tag zu sprechen. Mit jemandem die Last zu teilen. Meine Kämpfe. Meinen Schmerz.

Ich klopfe mit den Fingerknöcheln gegen Rhetts Tür, eine blöde Entschuldigung auf den Lippen, warum ich unangekündigt vorbeikomme.

Ich kann nicht glauben, dass ich das mache. Schon wieder.

Zuerst ein Cronut? Jetzt eine Tüte mit Leckerchen für seinen Hund?

Ich verdrehe die Augen. *Subtil, Indie. Wirklich subtil.*

Rhett antwortet mit einem freundlichen Lächeln. »Ich hätte nicht gedacht, dass ich dich so bald wiedersehen würde.« Seine Brauen sind leicht zusammengezogen und zeigen seine Überraschung über meinen spontanen Besuch.

Unbeholfen übergebe ich eine Tüte mit Hundeleckerchen, während ich von einem Fuß auf den anderen wechsle. »Hi. Ich wollte nur sehen, wie die erste Nacht mit deinem neuen Hund verlief. Ich habe seit meiner Kindheit keinen Hund mehr gehabt, aber ich erinnere mich, dass die ersten Tage hart sein können, weißt du? Es ist eine große Anpassung für euch beide, also dachte ich, ich schaue mal nach euch.« Irgendwie schaffe ich es meinen Redeschwall zu unterbrechen.

Rhett öffnet die Tür noch ein wenig mehr und gewährt mir Zugang zu seiner Wohnung. Anfangs nehme ich an, dass seine Geste mich einladen soll, aber ich merke schnell, dass es darum geht, jemanden rauszulassen.

»Wie du sehen kannst, geht es ihm großartig!«, entgegnet mir Rhett.

Sein großer, flauschiger Hund rennt auf mich zu, springt hoch und attackiert mich mit schlabberigen Küssen, als wären wir seit ewig beste Freunde.

Rhett greift ein und tadelt sein neues Haustier mit strenger Stimme. »Runter, Junge. Du kannst dich nicht einfach auf Leute stürzen, Kumpel.«

Ich lache gutmütig, bevor ich mich auf die Knie fallen lasse und den Hund hinter seinen Ohren kraule.

»Rhett hat wahrscheinlich recht, Hübscher«, antworte ich an das Fellknäuel vor mir gewandt. »Wenn ich eine Pfadfinderin wäre, die Kekse verkauft, würde ich wahrscheinlich meine *Thin Mints* vor Schreck fallen lassen.«

Er leckt mein Kinn und ich schiebe sein Gesicht weg, während ich wie ein kleines Kind lache.

»Diese Leckerchen sollen übrigens bei schlechtem Atem helfen. Ich schlage vor, du öffnest sie jetzt gleich«, füge ich an Rhett gewandt hinzu, der gerade damit beschäftigt ist mich und seinen Hund beim Spielen zu beobachten. Ich plumpse auf meinen Hintern im Flur, während das große Fellknäuel aufgeregt mit seinem Schwanz wedelt.

»Das werde ich auf jeden Fall tun. Hast du auch etwas für Blähungen gefunden?«

Mein Mund verzieht sich zu einem breiten Grinsen und ich rümpfe meine Nase bei seiner Frage.

»Iiihh! Das ist so eklig!«, quietsche ich. Er lacht mit, während er sich gegen den Türpfosten lehnt. Als würde er es sich bequem machen, um noch eine Weile hier stehen zu bleiben, anstatt meinen spontanen Besuch zu beschleunigen, um zu dem zurückzukehren, was er tat, bevor ich an seine Tür klopfte.

Ich glaube nicht, dass er so schnell vorhat unser Gespräch zu beenden. Und wenn ich ehrlich bin, ich auch nicht.

»Also, wie nennst du ihn?«

Er seufzt niedergeschlagen, packt seinen Nacken und beäugt den riesigen Hund, der praktisch auf meinem Schoß sitzt.

»Ich habe ihm noch keinen Namen gegeben. *Jemand* hat mir gesagt, dass ein Name wie Bob für ihn nicht in Frage kommt.« Er kneift spielerisch die Augen zusammen.

»Ups.« Ich verziehe das Gesicht.

»Seitdem habe ich mich bemüht, mir etwas Einzigartiges einfallen zu lassen. Etwas, das zu ihm passt.«

Er setzt sich zu mir auf den Boden und tätschelt die Seite des Hundes.

Ich weiß nicht, warum wir nicht in seine Wohnung gehen, aber das ist okay. Es ist etwas unkonventionell. So wie wir.

Ich lecke mir über die Lippen und lenke meine Aufmerksamkeit wieder auf Rhetts neuen Kumpel. »Mal sehen ... du kennst ihn besser als ich. Wie ist er so?«

»Also ... er ist unheimlich treu. Weicht mir nicht von der Seite. Klug. Geduldig. Freundlich.« Er mustert den Hund mit purer Zuneigung. »Er ist so ziemlich der perfekte Hund, wenn ich ehrlich bin.«

Ich lächle sanft über seine süße Antwort. »Das ist eine ziemlich schwierige Aufgabe.«

»Ja, aber irgendwie schafft er es. Ich hatte nicht vor einen Hund zu halten, aber manchmal kommen die besten Dinge im Leben zu den ungünstigsten Zeiten.« Seine dunklen Augen schießen für den Bruchteil einer Sekunde zu meinen, aber sie sprechen laut und deutlich. Ich stecke meine Haare hinter mein Ohr, während meine Wangen anfangen zu glühen.

Im Moment ist es ein sehr ungünstiger Zeitpunkt, dass etwas Großartiges an meine Tür klopft.

Buchstäblich.

»Das kann ich mir vorstellen«, murmele ich und versuche zu ignorieren, wie meine Finger zittern, während sie durch die weißen Haare des Hundes streichen. »Ähm ... Maximus geht immer. Ich bin mir ziemlich sicher, dass es großartig oder so etwas bedeutet. Und er ist ziemlich großartig.«

»Das ist nicht schlecht.« Rhett macht eine Pause und wiegt ab. »Aber ich habe das Gefühl, dass jeder seinen Hund Maximus nennt. Mal sehen, was dir sonst noch einfällt.«

Damit hat er recht, ich ziehe mein Handy aus der Gesäßtasche meiner Jeansshorts und öffne Google.

»Das ist ein sehr wichtiger Punkt. Lass uns mal nachlesen.«

Wir verbringen die nächste Stunde damit, zu lachen und über die besten und schlechtesten Hundenamen auf dem Planeten zu sprechen, bevor ich einen guten Vorschlag finde.

»Wie wäre es mit Titus? Es bedeutet erfreulich, und hast du dieses Gesicht gesehen? Ich bin mir ziemlich sicher, dass dein neuer Hund den Boden verehrt, auf dem du läufst, und alles tun würde, um dir zu gefallen.«

Rhett mustert den großen Fellmopp, der auf unseren Schössen liegt. Wir sitzen Seite an Seite mit dem Rücken an der Wand angelehnt, und Rhetts Hund liegt wie eine riesige Decke auf uns beiden drauf.

»Aber was wäre dann sein Spitzname?«, fragt er. »Ich kann ihn nicht Titty nennen.« Sein Gesichtsausdruck verwandelt sich in völligen Ekel, und ich breche in Lachen aus.

»Du musst ihn nicht Titty nennen! Das ist aus vielerlei Gründen scheußlich!«

»Ich weiß! Ja, das hab ich damit gemeint! Welchen Spitznamen bekommt er?«, sagt er gereizt.

»T?«, schlage ich vor.

»Das ist ein Buchstabe, kein Spitzname.«

Ich verdrehe die Augen. »Also gut. Lass uns weiterschauen.«

Wir gehen Dutzende Namen durch, bevor ich endlich den Gewinner vorschlage.

»Wie wäre es mit ... Harry?«

Rhett sieht mich an, als wäre ich verrückt geworden. Unsere Gesichter sind ungefähr dreißig Zentimeter voneinander entfernt, während wir uns beide mit dem Hintern auf dem Flurboden an die Wand lehnen. Es ist uns beiden unbequem, wir haben aber zu viel Spaß miteinander, um aufzuhören und getrennte Wege zu gehen.

»Das ist fast so schlimm wie Bob«, antwortet er, seinen Kindheits-Yorkie erwähnend und bittet mich stillschweigend um einen Gegenbeweis.

»Und genau deshalb ist es perfekt. Es ist so unoriginell, dass es schon wieder originell ist. Du kannst die Tradition der langweiligen Hundenamen weiterführen, die du seit deiner Kindheit hast und ... bist du bereit für den Knaller?«, frage ich, während ich meine Brauen in übertriebener Begeisterung auf und ab hüpfen lasse.

»Leg los!« Er grinst und genießt meine verrückten Mätzchen.

»Es waren seine *Haare*, die euch beide zusammengebracht haben! Hä? Hä?« Ich bin so zufrieden mit mir selbst, dass ich Rhett einen spielerischen Klaps gegen die Schulter gebe und ihn unerwartet stoße. Nach meinem Gesichtsausdruck würde man meinen, ich hätte gerade den Welthunger geheilt und seine Reaktion enttäuscht mich nicht.

Er brüllt vor Lachen und macht dem armen alten Harry Angst, der während unserer Debatten bei Namensvorschlag Nummer 102 eingeschlafen war.

Ich steige in sein Lachen mit ein und lache mir die Seele aus dem Leib, ohne mir dabei einzugestehen, dass ich so viel Spaß seit ... eh und je nicht mehr hatte.

Und das einfach so mit meinem Nachbarn, mit dem ich eine völlig platonische Beziehung habe. Keine große Sache, oder?

KAPITEL VIERZEHN

INDIE

Es ist Freitagabend und mein Magen knurrt. Ein Mädchen wie ich kann nur eine bestimmte Menge Eclairs essen, bevor es etwas braucht, das nicht voll mit Zucker und Kohlenhydraten ist.

Ich schiebe meinen Schlüssel in das Briefkastenschloss und sortiere die Post, als ich eine vertraute Person hinter mir spüre.

Gänsehaut verteilt sich auf meiner exponierten Haut, bevor ich überhaupt die Gelegenheit habe über meine Schulter zu schauen.

Als ich in seine Richtung schaue, kollidieren seine warmen Augen mit meinen und lassen mich vor seinen Augen zu einer Pfütze zerschmelzen.

»Hey, du«, grüße ich ihn und versuche die Aufregung einzudämmen, die aus mir heraussprudeln will, weil ich im selben Raum wie er bin.

»Hey«, antwortet Rhett herzlich, als er den Briefkasten neben meinem öffnet.

Ich sortiere weiter meine Post und werfe ihm unauffällig

einen Seitenblick zu. Ich bin noch nicht wirklich bereit in meine einsame Wohnung zu verschwinden.

»Wie geht es Harry?«

»Ich denke, es geht ihm gut? Ich hoffe es jedenfalls. Ich bin gerade von der Arbeit nach Hause gekommen, also sollte ich jetzt wohl mit ihm spazieren gehen.«

Ich nicke, während ich mir meine Post an die Brust drücke.

»Das ist schön«, erwidere ich, während er seine Post weiter sortiert.

Ich sollte jetzt gehen ... das wird unangenehm.

Mein Magen nutzt die Gelegenheit, um mich durch lautes Knurren weiter in Verlegenheit zu bringen. Ich bin mir ziemlich sicher, dass es so klingt, als hätte ich einen Bären verschluckt.

Einfach herzallerliebst.

Rhett schaut mit einem bösen Grinsen auf den Lippen auf, kommentiert es aber nicht.

»Ich, äh ... Ich sollte wohl gehen. Viel Spaß beim Spazierengehen.« Ich gehe ein paar hastige Schritte in Richtung Aufzug, als mich seine sanfte Stimme aufhält.

»Willst du mitkommen? Vielleicht auf unserem Spaziergang etwas essen? Ich glaube, es gibt heute ein paar gute Food Trucks im Park.«

Ich unterbreche meinen Abflug. Ich würde wirklich gerne mitgehen, aber ich möchte nicht so verzweifelt rüberkommen. Na ja, verzweifelter als ich normalerweise bin.

Langsam drehe ich mich auf der Ferse um und sehe ihn wieder an. Er sieht müde aus. Seine Augen wirken ein wenig stumpf und sein Haar sieht aus, als würde er den ganzen Tag mit den Fingern hindurchfahren. »Bist du sicher?«, frage ich, während ich mit der Post in meinen Händen herumzappele. »Ich möchte euch nicht stören.«

Er lächelt breit, bevor seine langen Beine den Abstand

zwischen uns verschlingen und wir fast Brust an Brust stehen. »Indie.« Mein Name geht ihm auf köstlichste Weise über die Lippen. »Willst du mit mir spazieren gehen? Und etwas essen gehen? Und mir helfen Spannungen von der Arbeit abzubauen?«

Ich schnaube bei seiner dünn verschleierten Anspielung. »Ich würde gerne spazieren gehen und etwas mit dir essen. Die Spannung musst du jedoch selbst abbauen.«

Er schüttelt den Kopf und grinst von Ohr zu Ohr. »Kommt nicht in Frage.«

Ich werfe meinen Kopf zurück, lache, liebe unsere Scherze und fühle mich zum ersten Mal seit unserem letzten Treffen sorglos. Ich weiß nicht, wie er das macht, aber er hat eine Art an sich, durch die ich mich frei fühle.

Rhett drückt die Vorderseite seines Körpers gegen meine, während er sich um mich beugt und den Aufzugsknopf drückt. Seine Stoppel streifen meine Gesichtsseite, als er flüstert: »Wusstest du, wie schön du bist, wenn du lachst? Du solltest das öfter machen.«

Ich knabbere an der Innenseite meiner Wange und bin mir nicht sicher, was ich sagen soll, als der Aufzug hinter mir klingelt und den Zauber bricht, der zwischen uns liegt.

Ich räuspere mich, bevor ich den kleinen Aufzug betrete, der uns auf unsere Etage bringt. Rhett folgt mir.

»Also, ähm ... wir sehen uns in zehn Minuten?«, frage ich ungeschickt.

Er lacht leise, bevor er zustimmt. »Bis in zehn Minuten.«

Ich eile in mein Badezimmer, erfrische mich und putze mir die Zähne, bevor ich eine cremefarbene Bluse anziehe, die nicht mit Kakaopulver bedeckt ist, weil ich eine Auseinandersetzung mit der Küchenmaschiene hatte.

Ich schlüpfe in ein paar Slipper und gehe dann zur Haustür, um Rhett und Harry im Flur anzutreffen.

Harrys lange rosa Zunge ragt zur Seite seines Mundes

heraus und er hebt seine Nase in die Luft. Sobald er mich sieht, fängt er an freudig mit dem Schwanz zu wedeln. Ich lasse mich auf die Knie sinken, um ihn richtig zu begrüßen.

»Hey, großer Kerl! Wie geht es dir?« Harry leckt mir spielerisch die Wange und ich weiche lachend zurück.

»So gut, was? Ich bin froh, dass dein Besitzer sich um dich gekümmert hat. Ich hoffe, er gibt dir viel zusätzlichen Speck, weil du so ein guter Junge bist. Ja, das bist du!«

Rhett lacht, bevor er seine Hand anbietet und mir aufhilft.

Kommt, ihr zwei.« Ihr fangt an mich eifersüchtig zu machen. Wo ist meine Begrüßung?«

Ich drehe mich zu ihm um, stelle mich auf meine Zehenspitzen und kratzte spielerisch über die Stoppel an seinem starken Kiefer, während ich mit meiner sirupartigen süßen Stimme sage: »Und, wie geht es dir, großer Junge? Hattest du einen schönen Tag? Ich wette, den hattest du. Ja, den hattest du!«

Er schüttelt den Kopf und schaut auf mich herab. Seine Augen leuchten vor Zuneigung und lassen mein Herz gegen meine Rippen schlagen.

Sanft legt er seine Hand auf meine, die immer noch seinen gemeißelten Kiefer umfasst, und die Intimität überwältigt meine Verspieltheit von eben.

Seine Stimme ist voller Aufrichtigkeit, als er sagt: »Eigentlich hatte ich einen Scheißtag. Aber er ist schon viel besser geworden.«

Mein Lächeln verschwindet ein wenig, als mein Blick auf seine Lippen fällt. Mein Daumen ist nur Zentimeter von ihnen entfernt, und ich möchte unbedingt wissen, ob sie so weich sind, wie sie aussehen.

Harry nutzt die Gelegenheit, um an der Leine zu ziehen und mich damit aus meinem Tagtraum zu reißen.

Ich lasse meine Hand zur Seite fallen. »Ich bin froh, dass ich ihn ein bisschen besser machen konnte.«

Er bewegt sich nicht, also füge ich hinzu: »Sollen wir loslegen?«

Er starrt mich weiter an und verwandelt mein Inneres in einen kleinen Haufen Gänsehaut. »Ja, Sonnenschein. Lass uns dir etwas zu essen besorgen.«

Und damit machen wir uns auf den Weg in den Park und Richtung Essen.

KAPITEL FÜNFZEHN

RHETT

Es ist offiziell. Ich habe im Lotto gewonnen. Ich habe keinen Lottoschein gekauft oder so, aber das ist die einzige Schlussfolgerung, zu der ich kommen kann. Ich habe das schönste Mädchen, sowohl innerlich als auch äußerlich, das ich je getroffen habe, an meinem Arm hängen. Sie lacht über jeden Mist, der aus meinem Mund kommt und sieht mich an, als wäre ich etwas ganz Besonderes.

Ich will sie.

So verdammt sehr.

Wir haben gerade Thai Nudeln mit Curry-Hühnchen verzehrt. Sie nippt an einer eiskalten Limonade und saugt das Ambiente auf, während ich ihre Gegenwart genieße.

Wir sitzen auf dem kühlen Gras mit Harry neben uns, der leicht schnarcht, während die Sonne über uns untergeht und den Himmel in ein glühendes Orange verwandelt.

»Danke für heute«, flüstert sie. »Ich hatte lange nicht mehr so viel Spaß.«

»Ich auch nicht. Kann ich dich etwas fragen?«

Sie nickt und nimmt einen weiteren Schluck von ihrem Getränk.

»Glaubst du, dass die Leute die Dinge mehr bereuen, die sie nicht tun, aber wünschten, sie hätten es getan, oder glaubst du, dass sie eher die Dinge bereuen, die sie tun, aber wünschten, sie hätten es nicht getan?«

Ihr Gesicht verzieht sich leicht. Ich sehe mit gespannter Aufmerksamkeit zu, wie sie über meine Frage nachdenkt. »Ich denke, wir sollten unser Leben nicht mit Bedauern in beiden Richtungen verbringen. Leben ist Leben, nicht wahr? Sollte man nicht glücklich sein und aus seinen Lebenserfahrungen lernen, solange man lebt, egal was passiert?«

»Nun, was sagt man dazu? Du hast wirklich immer Recht«, necke ich. Sie errötet als Antwort, fügt aber nichts Weiteres hinzu.

Als Geschäftsmann bin ich dafür bekannt nach Gelegenheiten zu suchen und diese, ohne zu zögern, zu nutzen. Ich weiß, wenn ich es nicht tue, gehen sie an mir vorbei.

Und als ich auf Indie mit ihren rosigen Wangen und der sonnenverwöhnten Haut hinabschaue, denke ich etwa zwei Sekunden lang über ihren weisen Rat nach, bevor ich den Raum zwischen uns schließe. Meine Finger graben sich in ihre Haare. Sie verheddern sich in den losen Strähnen, die sich aus ihrem lockeren Haarknoten gelöst haben, während mein Mund auf ihren trifft.

Ich schiebe meine Zunge zwischen ihre geöffneten Lippen. Sie drückt sich an mich und küsst mich ohne einen einzigen Moment des Zögerns zurück.

Es ist zu schön, um wahr zu sein. Ich schwebe auf Wolke sieben.

Wenn wir stehen würden, hätte mich ihr Mund auf die Knie sinken lassen, um sie so zu verehren, wie sie es verdient.

Sie schmeckt wie süßer Vanillezucker mit einem Hauch von Gewürz, das ganz ihr eigenes ist.

Sie schmeckt göttlich.

Ich ziehe sie näher und habe das Gefühl, ich kann nicht genug bekommen. Ich brauche mehr. Sie wirft ihr Bein über mich und schiebt es zwischen meine Beine. Die Welt um uns herum bleibt stehen.

Ich zeige meine Gefühle sonst nicht so in der Öffentlichkeit, aber ich kann mir nicht helfen. Ihre Lippen sind samtig weich, als ich an ihrem Mundwinkel knabbere. Die zarten Liebesbisse lösen ein Stöhnen aus, das ihren geöffneten Lippen entgeht. Ich will mehr! Ich neige ihren Kopf und umfasse ihren runden Po, um sie näher an mich heranzuziehen und sie ganz zu verschlingen.

In der Ferne schreit ein Kleinkind und reißt mich aus dem lustvollen Dunst, der uns umgibt. Das Geräusch erinnert mich daran, dass wir *nicht* alleine sind.

Ich drücke noch einmal ihren Hintern und schiebe sie dann mit Bedauern von meinem Schoß. Sie lässt sich neben mir nieder und seufzt ungläubig.

Ihre Wangen sind gerötet, ihre Lippen sind geschwollen und ihre Atmung ist unregelmäßig, während ihre Augen mich verschlingen. Die Kombination stiehlt mir den letzten Rest meiner Selbstkontrolle. Ich lege sie auf den Rücken auf das kühle Gras. Ich gebe ihr einen letzten Kuss auf ihren Mund und nehme ihren einzigartigen Geschmack in mich auf, während ich bete, dass dies nicht das letzte Mal ist, dass ich sie kosten darf.

Ihre Hände streifen über meine Wangen, und legen sich um meinen Nacken um mich näher an sich zu ziehen. So nah, wir kleben praktisch aneinander, während sie unter mir zerschmilzt. Ihre Brust reibt sich an meiner. Ich lehne meine Stirn an ihre.

»So hat es sich noch nie angefühlt«, gibt sie zu, während sie versucht, wieder zu Atem zu kommen. Ihr Ton blutet vor Verwundbarkeit.

»Geht es dir gut? War das zu schnell?« Ich lehne mich

zurück und versuche ihr etwas Platz zu geben. »Scheiße. Das hätte ich nicht tun sollen. Du hast gerade mit einem Kerl Schluss gemacht.« Ich ziehe vor Wut an den Haarwurzeln. »Was zur Hölle habe ich mir dabei bloß gedacht?«, murmele ich leise.

Vorsichtig setzt sie sich auf und nimmt meine Hand, die an den Haaren zieht, um unsere Finger ineinander zu verschränken. Wie ein Liebespaar. Und so viel mehr als ein Freunde.

»So habe ich das nicht gemeint, Rhett. Das war nicht zu schnell. Tony und ich waren, lange bevor du aufgetaucht bist, vorbei. Wir waren praktisch Mitbewohner«, spottet sie und erinnert sich an die letzten Jahre ihrer Beziehung. »Was ich meinte, war, dass dieser Kuss mehr Gefühl hatte als meine gesamte Beziehung zu Tony. Mein Herz tut immer noch weh, aber nicht, weil ich ihn vermisse, sondern, weil ich die ganze Zeit bedauere, die wir miteinander verschwendet haben, während wir das *hier* mit jemand anderen hätten spüren können.«

Sie lacht. »Sieh dir das an. Ich glaube, ich bereue etwas. Aber es war nicht unser Kuss, das verspreche ich dir. Ich könnte einen solchen Kuss in einer Million Jahren nicht bereuen.«

Indie hebt unsere verschränkten Finger an, bevor sie ihre Lippen sanft gegen meinen Handrücken drückt. Die intime Geste bettet sich für immer in mein Gedächtnis ein.

»Wirst du wieder mit mir ausgehen?«, frage ich und bete, dass sie ja sagen wird.

Ihr sanftes Lächeln wird direkt vor meinen Augen größer. »Ich dachte schon, du fragst nie.«

KAPITEL SECHZEHN

INDIE

Ich habe in meinem ganzen Leben nur einen Freund gehabt. Ich habe in meinem ganzen Leben auch nur einen Mann geküsst. Das heißt, bis gestern Abend um ungefähr acht Uhr. Mir wird immer noch schwindelig von der Hitze, die von unseren sich berührenden Lippen erzeugt wurde.

Ich wusste nicht, dass es so sein könnte. Zur Hölle, ich bin achtundzwanzig und dachte, all diese Liebesgeschichten wären voller Mist.

Ich hatte *keine* Ahnung.

Sophie und Natalie können anscheinend die Pheromone riechen oder so, weil sie mich wie ein paar Haie umkreisen und nach einer saftigen Geschichte suchen. Zum Glück hatten wir einen Haufen Kunden, die Koffein und Zucker brauchten, also war ich ein paar Stunden lang vom Haken.

Im Laden scheint es sich jedoch zu beruhigen, daher die kreisenden Haie.

Ich bin gerade damit beschäftigt, ein dekoratives Sahnehäubchen auf einen Kuchen zu platzieren, als mein Telefon klingelt. Tonys Name blinkt auf dem Display auf und mein

Finger schwebt für den Bruchteil einer Sekunde über dem Anrufannahmesymbol. Sophie und Natalie bombardieren mich von beiden Seiten, während ich seinen Anruf abweise. Ich habe gerade keine Zeit für ihn.

»Okay, Indie-Pie, Zeit für ein Geständnis.« Sophie verschränkt die Arme vor der Brust. Sie versucht einschüchternd zu wirken, doch ein Teil von mir möchte ihr einen Keks anbieten, dann ihren Kopf tätscheln und den Disney-Kanal einschalten.

Ich muss bei der Vorstellung grinsen. Eigentlich ist sie ein Pitbull im Körper eines Chihuahuas, und ich weiß, dass ich mich nicht mit ihr anlegen sollte.

»Indie-Pie?«, frage ich in ihre Richtung, während ich ihr einen Seitenblick zuwerfe.

»Weißt du, weil du Kuchen und den ganzen Mist backst.« Sophie zuckt mit den Achseln, als wäre es offensichtlich und ich so dumm, dass sie es für mich buchstabieren muss.

»Kämpfe nicht mit ihr«, klinkt sich Natalie ein. »Sie wird sich nur noch miesere Spitznamen einfallen lassen. Oder wie denkst du, bin ich bei Noogie hängengeblieben?«

Ich schnaube.

»Das ist ein schrecklicher Spitzname«, stimme ich voll und ganz zu.

»Ja, nicht? Hört jetzt auf das Thema zu wechseln. Du kommst heute Morgen hierher und strahlst wie die verdammte Sonne«, beginnt Natalie.

»Und jetzt musst du uns sagen warum«, beendet Sophie ihren Satz.

Ich halte meinen Finger hoch. »Zuerst musst du erklären, wie du den Spitznamen Noogie bekommen hast, Natalie, dann werde ich Details erzählen.«

»Oh, also *gibt es* doch Details, was?« Sophie wackelt mit den Augenbrauen. Sie sieht ziemlich verschlagen aus.

Ich verdrehe die Augen. »Ja. Aber du zuerst.«

»Nein …« Natalie stöhnt. »Das ist so peinlich …«

»Du hast es angesprochen!«, unterbricht Sophie. »Also, Natalie ist schon immer in meinen Bruder Marcus verliebt.«

»Nein, bin ich nicht!«

Sophie dreht sich zu Natalie um. »Oh halt die Klappe. Wir wissen beide, dass es wahr ist. Das Problem ist jedenfalls, dass er sie immer wie eine kleine Schwester behandelt hat, und dazu gehören auch die unvermeidlichen Knuffe (Noogies).« Sie grinst ihre beste Freundin an, die sich gerade hinter ihren Händen versteckt, als ob wir sie dahinter nicht sehen könnten.

»Eines Tages waren Natalie und ich in unserem Wohnzimmer und warteten darauf, dass zwei Jungs kommen, um uns abzuholen. Marcus saß auf der Couch und spielte Halo oder so was, als die Türklingel seine Aufmerksamkeit vom Bildschirm riß.«

Natalie jammert zwischen ihren Fingern hervor. »Erzähl' es nicht. Erzähl' es nicht! Ich glaube nicht, dass ich das noch mal ertragen kann!« Sophie redet ungehindert weiter. »Er steht auf und öffnet die Tür, bevor Natalie oder ich die Chance dazu haben. Dann erteilt er den Jungs Nachhilfe in Sachen Verhaltensregeln beim Ausgehen.«

»Das ist doch nicht so schlimm«, sage ich und frage mich, was daran so eine große Sache ist. Die meisten Brüder würden das Gleiche tun, oder? Ich meine, ich habe keinen Bruder, aber ich würde annehmen, dass er es tun würde, wenn ich ausgehen wollte.

»Sie ist noch nicht fertig«, murmelt Natalie aus ihrer geduckten Position in der Nähe der Theke hervor.

»*Dann* geht er dazu über, Natalie vor allen einen Noogie zu geben, um seinen brüderlichen Gefühlen ihr gegenüber Ausdruck zu verleihen.« Sie hebt die Finger, um den Begriff brüderlich mit Anführungszeichen zu versehen. »Nicht bei mir, wohlgemerkt. Nur bei ihr.«

»Boa. Es war so peinlich. Er wollte darauf hinweisen, dass ich für ihn wie eine kleine Schwester bin und das alles ist, was ich jemals sein werde.« Natalies Schultern hängen niedergeschlagen herunter, während Sophie von Ohr zu Ohr grinst. »Sag' das nicht. Er hat es getan, damit die anderen sie in Ruhe lassen. Er ist in sie verliebt und weiß nicht, wie er aus der Schublade des großen Bruders herauskommt. Weißt du, was ich meine? Deshalb legt er immer Wert darauf, *besonders* brüderlich zu sein ... kapiert? Weil sie ihn nervös macht und er nicht weiß, wie er mit ihr umgehen soll? Leuchtet vollkommen ein!« Sie bewegt ihren Kopf auf und ab, als wäre ich ein Dummkopf, wenn ich ihr nicht zustimmen würde.

Natalie lässt ihre Schultern kreisen. »Okay, genug von meinem Drama. Kommen wir zu den neusten Neuigkeiten.«

»Ähm ...« Ich erstarre und fühle mich ein wenig unwohl, wenn ich im Mittelpunkt eines so verletzlichen Themas stehe. Ich meine, anfangs war ich voll dafür ihnen alles zu erzählen, aber jetzt ....

»Weiter«, drängt mich Natalie.

Ich schlucke hörbar. »Wie ihr bereits wisst, haben Tony und ich uns getrennt.«

»Ja, ja.« Sophie winkt mit ihren Händen ab »Das haben wir bereits mitbekommen ... komm zum guten Teil!«

Ich lache über ihre kindliche Begeisterung. »Gut ... Rhett und ich haben ein bisschen mehr Zeit miteinander verbracht. Wir sind gestern Abend in den Central Park gegangen, sind mit Harry spazieren gegangen, haben leckeres Essen gegessen und dann ...« Die Erinnerungen treffen mich in Wellen.

Seine Lippen. Seine Hände. Sein Geschmack.

Ein Mädchen könnte nach so einem Kuss glücklich sterben.

»Und dann was?«, kreischen sie im Chor, während sie sich erwartungsvoll an den Händen halten. Ihre Augen kleben an mir, als wäre ich die faszinierendste Person der Welt. Ich bin mir ziemlich sicher, dass im Laden eine Bombe hochgehen könnte, und sie würden es nicht einmal bemerken.

»Und dann ... haben wir uns geküsst.« Ich zucke die Achseln, als wäre es keine große Sache, während ich mir innerlich die Seele aus dem Leib schreien könnte.

Wir. Haben. Uns. Geküsst.

Ihre Blicke sagen alles ... Wirklich?

»Das ist alles, was du zu erzählen hast?«, fragt Natalie höflich.

Sophie dreht sich zu ihrer besten Freundin um und spricht mit ihr, als wäre ich nicht im Raum, obwohl ich einen halben Meter rechts von ihr stehe. »Sei geduldig, Noogie. Ich bin mir ziemlich sicher, dass sie noch nie *ein Mädchengespräch* erlebt hat. Wir müssen mit ihr kleine Schritte gehen.«

Natalie nickt zustimmend. »Du hast recht.«

Sie wenden sich genau zur gleichen Zeit mit tödlichen Blicken an mich, die einen Mafia-Boss unter dem Druck zum Reden bringen würden.

»Wie war es? Wo waren seine Hände? Hat er dich so heiß gemacht, dass du ihn wie ein Hund besteigen wolltest?«, fragt Sophie unverblümt.

»Sophie!«, kreische ich, und mein Gesicht wird knallrot. »Du erzählst mir was von verlegen sein? Das. Genau das hier. Ist die Krönung.« »Gut, gut.« Sophie hebt ihre Hände in gespielter Kapitulation. »Ich denke, ich habe es ein bisschen zu weit getrieben.«

Das kann man wohl sagen!

»Aber was den Rest angeht ...« redet Natalie weiter und setzt genau dort an, wo Sophie aufgehört hat. »Erzähl' uns mehr! Wir waren ja nicht dabei. Wir müssen es aus deiner Perspektive erleben.« Sie versucht, mehr Informationen aus mir herauszuholen, und ich beschließe ihnen ein bisschen entgegenzukommen, indem ich explizite Details zu jeder kleinen Berührung preisgebe. Jedes kleine Gefühl. Jeder kleine Schmetterling, der durch meinen Bauch schwärmte.

Nachdem ich weit ausgeholt habe, gebe ich zu: »Es war zweifellos der beste Kuss, den ich je hatte.« Ich schwelge in der Erinnerung und die Mädchen seufzen gemeinsam mit Sternen in ihren Augen.

»Ich will das«, gibt Natalie leise zu, bevor sie auf ihre Hände hinunterblickt. Ihr Ton schreit nach Enttäuschung, und ich habe eine Ahnung, an wen sie denken könnte.

Sophie schlingt liebevoll ihre Arme um ihre Freundin. »Du wirst es bekommen, Nat. Auch wenn ich dafür meinem Bruder ein Nudelholz über den Kopf schlagen muss.«

Ich breche bei ihrer Drohung in lautes Lachen aus. Es würde mich nicht überraschen, wenn sie es tatsächlich wörtlich meint, das ist sicher.

Natalie verdreht vor ihrer Freundin die Augen. »Sophie, ich denke, wir müssen beide zu der Erkenntnis kommen, dass dein Bruder und ich niemals zusammenkommen werden. Es ist eine kleine Schwärmerei, die ich überwinden muss. Das war's.«

Sophie drückt sie fest, bevor sie mich anspricht.

»Genug von diesem traurigen Mist. Kommen wir zum guten Teil. Wann siehst du Rhett wieder und was wirst du anziehen?«

Grinsend umarmen wir uns alle und ich erzähle ihnen dann alle wichtigen Einzelheiten, während ich ihren vielen Vorschlägen zuhöre.

Diese Mädchen sind großartig und ich bin so froh, dass das Schicksal beschlossen hat sie in meinen Laden zu bringen.

KAPITEL SIEBZEHN

RHETT

Der heutige Tag war fast perfekt. Er begann mit einem Cronut von dem schönsten Mädchen, das ich je gesehen habe. Und er endet früh, damit ich vor dem Schlafengehen mehr Zeit mit ihr verbringen kann. Dies ist kein offizielles Date. Es ist einfach eine Gelegenheit sich zu sehen. Sie stimmte zu mit Harry und mir spazieren zu gehen. Anscheinend wird das ein abendliches Ritual.

Ich gehe zum Aufzug, als Nathan mich aufhält.

»Hey, Mann! Bills Sekretärin hat vor ein paar Minuten angerufen. Passt es dieses Wochenende noch gut, mit ihnen abends Essen zu gehen?«

Bill ist einer der größten Investoren, mit denen unser Unternehmen zusammenarbeitet. Er könnte sich auf Toilette mit Scheinen den Hintern putzen ohne den Verlust zu bemerken. Er ist auch einer meiner Hauptkunden.

»Mit ihnen?«, frage ich neugierig nach. Ich hatte das Abendessen dieses Wochenende völlig vergessen.

»Ja. Er bringt seine Frau mit. Gehst du allein oder soll ich ein Date an dem Abend mitbringen? Ich möchte nicht, dass einer von uns das dritte Rad ist ....«

»Ich werde es dich heute Abend wissen lassen. Ich muss sehen, ob sie bereit ist mitzukommen.«

Mein Kommentar erregt seine Aufmerksamkeit. Sein Gesichtsausdruck ist äußerst überrascht. »Du hast jemand Bestimmtes im Sinn?«

Ich wollte gerade antworten, als er loslacht. »Warte ... sag es mir nicht.« Er hebt die Hand wie ein Polizist, der den Verkehr regelt. »Das Mädchen von der Bar? Deine Nachbarin?«

»Das ist sie.«

»Heißt das, ich kann Tinker Bell einladen?« Nathan ist nicht in der Lage, die Lust in seiner Stimme zu verbergen.

»Tinker Bell?« Jetzt bin ich an der Reihe selbstgefällig zu sein, weil ich verdammt gut weiß, dass er über eines der Mädchen spricht, die für Indie arbeiten.

Er zuckt mit den Schultern. »Ich weiß nicht. Wie würdest du sie nennen? Sie ist klein. Blond. Frech wie die Hölle.« Er lächelt wie ein Idiot, als er seine Beschreibung beendet hat. Der Kerl steckt tief im Schlamassel. Nathan reißt alles auf, was er kriegen kann, aber ich habe ihn noch nie verknallt gesehen.

Vielleicht bilde ich mir das nur ein.

»Ironischerweise dachte ich das Gleiche.« Er grinst bei meiner Zustimmung. »Warte aber heute Abend noch ab, bevor du sie einlädst. Ich möchte sicherstellen, dass Indie mitkommt. Wenn sie nicht mitkommt, möchte ich nicht das dritte Rad sein und ich werde niemand anderes einladen.«

Die Aufzugstüren öffnen sich und ich trete ein, bevor Nathan noch etwas hinzufügen kann.

~

ICH ZIEHE MEINEN ANZUG AUS UND SCHWARZE JOGGINGHOSEN, ein graues T-Shirt und Laufschuhe an. Da ich Indie's

Nummer nicht habe, schnappe ich mir Harrys Geschirr und die Leine, bevor ich über den Flur gehe.

Ich klopfe an die Tür und warte gespannt, dass sie sie öffnet.

Die Tür öffnet sich langsam und zeigt eine errötete Indie. Ein pinkfarbener Sport-BH ragt unter ihrem weißen Trägershirt hervor. Sie trägt auch schwarze Yogahosen, die wie angegossen sitzen.

Verdammt, sieht sie gut aus.

»Können wir gehen?«, fragt sie und ihr Blick wandert durch den Flur, anstatt den Kerl anzusehen, der einen halben Meter vor ihr steht. *Mich.*

Ich grinse. Sie verdreht ihre Augen.

»Nervös, Sonnenschein?«

»Ach, sei still. Ich hatte ein ganzes Jahrzehnt lang kein Date mehr, okay? Nicht dass dies überhaupt ein Date wäre, aber ... Ich denke, das war eine dumme Frage, oder? Offensichtlich bist du bereit, da du ja hier bist, um mich abzuholen.« Ihre Wangen werden wieder knallrot, bevor sie ihre Schlüssel von der Küchentheke nimmt und die Tür hinter sich abschließt.

Ich bleibe ruhig und lache schweigend über ihren Wortschwall.

Sie ignoriert mich. »Und dir auch hallo, Harry!« Sie sinkt auf die Knie, damit sie seine Ohren liebevoll kraulen kann.

Als sie mich aus ihrer geduckten Position ansieht, ist der Anblick fast mehr, als ich ertragen kann.

»Wie habt ihr euch akklimatisiert?« Sie ist sich der Wirkung, die sie in ihrer kompromittierenden Position auf mich hat, überhaupt nicht bewusst.

Ich räuspere mich und kreuze unauffällig meine Hände vor meiner Hose. »Uns geht es gut. Sollen wir losgehen?«

»Oh. Äh, ja.« Sie stößt sich vom Boden ab und steht auf und wir berühren uns fast auf Brusthöhe. Irgendwie gelang es mir, während sie Harry begrüßte, sie unbemerkt zwischen mir und der Tür einzukeilen. Sodass sie beim Aufstehen keinen Platz mehr hatte.

Während wir uns so nah sind, knistert die Luft um uns herum von der Vorfreude, die sich aufbaut. Ihre Brust streift meine, als ihre Atmung schneller wird.

Ich schaue auf sie herab und kann ein Lächeln nicht unterdrücken.

»Geht es dir gut, Sonnenschein? Du scheinst ein wenig aufgewühlt zu sein.«

Sie räuspert sich, bevor sie ein paar Haarsträhnen hinter ihr Ohr streift.

»Nein. Ich fühle mich gut.«

Indie schiebt sich an mir vorbei und geht hüftschwingend den Flur entlang und lässt mich einfach stehen.

Ich bin überwältigt von der herrlichen Aussicht vor mir, bis Harry an der Leine zieht und bettelt seiner neuen besten Freundin zu folgen.

Während der Anblick spektakulär ist, ist es noch viel mehr Indies glänzende Persönlichkeit, die mich begeistert hat.

»Warte mal!«, rufe ich, während meine Beine ihr zum Aufzug hinterherfliegen.

Sie drückt den Knopf und lehnt sich lässig an die angrenzende Wand. Ihre tiefblauen Augen bleiben auf mich gerichtet, während ich mich ebenso lässig an die Wand gegenüber lehne und ihre Position widerspiegele.

»Wollen wir?«, frage ich, als sich die Türen öffnen, und deute auf den Innenraum des Aufzugs.

»Vielen Dank, Sir«.

Wir verbringen den Abend damit einander besser kennenzulernen. Die Vorlieben und Abneigungen des anderen. Unsere Vergangenheit. Unsere Hoffnungen und Träume. Ich habe mich bisher noch nie genug für eine Frau interessiert, um die kleinen Details zu erfragen, aber jedes Wort, das aus ihrem köstlichen Mund kommt, fasziniert mich.

Wir haben gerade unseren Spaziergang beendet und gehen zurück in die Wohnung, als ich mich zu ihr umdrehe und frage: »Hey, möchtest du dieses Wochenende mit mir zum Essen gehen? Ein wichtiger Kunde von mir hat mich zu einem Geschäftsessen mit seiner Frau eingeladen, und ich würde mich sehr freuen, wenn du mitkommen würdest.«

Auf meine Einladung hin wird sie unruhig und ich habe keine Ahnung, was ich falsch gemacht habe.

»Arbeitest du oft am Wochenende?« Ihre Stimme wirkt zögerlich und es schwingt ein Hauch von Traurigkeit in ihrer unschuldigen Frage mit.

Vorsichtig verschränke ich unsere Finger, bevor ich ihre Hand an meinen Mund ziehe und einen sanften Kuss auf ihrer seidigen Haut platziere.

Ich schaue in ihre Augen und versuche meine Aufrichtigkeit auszudrücken. »Nein Sonnenschein. Normalerweise arbeite ich nicht am Wochenende. Mein Kunde ist eingeflogen, um mit seiner Frau ein Broadway-Stück zu sehen, und hat uns eingeladen mit ihm mitzukommen. Danach gehen wir Essen, um eine mögliche Investition zu besprechen.«

Ihr Pokerface ist unerschüttert, aber ihre Hände zittern.

»Indie.«

Sie schluckt und meidet meinen Blick.

»Indie? Willst du mir sagen, was los ist?«

Sie knabbert an ihrer Unterlippe, bevor sie den Mut aufbringt, mich anzusehen. »Arbeitsthemen machen mich manchmal nervös.«

Ich neige meinen Kopf zur Seite und fordere sie auf, weiterzureden, während ich versuche zu verstehen.

»Tony arbeitete. Sehr viel. Ich schätze, ich habe ein wenig bedenken mich auf jemanden einzulassen, der nach einem gleichen Zeitplan arbeitet, weißt du?«

Ihr Kommentar reicht aus, um zu verstehen, worum es hier geht, und ich gehe einen Schritt näher und hoffe, dass meine Anwesenheit sie beruhigt. »Ich weiß, dass deine Vergangenheit Einfluss darauf haben wird, wie du zukünftige Beziehungen siehst, aber ich möchte, dass du weißt, dass ich dich *immer* an die erste Stelle setzen werde. Verstehst du?«

Sie leckt sich über ihre Lippen, bevor sie aufschaut und mir widerstrebend zunickt. »Ich verstehe.«

»Gut.« Ich küsse sie liebevoll auf die Stirn, bevor ich meinen Arm um ihre Schultern lege und sie zu ihrer Wohnung führe. »Was hältst du davon, wenn wir uns am Freitag verabreden - nur du und ich - und dann am Samstag arbeiten?«

Meine Frage bringt ein wenig Funkeln in ihre Augen zurück. »Versuchst du mich zu bestechen, Rhett?«

Mein Mund zuckt amüsiert. »Vielleicht.«

Indie kichert und lehnt sich an meine Schulter, während Harry neben uns läuft. »Ich denke, dann haben wir vielleicht einen Deal. Aber ich möchte noch etwas mehr Aufwand bei ihren Überredungskünsten sehen, Sir.«

Ihre freche Art bringt mich zum Lachen. »Geht klar, Sonnenschein.«

Als wir zu ihrer Tür kommen, erinnere ich mich daran, dass ich sie noch etwas fragen wollte, was mich seit Wochen beschäftigt. »Weißt du, was mir bei meiner Fähigkeit helfen würde dich zu überreden?«

»Nein, was?«

»Deine Telefonnummer. Ich finde es etwas seltsam, dass ich weiß, wo du wohnst und dass du Limabohnen verabscheust. Aber deine Nummer immer noch nicht habe.«

Indie zischt. »So bedürftig ... Daran solltest du auch arbeiten, Rhett. Wollte ich nur mal erwähnen.« Sie holt ihr

Handy heraus und wir tauschen Nummern aus, während wir die ganze Zeit wie Idioten lächeln.

»Süße Träume, Sonnenschein«, sage ich, nachdem ich mein Handy wieder in die Tasche gesteckt habe.

»Nacht, Batman.«

Ich zögere ungefähr drei Sekunden, bevor ich mich auf sie zubewege. Langsam dringe ich in die winzige persönliche Blase, die sie umgibt, ein. Ich bin mir ziemlich sicher, dass eine Schnecke mich bei diesem Tempo überholen würde. Jede Bewegung ist mühelos und doch absichtlich. Die Luft um uns herum wird schwer und drückt uns näher und näher zusammen.

Meine Augen fixieren sie, während meine Hand träge über die freiliegende Haut an ihrem Arm streicht. Indie zittert unter meiner unschuldigen Berührung. Ihr Blick wandert zwischen meinem schiefen Lächeln und meinem durchdringenden Blick hin und her.

Ich habe diesen Blick schon einmal bei Frauen gesehen.

Sie ist verloren. Ich könnte jetzt einen Mord begehen, und sie würde anbieten mein Alibi zu sein.

Verdammt. Sie gefällt mir wirklich gut.

Schließlich beuge ich mich vor, um meine Lippen mit ihren zu vereinen und uns beide aus unserem Elend zu befreien.

Ich fange unschuldig an und öffne kaum meinen Mund, bis mein Mund sich mit ihrem wie zwei Puzzleteile verbindet. In perfekter Übereinstimmung. Irgendwie wusste ich, dass das der Fall sein würde. Das letzte Mal, als wir uns küssten, waren wir so hungrig aufeinander, dass wir uns nicht die Zeit genommen haben den Moment wirklich zu erleben, also halte ich diesen Einen unschuldig.

Dieses Mal gehe ich es im idealen Tempo an und speichere jedes Detail in meiner Erinnerung.

Ihre Lippen sind weich. Warm. Die perfekte Textur, und

ich weiß, ich könnte mich in ihnen verlieren, genauso wie in ihren Augen. Zusammen sind sie eine tödliche Kombination.

Ich will mich gerade zurückziehen und sie etwas zappeln lassen, als sie mich überrascht.

Sie schiebt ihre Zunge zwischen meine Lippen, dreht den Spieß um und lässt mich zum ersten Mal in meinem Leben wie die Beute fühlen. Meine Herzfrequenz steigt, als sie ihre Arme um meine Taille legt und mich näher zieht und ihren kurvigen Körper von Kopf bis Fuß an mich drückt.

Als ihre Zähne an meiner Unterlippe knabbern, stöhne ich.

Wenn sie so weitermacht, kann ich für meine Handlungen nicht mehr garantieren. Aber ich denke, das könnte *genau das* sein, was sie will.

Mit der Willenskraft eines Heiligen ziehe ich mich zurück und versuche zu Atem zu kommen. »Ich versuche die Dinge langsam anzugehen, Sonnenschein, aber du machst es mir nicht leicht.« Meine Stimme klingt, als hätte ich gerade eine Tasse Glasscherben gegurgelt.

Sie lächelt wissend. »Ups.«

Diese Frau.

Ich muss lachen, bevor ich sie in ihre Schranken verweise. »Hast du versucht die Dinge zu beschleunigen, Sonnenschein?«

Sie zuckt mit den Schultern und spielt die Schüchterne. »Ich habe keine Ahnung, wovon du redest.«

Indie dreht sich um, um ihre Tür aufzuschließen und tut so, als würde sie die Wirkung, die sie auf mich hat, überhaupt nicht bemerken.

Aber weil sie zwischen meinem Körper und ihrer Wohnung eingeklemmt war, verursacht die Bewegung Reibung an den richtigen Stellen. Ich kann das Stöhnen, dass mir entgeht, nicht unterdrücken.

Indies Belustigung steht ihr ins Gesicht geschrieben, als

sie mir einen Blick über die Schulter zuwirft. Sie sieht verdammt sexy aus. Und sie weiß genau, was ihre kleine Bewegung mir angetan hat.

»Brauchst du Hilfe, Hübscher?«

Ich drücke mich noch einmal fest gegen sie, wende mich dann von ihr ab und gehe auf meine Seite des Gangs. Sie sieht zu, wie ich meine Tür aufschließe und ihr bleibt der Mund offen stehen.

»Nein«, antworte ich.

Ich halte den Eingang zu meiner Wohnung offen und lehne mich mit Harry an den Fersen gegen den Pfosten. Geduldig warte ich darauf, dass sie in ihre eigene Wohnung geht, aber sie steht ein paar Meter entfernt, wie eingefroren da.

»Brauchst du Hilfe, Sonnenschein?«, ahme ich sie nach, als sie mich mit ungezügelter Lust anstarrt, die aus ihren Augen strahlt.

Sie schluckt. Ein erwürgtes »Nein.« Ist alles, was sie herausbringt, bevor sie ihre Tür öffnet und mit einem leisen Klicken hinter sich schließt.

Verdammt. Ich hatte fast gehofft, sie würde über mich herfallen. Das Hin und Her zwischen uns wirkt surreal. So was habe ich noch nie zuvor gefühlt. Und ich will *so* viel mehr.

Dieses Wochenende, nehme ich mir vor.

Das muss gut geplant sein. Wenn sie will, dass ich mein Spiel verbessere, werde ich genau das tun.

KAPITEL ACHTZEHN

INDIE

Diese Woche war lang. Ich habe nichts mehr von Tony gehört. Ist es falsch, dass das okay für mich ist?

Ich kam am Montag von der Arbeit nach Hause und habe festgestellt, dass sein Gepäck weg war und ein paar Wochen an Kleidung fehlten. Ich denke, er wird später zurückkommen und packen. Ich hoffe, ich werde nicht zu Hause sein, wenn er es tut.

Das ist egoistisch, ich weiß. Aber ich glaube nicht, dass ich die Trennung noch einmal durchleben möchte. Er braucht einen Abschluss. Ich verstehe das und ich bin sicher, er sehnt sich nach einer Erklärung. Aber wie erzähle ich dem Mann, mit dem ich fast mein halbes Leben zusammen war, dass ich *ihn nie* so geliebt habe, wie ich dachte? Dass ich seine Zeit in den letzten dreizehn Jahren verschwendet habe, da ich eigentlich nie mit ihm hätte ausgehen sollen?

Ich bereite mich auf mein Date mit Rhett vor, als mein Telefon beim Bett klingelt.

Der Name meiner Mutter blinkt auf dem Display auf, während ich überlege, ob ich antworten soll.

Widerwillig tue ich das.

»Hey, Mom!«, sage ich mit falscher Begeisterung.

»Hey, Schatz! Wie läuft's denn so?« Sie klingt munter, was bedeutet, dass sie noch nichts von der Trennung gehört hat. Die Frage ist, sage ich es ihr und erhalte den Vortrag meines Lebens oder kehre ich das Thema bis zu einem späteren Zeitpunkt unter den Teppich?

»Ähm ...« Ich hadere mit mir, »Es ist ...« Verdammt. »Es ist alles gut, Mom. Hast du in letzter Zeit mit Mary gesprochen?«

Mary ist Tonys Mutter und die beste Freundin meiner Mutter.

»Wir sind gestern Abend mit ihnen Essen gegangen. Warum? Oh ... gibt's Neuigkeiten?«, quietscht sie hoffnungsvoll. Ich kann sie fast in ihrem geschmackvollen Schlafzimmer auf und ab hüpfen sehen, um dann ihren Hochzeitsplaner aus dem Flurschrank zu holen, um mit den Vorbereitungen zu beginnen. Sie hat das Ding, seit ich vierzehn war.

Ich mache eine Pause, während ich versuche, meine Gedanken zu sammeln. Wenn Mary nichts gesagt hat, bedeutet das, dass Tony seinen Kopf in den Sand gesteckt hat und es seiner Mutter noch nicht gesagt hat. Es ist verständlich, aber das macht dieses Gespräch nicht einfacher.

Anscheinend werde ich die Überbringerin der schlechten Nachricht sein.

»Mom, Tony und ich haben uns getrennt.« Die Worte brechen aus meinem Mund hervor, wie Steine, die einen Hügel hinunter rollen. Sobald sie ins Rollen kommen, bekommen sie so viel Schwung, dass sie nicht mehr aufzuhalten sind. »Es tut mir wirklich leid, Mom. Es ist einfach passiert. Wir waren schon lange nicht mehr glücklich, und ich musste es beenden, bevor wir mit sechzig aufwachen und feststellen, dass wir unser ganzes Leben mit jemandem verschwendet haben, den wir nie geliebt haben. Ich wollte nicht seine ganze Zeit verschwenden, ich konnte einfach nicht mehr so tun als ob. Es tut mir so leid.«

Als ich mit dem Reden fertig bin, bemerke ich, dass es am anderen Ende des Telefons still ist. Kein Piep. Zögernd ziehe ich mein Handy vom Ohr, um zu sehen, ob der Anruf getrennt wurde. Nein. Sie ist immer noch da.

Ihre Stille spricht Bände.

»Mom?«, flüstere ich, als Tränen in meinen Augen aufsteigen. Ich sitze in völliger Niederlage auf der Kante der Matratze.

Egal, wie alt du bist, deine Mutter zu enttäuschen wird nie einfacher, und ich fühle mich, als ob eine Königsboa um meine Brust gewickelt ist, die mir das Leben herausquetscht, während ich auf ihre Antwort warte.

»Ich, äh, weiß nicht, was ich sagen soll.« Ihre Stimme hört sich gedrückt an und ich weiß, dass meine unerwarteten Neuigkeiten sie zum Weinen bringen.

Ich fühle mich schrecklich und dies ist das schlechteste Timing aller Zeiten. Rhett soll mich in ein paar Minuten abholen, und mein Make-up ist mittlerweile ruiniert, weil ich irgendwann während der langen Stille meiner Mutter anfing zu weinen.

»Es tut mir so leid, Mom.« Ich kann nicht aufhören mich zu entschuldigen. Ich weiß, wie viel meine Beziehung zu Tony ihr bedeutete. Es ist dumm, aber es ist wahr. Tränen laufen mir über die Wangen, weil sie von ihrem einzigen Kind enttäuscht ist.

Ich höre einen scharfen Atemzug durch den Lautsprecher, und mir ist klar, dass sie versucht ihr Schluchzen zu unterdrücken. »Es ist okay, Schatz. Ist schon ok. Ich bin nur ... ein wenig überrascht. Das ist alles.« Sie macht eine kurze Pause um sich zu sammeln. »Ähm ... wir reden bald noch mal, okay? Ich liebe dich.«

Der Anruf wird getrennt, bevor ich mich verabschieden kann.

Ich lasse das Telefon fallen und sitze ein paar Minuten in der Stille auf meinem Bett, während die Taubheit überhandnimmt. Ich weiß, dass ich das Richtige getan habe, ich wünschte nur, ich müsste meiner Mutter nicht das Herz brechen, um dies zu tun.

Es ist das Beste. Auch wenn es wehtut.

Meine Gedanken drehen sich im Kreis der Selbstvorwürfe, als es laut an meiner Tür klopft.

Mein Herz macht einen Sprung bei dem Wissen, dass Rhett nur ein paar Meter von mir entfernt ist, und ich eile den Flur entlang, um zu öffnen. Ich sehne mich nach seinem Trost und weiß, dass er Balsam für meine schmerzende Seele sein wird.

Ich schwinge die Tür auf und erinnere mich dann daran, dass mein Gesicht vom Weinen aufgedunsen und mit verschmiertem Make-up bedeckt ist.

Sobald Rhett mich sieht, verwandelt sich sein Gesicht von selbstbewusst und sexy zu besorgt und fürsorglich.

»Hey ...« Rhett kommt näher, umarmt mich und zieht mich an seine Brust. »Was ist los?«

Ich lache trocken in sein weißes Hemd, und rolle mit den Augen, obwohl er es nicht sehen kann. »Das ist so dumm.«

Rhett küsst mich sanft auf meinen Kopf. »Wenn es wichtig genug ist, dass du weinst, dann ist es nicht dumm, Sonnenschein. Was ist los?«

Meine Zähne knabbern an meiner Unterlippe, während ich überlege, ob ich es ihm sagen soll. Es ist nicht normal, sich einem Mann wegen einer Trennung anzuvertrauen. Besonders wenn man ihm sagen soll, dass die eigene Mutter es genauso schwer genommen hat wie dein Freund.

Also nicht normal.

»Du kannst es mir sagen, Indie. Du kannst mir alles

sagen.« Seine Ehrlichkeit kommt durch seine Aussage zum Ausdruck und reicht aus, um mich zum Reden bewegen.

»Meine Mutter hat angerufen.«

»Ist alles in Ordnung?«

Ich schlucke schwer. »Ich glaube, ich habe ihr gerade das Herz gebrochen.«

»Wie meinst du das?«, fragt er als seine Arme sich fester um mich schließen.

Es tut mir gut, dass er sich nicht zurückzieht. Dass wir physisch so nah sein können, während wir ein so anstrengendes Gespräch führen.

»Sie wusste nicht, dass Tony und ich uns getrennt haben«, flüstere ich, als eine Träne über meine Wange läuft und in den glatten Stoff seines Hemdes sinkt.

Sein Kinn streift leicht meine Haare und ich weiß, dass er verständnisvoll nickt.

»Ist es komisch, dass ich mir wünsche, dass sie das akzeptiert? Dass ich ihre Unterstützung will? Ich weiß, dass sie enttäuscht ist, aber ich möchte, dass sie sich für mich freut. Ich möchte das Gefühl haben, dass ich kein Versager bin, nur weil ich ihren Lebenstraum ruiniert habe, dass ihre Tochter den Sohn ihrer besten Freundin heiratet.« Ich atme laut aus, bevor ich mich von dem beruhigenden Kokon entferne, in den er mich eingehüllt hat. »Ich meine, ich weiß, dass sie möchte, dass ich glücklich bin und dass sie mich nie wirklich unter Druck gesetzt hat oder so, aber ich weiß auch, dass sie und Mary über Tony und mich gescherzt haben, seit wir Kleinkinder waren. Und wie stehen die Chancen dafür überhaupt? Also es hat nicht geklappt. Es ist keine so große Sache.« Die Lüge schmeckt bitter, als sie meine Lippen verlässt.

Rhett greift sanft nach meinem Kinn, bevor er meinen Kopf nach oben zieht. Sein intensiver Blick hält meinen fest und zeigt seine Aufrichtigkeit.

»Es *ist* eine große Sache, Indie. Aber das ist auch in Ordnung. Du bist verletzt ...« Ich versuche, ihn zu unterbrechen, aber er legt seinen Daumen über meinen Mund, bringt mich zum Schweigen und lässt mich weiter zuhören. »Nicht weil du immer noch in ihn verliebt bist oder weil du einen Fehler gemacht hast, indem du ihn verlassen hast. Aber weil du deine Eltern enttäuscht und jemanden verletzt hast, der dir wichtig ist, weil du ihn nicht auf *diese* Art liebst. Es ist in Ordnung, um den Verlust eurer Beziehung zu trauern, Indie. Auch wenn es am Ende platonisch war.«

Ich schweige und lasse seine Worte einwirken.

»Die Frage ist, willst du mich dabei an deiner Seite haben oder brauchst du Zeit?« Seine Augen schließen sich für den Bruchteil einer Sekunde, während er die letzten Worte murmelt, als würde es ihn körperlich schmerzen mir Zeit zu geben. Aber irgendwie weiß ich, dass er es trotzdem tun würde. *Für mich.*

Ich schüttle aus Protest energisch den Kopf. »Ich möchte mit dir zusammen sein, Rhett.« Der Druck auf mein Kinn nimmt bei meinem Geständnis leicht zu. »Was ich für dich fühle, ist ...« Ich lache trocken, während ich versuche, die richtigen Worte zu finden. »Es ist das fremdeste Gefühl der Welt, aber ich will es. Ich will es so sehr, dass der bloße Gedanke daran, dem *nicht* nachzugehen, was aus uns werden kann ... schlimmer wehtut als alles andere auf der Welt.« Mein Blick fällt auf seine Lippen. Sie sind nur einen Zentimeter von meinen entfernt, und ich möchte sie unbedingt schmecken. »Bitte lass mich das nicht alleine durchmachen. Bitte nimm nicht die Wärme weg, die ich nur fühle, wenn ich mit ...«

Rhett schneidet mir das Wort ab, indem er mich küsst und mich damit auf nimmer wiedersehen davon fegt.

Er lässt mein Kinn los, packt meinen Po und zieht mich an sich. Das Gefühl seiner Muskeln, die gegen meine Brust gedrückt werden, ist fast mehr, als ich ertragen kann. Mein Herz rast vor lauter wirbelnder Gefühle, kombiniert mit seiner überwältigenden Berührung, und ich kämpfe darum stehen zu bleiben. Ich grabe meine Hände in seine Haare und greife mit wilder Hingabe nach den kurzen Strähnen. Ich lecke, nippe, sauge, als ob mein Leben davon abhängt.

Verdammt, vielleicht tut es das auch.

Er wird schnell zu meinem Sauerstoff. Mein Grund. Meine Welt.

Rhett führt mich ins Schlafzimmer und kennt den Weg, da unsere Wohnungen ähnliche Grundrisse haben. Er wirft mich auf das Bett, bevor er mich mit seinen starken Armen gefangen hält und mit offenem Mund Küsse über meinen Hals und mein Schlüsselbein verteilt.

»Dein Schmerz« - ein weiterer Kuss - »ist mein Schmerz.«

Ich nicke, als er mich weiterhin mit hitziger Zuneigung überschüttet. »Dein Schmerz« - ein weiterer Kuss - »ist mein Schmerz.«

Ich winde mich, als er das Baumwollkleid, das ich für unser Date ausgewählt habe, nach oben schiebt. »Das zwischen uns ist« - er küsst entlang meiner unteren Rippen - *»unvermeidlich.* Wenn du für uns kämpfst, kämpfe ich für uns.«

Meine Hände greifen nach seinen kurzen dunklen Haaren und ziehen ihn zurück zu meinem Mund. Er ist genau dort, wo ich ihn haben will, unsere Körper sind perfekt ausgerichtet. Ich sage kein Wort, während ich meine Beine um seine Taille lege und ihm zeige, was er mir antut. Wie er mich fühlen lässt. Wir keuchen beide, als wären wir einen Marathon gelaufen. Kleidung verschwindet und unsere Körper verbinden sich auf die Art und Weise, wie unsere Seelen es bereits getan haben.

Unvermeidlich.

KAPITEL NEUNZEHN

RHETT

Der gestrige Tag verlief definitiv nicht nach Plan. Ich war in Indies Wohnung aufgetaucht und bereit sie auszuführen und auf Händen zu tragen. Aber ich fand sie am Boden zerstört, voller Tränen und Herzschmerz vor.

Ich wollte sie nur trösten. Sich besser fühlen lassen.

Ich hatte nicht vor sie ins Bett zu bekommen. Aber ich würde es um nichts auf der Welt ungeschehen machen. Ich kenne sie noch nicht lange, aber sie ist mir auf eine Weise unter die Haut gegangen, die ich mir nie hätte vorstellen können.

Wir verbrachten den Abend damit uns in den Laken zu rollen, Netflix zu schauen und chinesisches Essen direkt aus den Take-away-Behältern zu essen.

Und ich bin über Nacht geblieben. Ich bleibe *nie* über Nacht. Aber mit Indie fühlt es sich so natürlich an, dass ich nicht anders konnte.

Ich rolle mich auf die Seite und betrachte die Schönheit vor mir. Verwuschelte blonde Haare. Schmollrote Lippen.

Und seidig bräunliche Haut, in der ich mich heute Morgen wieder verlieren möchte.

Sie wacht auf, als ich einen sanften Kuss auf ihre nackte Schulter platziere. Ich lege meine Arme um ihre Taille und ziehe sie eng an mich in Löffelposition. Das Morgenlicht fällt durch das Fenster hinein.

Der Augenblick ist malerisch. Perfekt. So perfekt, dass ich anfange mich zu fragen, ob das alles real ist. Ob das Mädchen meiner Träume *wirklich* in meine Arme gekuschelt ist. Ob ein Trottel wie ich die Prinzessin wirklich behalten kann, oder ob sie meinem Griff entkommt.

»Morgen«, murmelt sie mit benommener Stimme aus dem Schlaf. Der Klang wirkt wie ein Schraubstock um mein Herz.

»Morgen«, flüstere ich, als ich ihr die Haare aus dem Nacken schiebe. Langsam streue ich weitere Küsse über ihre exponierte Haut.

Sie kichert leise, bis sie sich auf den Rücken dreht und zu mir hochschaut.

Vorsichtig zieht Indie die Bettwäsche hoch, bis sie ihren Mund bedeckt. Das kräftige Weiß des Baumwollstoffs kombiniert mit ihren mitternacht-blauen Augen, die von Verletzlichkeit glänzen, ist ... *atemberaubend.*

»Du bist wirklich ein Meisterwerk«, murmele ich leise.

Ihre Augen kräuseln sich in den Ecken und ein zartes Rosa breitet sich über ihre Wangen aus.

»Vielen Dank.«

Ich beuge mich vor und küsse ihre Knopfnase. »Nun, Sonnenschein. Es scheint, wir haben ein Date nachzuholen.«

»Echt?«, murmelt sie in die Bettdecke.

Ich lache. »Ja. Sicher. Ich werde mit Harry spazieren gehen und dann duschen. Warum machst du dich nicht fertig und wir können unterwegs etwas essen?«

»Unterwegs wohin?«

»Zur Überraschung natürlich. Du brauchst einen Badeanzug und einen Pulli oder so, okay? Ich möchte nicht, dass dir kalt wird.«

Sie nickt mit einer Mischung aus Aufregung und Neugier. Ihr Blick huscht wie ein Flipper über mein Gesicht und sucht nach Hinweisen auf unsere Tagespläne.

Sorry, Sonnenschein. Das klappt so nicht.

»Perfekt.« Ich greife nach der Bettdecke, die ihren Mund bedeckt, und ziehe sie von ihr weg. Die Bewegung geht so schnell, dass sie sich nicht einmal wehrt, als ich einen harten, fordernden Kuss auf ihre verlockenden Lippen setze. Ich springe aus dem Bett und greife schneller nach meinen Kleidern, die im Schlafzimmer verteilt sind, als sie sagen kann: *»Was zum Teufel war das?«*

Ich ziehe mich schnell an, grinse sie noch einmal schief an, verschwinde erst in meine Wohnung und dann mit Harry nach draußen.

Adrenalin schießt mir durch die Adern, als ich über unsere Tagespläne nachdenke.

Sie wird es lieben.

Eine Stunde später klopfe ich an Indies Tür. Ich war noch nie so gespannt auf ein Date.

Die Tür öffnet sich und sie grinst von Ohr zu Ohr. »Hi.«

Ihr leichtes Lächeln ist ein starker Kontrast zu dem, wie ich sie gestern vorgefunden habe. Ich bin froh, dass ich ihren Schmerz lindern konnte, weil sie ihre Mutter enttäuscht hatte, und ich bete, dass sie in der Lage sein werden die Sache für sich zu klären.

»Können wir los?«

Sie trägt eine graue Jacke mit Reißverschluss, dicke Leggings und einen locker geflochtenen Seitenzopf. Er hängt über derselben Schulter, die ich heute Morgen geküsst habe.

»Ja. Obwohl du mir nicht viel verraten hast, um mich gut vorzubereiten. Ich habe Sonnencreme eingepackt ...« Sie sieht mich fragend an und fleht mich schweigend an, ihr einen Hinweis auf unsere Pläne zu geben.

»Ich habe mich um alles gekümmert, Sonnenschein. Aber netter Versuch.« Ich deute auf den Seesack an meiner Seite, bevor ich fortfahre. »Also, wo willst du was essen? Normalerweise würde ich diese tolle kleine Bäckerei einen Block entfernt vorschlagen, aber ich denke, die kennst du bereits.«

Ihr klingendes Lachen ist für mich wie Musik. »Ja, ich habe ein oder zwei Mal davon gehört, aber lass uns hingehen! Dann kannst du Julio, meinen Wochenendmanager, kennenlernen. Ohne ihn hätte ich *absolut* kein Leben außerhalb von Get Baked.«

Sie greift nach meiner Hand, als wir in Richtung des Ladens gehen. Es fühlt sich so an, als wäre es ein ganz normales Ereignis unseren Samstag zusammen zu verbringen, obwohl es in Wirklichkeit so fremd ist wie auf dem Mond zu laufen.

Ich genieße es aber. Sehr.

Wir halten uns beim Gehen an den Händen und unterhalten uns über alles Mögliche und gar nichts. Einige Minuten später erreichen wir unser Ziel.

»Hey, Julio!«, begrüßt Indie ihren Angestellten. Sie geht hinter die Theke und macht uns zwei Tassen Kaffee zum Mitnehmen.

Julio hat olivgrüne Haut, dunkles Haar, wiegt ungefähr 300 Pfund und hat das freundlichste Lächeln, das ich je gesehen habe.

»*Hola*, Indie! Was machst du hier?«

»Ich hole nur ein paar Kaffee und ein wenig Gebäck«, antwortet Indie, während sie die Deckel auf unsere heißen Getränke drückt.

»Und wer ist das?«, fragt Julio, dessen Kopf in meine Richtung deutet.

»Oh. Das ist Rhett«, antwortet Indie und liefert die schlechteste Vorstellung, die ich je gehört habe. Sie lässt es so klingen, als ob Julio mich schon kennen sollte oder so.

Ich mache einen Schritt nach vorne und biete Julio meine Hand an.

»Hey. Ich bin Rhett, Indie's... »Ich mache eine Pause. *Was bin ich für sie?*

Ich weiß, was sie für mich ist. Aber sind diese Gefühle gegenseitig? Ist sie bereit, etwas einen Namen zu geben, das noch so neu ist? Besonders wenn sie gerade eine Beziehung beendet hat? Mein Kopf wirbelt herum und versucht eine Antwort zu finden, als Indie für mich antwortet.

»Er ist mein Rhett.« Sie zuckt die Achseln und schnappt sich ein paar Cronuts. Sie steckt sich ein flockig glasiertes Gebäck in den Mund und murmelt: »Danke, Julio! Ok, bis dann!«

Dann geht es los. Wenn das nicht die seltsamste Vorstellung war, die ich jemals mit einem absolut Fremden hatte.

Wir fahren mit der U-Bahn nach Staten Island, während Indie wie ein kleines Kind auf und ab hüpft. Sie ist voller Neugier und wirft alle dreißig Sekunden mit Fragen um sich.

Ich ergreife wieder ihre Hand und führe sie zum Cedar Grove Beach auf der Ostseite der winzigen Insel. Als sie endlich versteht, was wir vorhaben, leuchten ihre Augen vor Aufregung und Begeisterung.

Fröhlich springt sie in meine Arme und schlingt ihre Beine um meine Taille.

»Du hast mich an einen Strand gebracht!«, kreischt sie.

Ich lache zurück. »Ich habe dich an einen Strand gebracht.«

»Ich war schon ewig nicht mehr am Strand. Ich kann nicht glauben, dass du dich daran erinnert hast!« Sie rutscht meinen Körper hinunter und stellt ihre Füße auf die Promenade. Dann schlägt sie mir spielerisch auf die Brust. Ihre Augen leuchten praktisch, als sie das sandige Ufer betrachtet.

Es ist Herbst in New York, was bedeutet, dass das Wetter langsam kühl wird. Aber das hindert Indie nicht daran, ihre Jacke zu öffnen und mit wilder Hingabe auf die Wellen zuzustürmen.

Irgendwie hatte ich gewusst, dass sie ein kurzes Bad im Wasser nehmen würde. Und deshalb habe ich meine kleine Reisetasche mitgebracht. Sie ist mit einer Thermoskanne voller heißer Schokolade und ein paar weichen Handtüchern gefüllt. Sie wird sie brauchen.

»Komm schon, Angsthase!«, wirft sie mir über ihre Schulter entgegen, bevor sie ein paar Meter vor dem nassen Sand abrupt stehen bleibt. Sie beugt sich nach unten, zieht ihre dicken Leggings aus, während mich gleichzeitig ihr Blick streift. Ich halte ein paar Meter hinter ihr an und sauge ihren Anblick wie ein trockener Schwamm auf.

Diese Beine. Diese Kurven. Diese winzigen Träger, die ihre Bikinihose halten.

Indie schiebt ihre Arme aus ihrer bereits geöffneten Jacke, bevor sie sich umdreht und mir einen Einblick auf das gesamte Paket gibt.

Ich schlucke schwer.

Sie lächelt wissend. »Auf geht's, Lustmolch. Du brauchst eine Abkühlung.«

»Nee. Ich denke, mir reicht die Aussicht hier.« Ich betrachte ihren köstlichen Körper von Kopf bis Fuß. »Außerdem ist es eiskalt, Sonnenschein. Ich werde gleich *hier* auf dich warten, bis du mit deiner kleinen Schwimmsession fertig bist.«

Sie schüttelt den Kopf. »Nein. Wie wäre es mit einem Deal? Wenn du es schaffst dich auszuziehen und ins Wasser zu gehen, wenn ich die erste Welle berühre, werde ich einen Weg finden dich aufzuwärmen.« Ihre Stimme trieft vor Intimität. Mein Blut fließt sofort nach unten.

Verdammt. Diese Frau geht mächtig ran.

Langsam tritt sie einen Schritt zurück und verringert den Abstand zwischen ihr und dem kühlen Wasser ohne darauf zu warten, dass ich ihren Bedingungen zustimme.

Ich stehe da.

Wie angewurzelt.

2 Sekunden lang.

Dann ziehe ich mich aus, als ob mein Leben davon abhängt.

Ich habe nur noch meine Badeshorts an, als ich auf Indie zurenne. Ihr siegreiches Grinsen ist von kurzer Dauer, denn in der nächsten Sekunde ist sie in meinen Armen und taucht mit mir ins Wasser.

Ihre wunderschönen Lippen bilden ein winziges ›o‹ puren Schocks, als unsere durchnässten Köpfe die Oberfläche des eisigen Wassers durchbrechen.

»Heilige Scheiße, ist das eiskalt!« Sie klammert sich fester an mich, während ihre Lippen eine hellviolette Farbe annehmen. »Bring mich raus, bring mich raus!«

Ich brülle vor Lachen, bevor ich mich wieder dem Ufer zuwende und sie wieder Boden unter den Füßen hat. Wir stürmen beide auf den Seesack zu, während die eiskalten Tropfen an uns herunterlaufen. Ich ziehe ein Handtuch heraus, wickle uns in den trockenen Stoff und bilde einen winzigen Kokon, in dem wir uns aufwärmen können.

Indie schlingt ihre Arme um meine Taille. Ihre Haut ist mit Gänsehaut bedeckt.

»Das war eiskalt! Warum hast du mich das machen lassen?«, beschuldigt sie mich, zuckersüß und neckend.

»Hey. Ich hatte nichts damit zu tun. Ich wollte nur am Strand entlang gehen und Händchen halten. Du warst diejenige, die das Schwimmen vorgeschlagen hat.«

Sie kichert und zieht dann ihre Arme fester um mich.

»Es war eine schreckliche Idee und ich übernehme die volle Verantwortung. Jetzt wärme mich auf, Rhett.« Ihr Ton ist leicht und gleichzeitig bestimmend. Bei dem Ton zieht sich mein Magen eng zusammen.

Ich reibe meine Hand an ihrem Rücken und versuche dadurch Wärme zu erzeugen, um ihren Körper schneller aufzuwärmen. »Eigentlich *hast du* mir ja versprochen, *mich* aufzuwärmen, wenn ich mich dir anschließe«, scherze ich.

Ein sanfter Liebesbiss auf meiner Brust ist ihre einzige Antwort. Das unerwartete Knabbern überrascht mich und lässt mich aufschrecken.

»Hey!«, grunze ich, bevor ich gespielt streng auf ihren Hintern klatsche.

Sie kichert und küsst dann sanft die rote Haut, die sie gerade gebissen hat.

»Das war ein Scherz.« Indie sieht mich mit purer Hingabe an, die in ihren strahlenden Augen leuchtet. Ihre Wangen sind von der Kälte gerötet. Sie sieht absolut umwerfend aus, mit diesen funkelnden Wassertropfen, die an ihren dicken Wimpern haften. »Danke, dass du mich hergebracht hast, Rhett. Es ist eines der aufmerksamsten Dinge, die *jemals* jemand für mich getan hat.«

»Es ist mir ein Vergnügen, Sonnenschein.« Ich beuge mich vor und küsse sie sanft auf ihre immer noch lila Lippen. Ich genieße den einzigartigen Geschmack, den *Indie* unter dem salzigen Wasser verbirgt, das an ihrer Haut haftet.

Wir verbringen den Rest des Morgens und den frühen

Nachmittag damit uns in die Handtücher zu kuscheln, und heiße Schokolade aus der Thermoskanne zu teilen. Wir lachen und genießen jede Minute, die wir zusammen sind, bevor wir nach Hause fahren, um uns auf das Geschäftsessen vorzubereiten.

KAPITEL ZWANZIG

INDIE

Was trägt man normalerweise zu einer Dinnerparty mit dem wichtigsten Kunden seines Nicht-Freundes?

Gute Frage. Ich habe absolut keine Ahnung.

Ich stehe seit zwanzig Minuten nackt vor meinem Kleiderschrank. Ich durchstöbere die Auswahl, die von einem Hosenanzug bis zu einem bodenlangen Kleid reicht. Rhett erwähnte, dass wir vor unserem Abendessen in einem schicken Restaurant zu einem Broadway-Stück gehen würden, also gehe ich davon aus, dass ein Pulli ausgeschlossen ist.

Jetzt muss ich mich entscheiden, ob ich süß und sprudelnd oder reif und sexy wirken möchte?

Ich tippe mit dem Zeigefinger gegen meine verzogenen Lippen, während ich meine Vorauswahl betrachte und greife nach einem meiner Lieblingskleider. Es ist ein weiches goldenes Cocktailkleid mit gestickten Nähten und einem Bateau-Ausschnitt. Ich fühle mich edel und doch elegant, während ich meine innere Audrey Hepburn heraufbeschwöre. Mein Haar ist gelockt und zu einer komplizierten Hochsteckfrisur zusammengesteckt, die makellos aussieht, mit winzigen Haarsträhnen, die mein Gesicht umrahmen.

Ich kann mich nicht mehr daran erinnern, wann ich das letzte Mal so viel Zeit damit verbracht habe mich auf ein Date vorzubereiten. Ich erinnere mich nicht an das letzte Mal, als ich das *wollte*. Mein Magen ist verkrampft und voller nervöser Energie, und ich frage mich, ob ich mich mit Rhett immer so fühlen werde. Ich hoffe es, denn ich liebe die Art und Weise, wie mein Adrenalin steigt, wenn er an meine Tür klopft - wie er es gerade getan hat.

Ich schnappe mir meine cremefarbenen Absatzschuhe und ziehe sie an, bevor ich zur Haustür gehe. Vorfreude pulsiert durch mich hindurch.

Als ich sie öffne, werde ich mit dem schönsten Exemplar der männlichen Spezies begrüßt, das ich je gesehen habe.

Perfekt gestylter James Dean? Check. Schicke schwarze Hosen mit einem schwarzen Hemd mit Knöpfen? Check. Nasses Höschen? Doppel Check.

»Ähm ... wow.« Die Worte rutschen mir ungefiltert heraus, aber ich bin zu sprachlos, um mich darum zu kümmern.

»Du siehst selber gar nicht schlecht aus, Sonnenschein.« Sein neckender Ton beruhigt mich. Er löst einfach etwas in mir aus.

Und ich bin mir ziemlich sicher, dass dieses schiefe Lächeln mir den Tod bringen wird. Aus einer Laune heraus beuge ich mich vor und küsse sanft das schiefe Lächeln, für das ich mich zum Trottel mache. Sein verlockender Duft weht durch die Luft, als ich mich zurückziehe.

»Du riechst wirklich gut«, mache ich ein Kompliment und erröte bei meiner Direktheit.

Ernsthaft.

Filter? Wo bist du?

Er lacht, bevor er meine Hand ergreift und mich leicht

aus der Tür zieht. Zum Glück sind meine Schlüssel in meiner Hand und meine Handtasche bereits unter meinen Arm geklemmt, so kann ich mich einfach mitziehen lassen, mit seinem Sog, den er auf mich ausübt - sowohl physisch als auch emotional.

Es hat keinen Sinn, unsere Verbindung zu bekämpfen.

Unvermeidlich.

Rhett schlingt seine Arme um meine Taille, bevor er sich nach unten beugt und seine Nase langsam über meinen Nacken gleiten lässt und tief einatmet.

»Du riechst auch ziemlich süchtig machend, Sonnenschein«, flüstert er mir ins Ohr. Er küsst meinen Kiefer, und zieht sich dann zurück. »Ich würde darauf bestehen, dass wir zurück in deine Wohnung gehen und die ganze Show und das Abendessen abblasen, aber mein Job hängt quasi davon ab, also ...« Er zuckt mit den Achseln in seinem taillierten schwarzen Hemd, als sein bescheuertes, wunderschönes, schiefes Lächeln wieder auftaucht. Der schlaue Blick in seinen Augen bittet mich praktisch seine Meinung zu ändern.

Zum Glück kann ich mich unter Kontrolle halten und schließe meine Haustür ab, und Rhett führt mich mit seiner besitzergreifenden Hand auf meinem Rücken zum Ausgang unseres Wohnhauses.

Ist es falsch, dass ich die Geste liebe?

Rhett ruft ein Taxi, bevor er sein Handy herauszieht und jemandem eine SMS sendet.

»Eine Sekunde, Sonnenschein. Ich stelle nur sicher, dass Nathan nicht zu spät kommt. Wir treffen sie im Theater.«

Rhett hatte heute früher erwähnt, dass wir *Hamilton* ansehen würden, und ich bin so aufgeregt. Ich wollte es schon seit Monaten am Broadway sehen, konnte aber keine Tickets bekommen, ohne eine Niere auf dem Schwarzmarkt zu verkaufen.

»Klingt gut.« Ich lehne mich in meinem Sitz zurück und starre aus dem Fenster, während Rhett seine Nachricht beendet.

»Hey« - er dreht sich zu mir um - »Ich habe vergessen es dir zu sagen, rate mal, wen Nathan als sein Date mitbringt?« Er runzelt schelmisch die Stirn, als hätte er ein Geheimnis, das er preisgeben möchte, wenn ich daran interessiert bin, es zu hören.

»Wen?«, frage ich fasziniert.

»Sophie.« Er grinst.

Meine Augen springen mir fast aus meinem Kopf. »Echt jetzt?

»Ja.«

Ich quietsche vor Aufregung. »Ja! Das heißt, ich werde jemanden kennen und der Abend wird nicht so unangenehm sein. Vielen Dank.«

Ich lege meine Arme um Rhett und drücke ihn fest. Dieser Abend ist noch verdammt viel besser geworden.

»Danke nicht mir. Danke Nathan. Oder ... nicht. Weil ich keine Ahnung habe, wie sich diese ganze Beziehung entwickeln wird.« Er schaudert bei dem Gedanken. »Vielleicht möchtest du Sophie warnen, dass Nathan ein kleiner Player ist.«

»Na ja. Sophie ist eine ziemlich harte Nuss. Ich bin sicher, sie kommt damit zurecht. Ich bin nur froh, dass ich jemanden habe, an den ich mich klammern kann, während du damit beschäftigt bist deinen Kunden zu beschwatzen.«

Er küsst mich spielerisch auf die Nasenspitze. »Hey, wenn du dich an jemand anderen als mich klammerst, werde ich vielleicht eifersüchtig.«

Ich verdrehe die Augen, bevor ich seine Brust tätschele. »Ich denke, du wirst es überleben.«

Wir halten innerhalb weniger Minuten vor dem Theater, und Rhett öffnet die Tür, steigt aus und hält sie weiter offen, während er seine Hand anbietet, um mir aus dem Wagen zu helfen.

»Und dabei dachte ich, Ritterlichkeit sei ausgestorben«, witzle ich.

»Und dabei dachte ich, du hast dich noch nie geirrt.«

Oh, der Mann ist schlagfertig.

Ich will gerade antworten, als ich von Tinker Bell selbst quasi von hinten angegriffen werde.

Sophie trägt ein wunderschönes smaragdgrünes Kleid, das ihren zierlichen Körper und ihre winzigen Kurven wie eine Lupe betont. Sie sieht wunderschön aus und übrigens, Nathans Augen verschlingen sie vollständig. Ich weiß, dass ich nicht die Einzige bin, die es bemerkt.

»Sophie, du bist ein verdammtes Babe!«

»Ja, nicht? Du siehst selbst ziemlich heiß aus, Indie. Sehr edel.« Sie hakt sich bei mir ein und führt uns den Weg ins Theater mit den Jungs im Schlepptau.

»Siehst du, was ich angestellt habe?«, flüstert sie und beugt sich vor. »Ich habe ihnen die Gelegenheit gegeben sich ein Bild davon zu verschaffen, wie heiß ihre Dates sind. Ich wette, sie sabbern gerade zwanzig Dollar Scheine aus.«

Unauffällig schaue ich über meine Schulter und sehe, wie beide Männer uns beobachten, wie ihre Brauen ihre Stirn in Falten legen und pure Lust in Wellen von ihnen ausstrahlt.

»Sieht so aus, als hätte ich gerade zwanzig Dollar verloren«, flüstere ich und muss kichern.

Wir warten an einer Treppe, unterhalten uns über die Arbeit und wie gespannt wir auf das Stück sind, als sich ein paar starke Arme um mich legen und eine heisere Stimme in mein Ohr flüstert: »Ich habe es mir anders überlegt. Wir gehen jetzt sofort. Jeder Mann in diesem Raum beobachtet dich wie ein Falke. Ich fürchte, ich muss hier allen klar machen, dass du zu mir gehörst, damit sie nicht auf die Idee kommen sich an dich ranzumachen.«

Ich grinse wissend. »Und mich im Arm zu halten reicht da nicht?«

Er knurrt tief in seiner Kehle, bevor er an meinem Ohrläppchen knabbert. »Nicht mal ansatzweise.«

Durch seine Aufmerksamkeit fühle ich mich stark. Kraftvoll. Ich habe das Gefühl, ich könnte die Welt erobern. Zum ersten Mal seit ... *Ich weiß nicht seit wann* ... Ich fühle mich sicher in meiner Haut und das liegt an dem Mann vor mir.

Versteh mich nicht falsch. Ich weiß, ich sollte mein Selbstvertrauen nicht auf die Aufmerksamkeit stützen, die ich von einem Kerl bekomme, aber wenn dieser Kerl mich ansieht, als würde ich die Sonne überstrahlen, ist das ein verdammt guter Ego-Schub.

Ich will mich gerade umdrehen und ihm zeigen, wie er mich fühlen lässt, als ein älteres Paar auf uns zukommt.

»Schön, Sie wiederzusehen, Mr. Rockford.« Rhett tritt widerwillig nach rechts, schiebt seine Hand an meine Taille und zieht mich an seine Seite. Er bietet Mr. Rockford seine rechte Hand an, der sie selbstbewusst schüttelt.

»Wie oft muss ich dich daran erinnern, Rhett? Nenn mich Bill.«

Rhetts Mundwinkel hebt sich auf einer Seite. »Ja, ja. Ich muss hier jedoch ein paar formale Regeln einhalten. Oder, Bill? Rhett dreht sich strahlend vor Stolz zu mir um. »Ich möchte, dass du Indie Peterson kennenlernst.«

Bill richtet seine Aufmerksamkeit auf mich, bevor er seine Hand anbietet. »Es ist ein Vergnügen, Sie kennenzulernen.« Seine Augen funkeln aufrichtig und überzeugen mich mit einem freundlichen Lächeln. Rhett hatte erwähnt, dass Bill im Konferenzraum rücksichtslos ist, aber es ist offensichtlich, dass er ein absoluter Gentleman außerhalb davon ist.

»Ebenso«, erwidere ich und schüttle seine angebotene Hand.

Bill zwinkert der wunderschönen älteren Frau zu, die neben ihm steht. »Und das ist Patricia, meine zweite Hälfte.«

Nathan stellt Sophie vor, dann finden wir unsere Plätze im beschaulichen Theater.

Die Lichter werden dunkel und die erste Hälfte des Stücks ist atemberaubend. Ernsthaft. Der Rap. Das Tanzen. Die Handlung. Alles.

Während der Pause dreht sich mein Magen vor Hunger und ich wünschte wirklich, ich hätte mir einen Müsliriegel oder so mitgenommen.

Rhett hört mein Magenknurren und beugt sich über die Armlehne, um mir ins Ohr zu flüstern: »Bin gleich zurück.«

Ein paar Minuten später kehrt er mit einer Packung Twizzlers mit Kirschgeschmack zurück.

»Du hast mir einen Snack gebracht?«

»Ich hatte so eine Eingebung, dass du vielleicht Hunger hast« ,neckt er. Seine glühenden Augen fixieren mich.

»Mein Held«, sage ich, während ich mir an die Brust fasse und mit den Wimpern klimpere.

Er öffnet die Packung und steckt ein Stück Lakritz in seinen Mund. Er kaut langsam, während mein Blick auf seine wunderschönen Lippen fällt. »Nun, du hast mich ein oder zwei Mal Batman genannt«, murmelt er, bevor er mir die geöffnete Packung reicht.

Kichernd schnappe ich mir ein paar Stücke, als die Lichter gedämpfter werden und die zweite Hälfte beginnt.

Er ist definitiv einer der Guten.

~

Eine Stunde später gehen die Lichter an und wir machen einen kurzen Spaziergang zum Restaurant, in dem Bill einen Tisch reserviert hat. Ich finde es etwas seltsam, dass der Kunde seine Kontakte für einen Abend in der Stadt einlädt und die Tickets für das Stück gekauft hat, aber ich sage nichts.

Als ich das Schild von *Charmant* sehe, quietsche ich fast vor Freude. Rhett drückt unauffällig meine Hand, als meine Schritte ins Stocken geraten, und sagt mir schweigend, dass ihm auch Chefkoch Thomas in den Sinn gekommen ist.

Er ist damit beschäftigt Bill über ihren jüngsten Erfolg aufzuklären, während meine Gedanken zu meinem letzten Gespräch mit Chefkoch Thomas am Abend des Kochkurses zurückkehren. Ich frage mich, ob er heute Abend kocht und wenn es so ist, ob wir ihn sehen werden.

Das hoffe ich.

Ich möchte ihm dafür danken, dass er mir Mut gemacht hat den Sprung zu wagen, vor dem ich mich in den letzten dreizehn Jahren gefürchtet habe, ohne es zu wissen.

»Alles in Ordnung?«, flüstert mir Sophie von der Seite zu.

»Ja«, antworte ich. »Ich kenne den Besitzer dieses Ortes. Nicht gut, aber trotzdem.«

»Ernsthaft?« Sophies Augen leuchten bei dem kleinen Leckerbissen, den ich ihr gerade enthüllt habe.

»Yep.«

Ihr Mund öffnet sich weit in einem stillen Schrei der Begeisterung, bevor sie verlauten lässt: *Oh mein Gott*!

Das Ambiente im Inneren ist intim. Klassisch. Die Beleuchtung ist schwach und Kerzen sind überall verteilt. Die Wände sind tiefrot mit goldenen Akzenten, und die Angestellten sind alle in konservativem Schwarz gekleidet. Die Frauen tragen Kleider und die Männer Schleifen.

Ich bin sofort verliebt ... in mehr als das Restaurant.

Ich ertappe Rhett dabei, wie er mich mit voller Zuneigung ansieht.

Wow, flüstere ich ihm tonlos zu, und ahme dabei Sophie's frühere Reaktion nach.

Sein Mund zuckt amüsiert, bevor er sich an seinen

Klienten wendet. Als Rhett sieht, dass Nathan Bills Aufmerksamkeit erregt hat, stolziert er sexy wie ein verdammtes männliches Model zu mir herüber, bevor er mir einen dicken Kuss auf die Lippen drückt.

»Du bist wunderschön, wenn du begeistert bist«, flüstert er.

»Nur wenn ich begeistert bin?«

Er grinst. »Und zu anderen Zeiten.«

Ich will gerade etwas Sarkastisches antworten, als die Empfangsdame uns zu unserem reservierten Tisch führt.

Rhett zieht mir wie ein Gentleman den Stuhl heraus. Nachdem ich mich gesetzt habe, streicht er mit seinem Zeigefinger über die freiliegende Haut an meinem Hals, wodurch sich Gänsehaut wie ein Lauffeuer ausbreitet.

Wie kann eine unschuldige Berührung einen so anmachen?

Als ich Rhett über meine Schulter hinweg anschaue, sehe ich seinen selbstgefälligen Gesichtsausdruck und korrigiere mich.

Unschuldig, von wegen.

Sobald wir unsere Vorspeisen bestellt haben, erhebt Bill die Stimme.

»In Ordnung, meine Herren. Ich denke, wir wissen alle, dass dies keine normale Einladung zum Essen ist.« Er mustert Rhett und Nathan intensiv.

Rhett faltet seine Hände vor sich auf dem Tisch und starrt Bill mit demselben ernsten Ausdruck an.

»Ich denke, du hast recht«, stimmt Rhett trocken zu.

Nathan ahmt Rhetts Körpersprache nach, obwohl ich bezweifle, dass es eine bewusste Entscheidung seinerseits ist. Er ist genauso in dieses Gespräch vertieft wie Rhett, und beide sind neugierig auf Bills Absichten.

Mein Telefon vibriert in meiner Handtasche und ich ziehe es heraus, um es zum Schweigen zu bringen. Dabei bemerke ich Tonys Namen. *Was zum Teufel?* Ich habe gerade keine Zeit für ihn.

»Rhett«, spricht Bill meinen Freund an, und zieht meine Aufmerksamkeit auf sich, als ich mein Handy wieder in meine Handtasche stecke.

Freund?

»Wir wissen beide, dass Du einer der talentiertesten Vermittler bist, die ich je getroffen habe. Du nimmst Dinge wahr, die andere Menschen nicht sehen. Deine Empfehlung, in Derricks Unternehmen zu investieren, war eine der besten Entscheidungen, die ich je getroffen habe. Und das ist nur die Spitze des Eisbergs.« Ich weiß nicht, wer Derrick ist, aber ich gehe davon aus, dass er ein weiterer Kunde ist.

Bill wendet sich an Nathan. »Nathan, du bist Rhetts rechte Hand, und ich weiß, dass er ohne dich nirgendwo hingehen würde. Du kennst dieses Geschäft wie deine Westentasche und kannst Menschen gut einschätzen.« Rhett und Nathan räuspern sich gleichzeitig stolz.

»Ich bin hier, um euch eine Vollzeitstelle bei Rockford Unlimited anzubieten.« Seine Augen hüpfen zwischen beiden Herren hin und her. »Euch beiden.«

Rhetts Kiefer zuckt leicht, aber das ist der einzige Hinweis, dass er von Bills Angebot überrascht ist. Davon abgesehen ist er wie aus Stahl gemeißelt und gibt nichts preis.

Nathan spricht als Erster. »Ich, äh, wir wissen nicht, was wir sagen sollen. Natürlich müssen wir darüber sprechen.«

Rhett nickt nur.

»Natürlich«, stimmt Bill zu und nickt anerkennend mit dem Kopf.

Rhetts Hand streift meinen Oberschenkel, bevor er mich fest umklammert, als hänge sein Leben davon ab, und ich weiß nicht warum, bis er eine Frage stellt, die mein Blut gefrieren lässt. »Müssten wir dafür umziehen?«

Nathan nimmt eine Scheibe französisches Brot aus einem Korb in der Mitte des Tisches. Er ist sich der überwältigenden Zurückhaltung seines Freundes überhaupt nicht bewusst.

»Ja. Ich denke, es wäre am besten, wenn ihr beide in unser Hauptquartier in Kalifornien umziehen würdet«, erklärt Bill unverblümt. Die Wichtigkeit seiner Antwort schwebt über uns wie eine schwere Sturmwolke, die zu brechen droht.

Und mit seiner klaren Antwort *tut sie das auch.*

»Entschuldigung. Ich muss mal eben auf die Toilette. Ich komme gleich zurück.« Ich setze ein unechtes Lächeln auf, und bete, dass sie nicht durch meine zerfallende Fassade sehen können. Mit wackeligen Beinen stehe ich langsam auf und eile dann auf die Toilette.

Sobald ich in der aufwendig dekorierten Toilette bin, nehme ich mir ein paar Minuten Zeit, um tief zu atmen.

Ein.

Aus.

Immer und immer wieder, während mein Verstand versucht herauszufinden, warum zum Teufel ich eben fast einen Zusammenbruch wegen etwas so Kleinem hatte.

Klar, ich mag Rhett wirklich. Aber es sind nur ein paar Wochen vergangen. Meine Trennung von Anthony war ein Spaziergang im Park im Vergleich zu meinen aufgewühlten Gefühlen im Moment.

Was ist, wenn er geht? Was ist, wenn sich das Potenzial dieser Beziehung in Luft auflöst? Was ist, wenn ich ihn nie wieder sehe? Was ist, wenn ich nie einen anderen Mann wie Rhett finde und den Rest meines Lebens damit verbringe mir zu wünschen, ich könnte einfach bei ihm sein? Wenn das größte Bedauern meines Lebens derzeit außerhalb dieser winzigen Toilette zum Tragen kommt? Was, wenn ...

Bei dem Gedanken Rhett zu verlieren bildet sich ein Kloß

in meiner Kehle. Ich weiß nicht, ob ich es überleben würde, was lächerlich ist.

Komm schon, Indie. Reiß dich zusammen.

Die Toilettentür öffnet sich und Sophie kommt herein, wirft einen Blick auf mich und nimmt mich in den Arm.

»Alles wird gut.«

Meine Hände zittern, als ich ihre Umarmung erwidere.

»Ich weiß nicht, was mein Problem ist. Es tut mir leid.« Ich versuche uns beide davon zu überzeugen, dass mein Zusammenbruch keine so große Sache ist.

Langsam zieht sie sich zurück und sieht mich an. Ich bin selbst nicht gerade groß, aber ich bin mir ziemlich sicher, dass Sophie kaum ein Meter fünfzig groß ist.

»Indie. Sprich mit ihm. Sage ihm, wie du fühlst. Wer weiß - vielleicht bleibt er ja.«

Sie betont ihre letzten Worte, während sie sie ausspricht. Als ob es das Einfachste auf der Welt wäre. Als ob ich in dieser Angelegenheit etwas zu sagen hätte. Als ob mein Geständnis, meine Verwundbarkeit alles in Ordnung bringen würden.

Das Problem? Ich bin mir nicht sicher, ob es so sein wird. Ich habe mein ganzes Leben in einer Beziehung mit einem Mann verbracht, der sich immer wieder für die Arbeit entschieden hat. Und dabei dachte ich, wir hätten ein relativ solides Fundament.

Rhett und ich? Wir sind praktisch Fremde. Klar, ich habe *das Gefühl,* ihn zu kennen. Ich *habe das Gefühl,* dass er meine zweite Hälfte ist. Aber heißt das, dass es ihm genauso geht?

Ich weiß nicht. Und der Gedanke ihn zu fragen und sich den Konsequenzen seiner Antwort zu stellen ist fast mehr, als ich ertragen kann.

»Ich weiß nicht, Sophie«, antworte ich ehrlich, während ich mich bemühe ihrem strengen Gesichtsausdruck standzuhalten.

»Indie. Dieser Mann da draußen«- sie zeigt auf die Toilettentür in Richtung unseres Tisches - »er liebt dich. Ich bin mir nicht sicher, ob er es schon weiß, und ich bin mir auch nicht sicher, ob du es weißt. Aber vertrau mir, wenn ich sage, dass es für jeden in einem Umkreis von zehn Metern um euch ziemlich kristallklar ist. Sage ihm, wie du fühlst. Du wirst überrascht sein, dass nicht jeder wie Anthony ist.« Ich bringe irgendwie den Mut auf, sie anzusehen. »Vertraue. Ihm.«

Ihre intensiven Worte geben mir die Kraft die Isolation der Toilette zu verlassen. Mit gestärktem Mut gehe ich mit Sophie an meiner Seite zum Esstisch.

Der Rest des Abendessens verläuft reibungslos und erst als Bill die Rechnung bezahlt, sehe ich Chefkoch Thomas.

Ohne nachzudenken nähere ich mich ihm wie eine lange verlorene Tochter und umarme ihn, wie einen riesigen Bären. Zum Glück lacht er über meine abrupte Geste, und erwidert diese.

»Na, hallo mal wieder, *Cherie*. Warum hast du nicht angerufen, um mir zu sagen, dass du kommst? Ich hätte etwas Besonderes für eure Gäste gezaubert«, ermahnt er mich mit einem sanften Lächeln und ich grinse.

»Ich wusste nicht, dass wir hierher kommen, das war für mich selbst eine Überraschung. Aber das nächste Mal werde ich definitiv anrufen. Ich würde mich sehr freuen, wenn du etwas für mich zauberst.«

»Für euch beide, *oui?*«, antwortet er und beäugt, von wem ich annehme, dass es Rhett ist, der auf uns zukommt.

Ich schaue über meine Schulter und bestätige meinen Verdacht.

»Ich weiß es nicht.« Meine Augen leuchten aufrichtig und offenbaren meinen Herzschmerz einem flüchtigen Bekannten, der mich aus irgendeinem Grund wie eine Tochter behandelt.

»*Cherie,* hör auf dein Herz. Es ist alles in Ordnung. Und wenn es das nicht ist …« Seine Stimme verstummt und gibt mir Zeit, den Satz mit ihm gemeinsam zu beenden.

»Iss Kuchen«, sagen wir zusammen und unsere Worte vermischen sich mit der Musik, die durch die Lautsprecher dringt. Ich lache und fühle mich irgendwie leichter.

»*Bonjour, Monsieur* Rhett. Behandelst du mein *Cherie* mit *Respekt?*« Sein Ton ist relativ leicht, aber seine Worte sind scharf.

Ich unterbreche die sich anbahnende Befragung. »Er hat mich perfekt behandelt.« Meine Augen warnen Chefkoch Thomas lautlos, seinen großen französischen Mund mit einem Reißverschluss zu versehen.

Zum Glück deutet er meinen Blick richtig.

»*Pardonne moi*«, entschuldigt er sich, obwohl seine Stimme nicht aufrichtig klingt. »Darf ich euch ein Dessert anbieten?«

»Nein, danke«, lehnt Rhett ab. Er richtet seine Aufmerksamkeit auf mich. »Ich denke, Indie und ich müssen nach Hause gehen und uns ein wenig unterhalten. Wir werden jedoch bald wieder vorbei kommen.«

Seine Worte scheinen Chefkoch Thomas zu meinen, aber eigentlich sind sie an mich gerichtet.

Zögernd schiebe ich meine Hand in seine, und ziehe ihn sanft zum Ausgang. Es scheint, dass der Rest unserer Partie bereits gegangen ist, und es sind nur noch wir übrig.

»Es war wirklich schön dich zu sehen, Chefkoch Thomas. Wie Rhett sagte, wir sehen uns bestimmt bald wieder.« Mein nicht so subtiler Kommentar scheint Thomas zu beruhigen.

»Dann bis bald.«

Und damit gehen wir. Auf dem Weg nach Hause, *um in Ruhe zu reden, überfluten mich ›Was-wäre-wenn‹* Gedanken.

KAPITEL EINUNDZWANZIG

RHETT

Ich konnte fast sehen, wie sich eine dicke Mauer um Indies Herz aufbaute, als ich meine Frage an Bill aussprach.

Sie hat Angst, dass ich die Arbeit ihr vorziehen werde. Bei ihrer Vergangenheit kann ich ihr daraus keinen Vorwurf machen.

»Ich muss kurz mit Harry raus. Willst du mitkommen oder möchtest du dich lieber umziehen und ich komme vorbei, wenn er fertig ist?« Wir betreten gerade unser Wohnhaus, während ich diese Frage stelle.

»Ich bin ziemlich kaputt. Vielleicht sollten wir uns jetzt einfach verabschieden.« Ihre Schultern hängen leicht herunter von der Last, die sie versucht alleine zu tragen.

Vorsichtig halte ich ihre Schritte an. Um sicherzustellen, dass ich ihre volle Aufmerksamkeit habe, drehe ich sie zu mir.

»Indie.«

Sie starrt auf meine schwarzen Slipper. Nach einer Minute holt sie tief und schaudernd Luft. Die Bewegung bewirkt, dass sich ihre Brust ausdehnt und gegen meine streift.

Schließlich bringt sie den Mut auf mich anzusehen.

»Es ist keine große Sache.« Ihre Lüge hängt schwer in der Luft. »Wir können morgen reden oder so.«

»Indie«, wiederhole ich. Meine Finger ziehen ihr Kinn zu mir. »Du hast die zweite Hälfte des Gesprächs verpasst. Bill ist bereit von einem anderen Ort aus mit mir zu arbeiten, aber du musst mir etwas mehr Vertrauen schenken. Ich weiß, dass wir uns noch nicht so gut kennen, aber glaubst du wirklich, ich werde eines der besten Dinge in meinem Leben für einen Job aufgeben?« Ihre Augen werden glasig, als meine Worte bei ihr ankommen.

»Du ziehst nicht weg?«, flüstert sie, während ihre Unterlippe ganz leicht zittert.

»Möchtest du, dass ich bleibe, Sonnenschein?«

»Das kann ich nicht von dir verlangen.« Ja, das kann sie. Sie muss es nur sagen.

»Erinnerst du dich, was ich dir gesagt habe? Dein Schmerz ist mein Schmerz. Deine Verletzung ist meine Verletzung. Beantworte die Frage. Willst. Du. Dass. Ich. Hier. Bleibe?« Unsere Münder sind einen Atemzug voneinander entfernt, während ich die letzten Worte betone und darauf warte, dass sie antwortet.

»Ich möchte, dass du-«

Ich unterbreche sie mit einem wilden Kuss, bevor ich meine Arme an ihre Taille lege und sie gegen die nächste Wand drücke. Die Hitze unseres Zorns über ein einfaches Missverständnis, kombiniert mit unserer immer stärker werdenden Lust, ist eine berauschende Mischung.

Meine Lippen streichen über ihren Hals, als sie mir entgegen keucht: »Ich dachte, ich hätte dich verloren, bevor ich überhaupt die Chance hatte dich zu haben.«

Sie zieht meinen Mund zurück zu ihrem, schiebt ihre

Zunge in meinen Mund und verschlingt mich mit Leidenschaft. Ich kämpfe mit ihr um die Vorherrschaft, packe ihre Handgelenke fest und halte sie über ihren Kopf.

»Mmm«, summt sie.

»Du wirst mich nie verlieren, Sonnenschein. Das ist unmöglich«, verspreche ich, bevor ich sie in meine Wohnung ziehe und ihr deutlich zeige, was sie mir bedeutet.

Danach mache ich mit Harry einen kurzen Spaziergang, und wir verbringen den Rest der Nacht kuschelnd auf meinem Kingsize-Bett und schauen *Ratatouille*.

Das Mädchen kennt jeden verdammten Satz, was mich bis über beide Ohren grinsen lässt.

Sie hat keine Ahnung, wie viel sie mir schon jetzt bedeutet. Keine Ahnung, was ich opfern würde, um mit ihr zusammen zu sein. Keine Ahnung, wie wertvoll sie wirklich ist.

Und ich möchte Anthony dafür schlagen, dass er sie sich jemals weniger wertvoll fühlen lassen hat, als sie in Wahrheit ist.

~

Ein lautes Klopfen gegen meine Haustür weckt mich aus dem Schlaf. Indie kuschelt sich an meine Seite, ohne das Chaos im Gang zu bemerken, und ich rutsche vorsichtig aus ihrem Griff heraus.

»Mach die verdammte Tür auf, Rhett. Ich weiß, dass sie da drin ist!«, brüllt Anthony.

Es ist offensichtlich, dass er völlig betrunken ist.

Ich schließe die Tür auf und werde fast rücklings auf meinen Hintern gesetzt, als Anthony sie restlich aufstößt und der Trottel mir einen Kinnhaken verpasst.

»Was zur Hölle?«, knurre ich und reibe mir das Kinn. Er

mag betrunken sein, aber er hat immer noch einen gemeinen rechten Haken.

»Wo ist meine Freundin, Arschloch?«

Ich balle meine Fäuste, bis meine Knöchel vom Druck weiß sind, während ich über seine Aussage nachdenke.

»Sie ist nicht mehr deine Freundin, *Arschloch*«, werfe ich ihm seine Worte wieder entgegen.

»Willst du mich verarschen!«, erwidert er, tritt mir vor's Gesicht und deutet mit seinem ausgestreckten Arm zu meiner offenen Tür heraus. »Wir leben immer noch zusammen. Willst du mir erzählen, das wäre keine Beziehung?«

»Nein, du hast deine Sachen nur noch nicht aus ihrer Wohnung geholt.«

Er lacht. »Wir sind jetzt seit dreizehn Jahren zusammen. Glaubst du, wir hatten in dieser ganzen Zeit nicht ein paar Streits gehabt? Bist du ehrlich naiv genug zu glauben, dass sie mich wirklich verlassen würde, einen Mann, den sie ihr ganzes Leben lang gekannt hat, um mit einem Fremden zusammen zu sein?« Er stolpert weiter ins Zimmer. Meine Augen verengen sich, als sie seiner Bewegung folgen.

»Du verdienst Indie nicht.« Wut steigt in mir auf, er ist vielleicht ein guter Kerl, aber er hat sie völlig vernachlässigt.

Mein Kommentar scheint ins Schwarze getroffen und Anthony direkt vor meinen Augen den Wind aus den Segeln genommen zu haben. »Du hast recht. Das tue ich nicht. Aber ich werde alles tun, was nötig ist, um sie zu behalten. Auch wenn sie mit dir einen Ausrutscher hatte.« Seine Augen brennen sich in mich hinein und zeichnen mich für den Rest meines Lebens.

»Sie hat die Dinge mit dir beendet, bevor sie jemals mit mir ›ausgerutscht‹ ist.«

Er schüttelt leicht den Kopf und sein Blick füllt sich mit Mitleid.

»Wir hatten einen Streit, Rhett. Das war alles, was es war.«

Ich mache eine Pause, denn zum ersten Mal, seit ich sie kennengelernt habe, schleichen sich Zweifel ein.

Sie stellte mich Julio als Rhett vor, nicht als ihren Freund. Sicher, Sophie hat uns zusammen gesehen, aber sie ist ein ziemlicher Freigeist. Vielleicht ist ihr Fremdgehen egal.

Mir wird übel, als ich die Möglichkeit in Betracht ziehe, dass er die Wahrheit sagt. Selbst wenn ich nicht wusste, dass sie betrügt, habe ich immer noch mit einer nicht freien Frau geschlafen. Ich öffnete mich für sie. Ich habe mich schließlich in sie verliebt.

Indie nutzt diesen besonderen Moment, um aus dem Schlaf zu erwachen. Ihre Haare sind ganz durcheinander davon, dass sie in meinem Bett geschlafen hat, als sie um die Ecke späht. Ihre hypnotisierenden Indigo-Augen springen fast aus ihrem Kopf, als sie die Szene vor sich sieht.

Blut tropft von einer Seite meines Mundes, Anthony geht auf dem Teppich auf und ab und Harry knurrt unseren Eindringling von seiner Hundehütte aus an.

Als sie sich endlich eine Sekunde Zeit nimmt, um mir ins Gesicht zu sehen, weiß sie, dass ich sauer bin.

»Was ist los?«, murmelt sie in den Raum.

Anthony und ich schweigen, während unsere Brust in kaum zurückzuhaltender Wut erhoben ist.

Die Spannung im Raum ist so stark, dass man sie mit einem Messer schneiden könnte, während ich Indie eine Frage zuflüstere. Eine, die den Rest meines Lebens beeinflussen wird. »Indie.« Ihr Blick bleibt bei mir. »Hast du Anthony mit mir betrogen?«

Indies Gesicht verwandelt sich in eine Mischung aus Schuld und Schock. »Was? Wovon redest du?«

Ich nicke in sicherem Verständnis.

»Rhett, nein! Natürlich nicht! Wie kannst du so etwas

fragen?« Ihre Augen hüpfen zwischen den beiden Männern in ihrem Leben hin und her.

Ich lache ironisch. *Zwei Männer.*

»Lüg ihn nicht an, Indie!«, schreit Anthony, während der Gestank von Alkohol durch die Luft weht. Ihre Ablehnung scheint ihn erneut verärgert zu haben. »Das ist Quatsch!«

»Ich lüge nicht!«, schreit sie zurück. »Rhett, du musst mir glauben! Tony und ich sind fertig!«

Anthony mischt sich gleich wieder ein. »Warum leben wir dann immer noch zusammen? Warum ist mein ganzer Scheiß noch in unserer Wohnung? Hast du jemals daran gedacht, Indie? Ich habe nie gesagt, dass wir fertig sind!«

»Was redest du da?«, argumentiert sie und zieht verwirrt an den Strähnen ihres langen blonden Haares.

»Ich war auf Geschäftsreise!«, schreit Anthony weiter. »Das wusstest du doch! Ich habe dir davon erzählt, erinnerst du dich? Also, was machst du, während dein Freund weg ist? Du betrügst mich mit einem anderen Kerl! Wie kannst du mir das antun? Wie kannst du eine dreizehnjährige Beziehung für das Arschloch von nebenan wegwerfen?«

Sie schreit vor Frustration, gefangen zwischen ihrem Freund und dem Kerl, mit dem sie rumgemacht hat.

Es ist lächerlich.

Und es tut weh.

Sehr.

Ich nehme Harrys Leine von der Theke, ohne ein einziges Wort zu sagen. Indie und Anthony streiten sich weiter im Hintergrund.

Ich öffne Harry's Hundehütte und befestige die Leine mit einem festen Griff an seinem Halsband. Es ist offensichtlich, dass er die gleiche Spannung empfindet wie wir. Ich würde nicht wollen, dass er den Eindringling in meinem Haus angreift, selbst wenn ich denke, dass Anthony es verdient.

Ich ziehe meine Tennisschuhe an, die vor der Haustür

liegen und mache einen der längsten Läufe meines Lebens. Jeder Schritt schlägt im Rhythmus meines angeschlagenen Herzens gegen den Bürgersteig. Mein Kopf schmerzt, als ich versuche zusammenzusetzen, was zum Teufel gerade passiert ist.

KAPITEL ZWEIUNDZWANZIG

INDIE

Ich erwache zu einem Albtraum. Vorwürfe kommen aus allen Richtungen, und mein Kopf dreht sich.

Was zur Hölle ist da gerade passiert?

Rhett verschwand schneller als ein Blitz, und Anthony ist völlig stockbesoffen, während er etwas über Betrug und übers nochmal Versuchen kreischt und sich in einem endlosen Chaos entschuldigt.

Ich schnappe mir hastig den Rest meiner Sachen und eile dann zurück in meine Wohnung, obwohl Rhett bereits mit Harry gegangen ist. Ein verärgerter Tony folgt mir und geht in mein kleines Zuhause, als ob es ihm gehört.

Meine Füße graben sich in den Teppich im Wohnzimmer, bevor ich mich umdrehe und meinen Ex anspreche.

»Was machst du denn hier, Tony?« Mein Ton ist von kaum zurückgehaltener Wut durchtränkt.

»Ich komme von meiner Geschäftsreise nach Hause und bin bereit, über die Dinge zu sprechen, als« - er wedelt mit den Händen in der Luft, seine Worte leicht verschwommen - »man höre und staune, meine Freundin nicht zu Hause ist. Also warte ich. Und vielleicht hatte ich ein paar Bier.

Verklag' mich deshalb. Aber ich warte noch weiter.« Er schwankt praktisch auf seinen Füßen.

»Und dann ... was?« Ich spucke die Worte aus und versuche, seine Geschichte in der Hoffnung, auf den Punkt zu kommen, zu beschleunigen.

»Und dann dachte ich, du würdest wahrscheinlich hinter meinen Rücken mit Rhett rummachen, also bin ich da rüber gegangen.« Seine Worte sind wie Gift und rutschen von dem Messer, das er gerade in mein schmerzendes Herz gestoßen hat, in meine Adern.

»Was?« Ich schüttle den Kopf, während ich versuche, Boden unter den Füßen zu bekommen. »Tony, du und ich sind nicht mehr zusammen. Wir haben Schluss gemacht.«

Er spottet. »Wir hatten Streit. Wir haben uns nicht getrennt. Aber wenn es das ist, was dir hilft nachts zu schlafen, dann sicher. Mach so weiter.« Er rollt dramatisch mit den Augen, bevor er sich auf die Couch fallen lässt und den Kopf in die Hände legt. Stöhnend legt er sich auf die Seite und zieht die Beine an. »Ich gehe schlafen. Wir werden morgen früh darüber reden.«

Ich kämpfe nicht dagegen an, weil ich weiß, dass es viel einfacher sein wird mit einem nüchternen Tony zu streiten als mit einem Betrunkenen.

Ich stampfe auf mein Zimmer zu, atme tief ein, bevor ich mich umdrehe und ein paar Schmerzmittel aus dem Schrank und eine Flasche Wasser aus dem Kühlschrank nehme. Ich lege beide Gegenstände auf den Couchtisch aus Birkenholz, während mir Wuttränen in die Augen steigen.

Mein Blick haftet an dem Strandfoto, das an der Wand hängt, und der Anblick bricht mir fast das Herz. Ich bin mir ziemlich sicher, dass Rhett den Anblick der Strände für mich ruiniert hat. *Bastard.* Ich werde nie wieder einen sehen ohne an ihn zu denken.

Ich kann das in Ordnung bringen, sage ich mir und versuche, positiv und entschlossen zu klingen. Aber das funktioniert nicht. In der Tat fühlt es sich ziemlich schrecklich an, weil ganz ehrlich? Ich bin mir nicht sicher, ob ich das kann.

Ich wälze mich die ganze Nacht umher. Meine Ohren warten darauf, dass ein flauschiger weißer Hund und sein Besitzer den Flur entlang laufen.

Ich höre nichts.

Um sieben werfe ich das Handtuch und gehe zu seiner Wohnung.

Tony schnarcht immer noch auf meiner Couch und ich verdrehe die Augen, als ich an ihm vorbei gehe. Wenn er aufwacht, kann er was erleben. Das ist sicher.

Ich zögere, bevor ich mit den Fingerknöcheln gegen die Tür klopfe. Vielleicht sollte ich ihn etwas ausruhen lassen. Was für eine verrückte Person klopft um sieben Uhr morgens an jemandes Tür?

Anscheinend diese hier.

Ich klopfe gegen die abgeblätterte Farbe und warte, bis Rhett antwortet.

Harry bellt auf der anderen Seite und eine gedämpfte Stimme sagt: »Halt die Klappe, Harry.«

Der Klang gibt mir ein neues Gefühl der Hoffnung und ich hämmere weiter.

»Mach auf, Rhett! Wir müssen reden!«, flüstere ich und versuche, die Nachbarn nicht zu wecken, während ich gleichzeitig versuche Rhetts Aufmerksamkeit zu erregen.

Ich bin mir ziemlich sicher, dass sie immer noch sauer wegen dem epischen Streit sind, der erst wenige Stunden zuvor stattgefunden hat.

Stille.

Wieder klopfe ich mit den Fingerknöcheln gegen die Tür.

»Im Ernst, Rhett! Wir müssen reden!«

Noch mehr Stille.

»Rhett! Wenn du die Tür nicht öffnest, rufe ich Chefkoch Thomas an, um dir in den Arsch zu treten! Öffne die Tür. Sofort!« Meine Stimme ist zu einem hohen Kreischen angestiegen, als Miss Perkins am anderen Ende des Ganges ihre Tür öffnet und mich mit einem Ausdruck purer Verärgerung auf ihrem zerknitterten alten Gesicht zum Schweigen bringt.

Ups. So viel dazu, die Nachbarn nicht zu stören.

»Rhett!« Diesmal schreie ich, da es egal ist. »Ich gehe hier nicht weg!«

Die Tür schwingt auf, als ich gerade den Arm anhebe, um weiter gegen die Tür zu klopfen. Unbeholfen lasse ich ihn zur Seite fallen.

»Was?«, fragt er kalt, bevor er die Arme vor der breiten Brust verschränkt und sich gegen den Türrahmen lehnt. Seine normalerweise warmen Augen durchbohren mich wie Dolche, wodurch ich mich winzig und unbedeutend fühle.

»Es tut mir leid«, sage ich.

»Na schön. Du hast gesagt, was du wolltest, jetzt geh nach Hause.« Er bewegt sich, um die Tür zu schließen, aber ich halte meine Hände in einer stoppenden Geste nach oben. »Warte!«

Er macht eine Pause, aber sein Blick wird nicht freundlicher.

»Warte. Ich weiß nicht, was das war oder was er zu dir gesagt hat, bevor ich aufgewacht bin, aber wir sind *nicht* zusammen.« Sein Kiefer krampft sich zusammen und ein Hauch von Schmerz dringt an die Oberfläche, bevor er ihn hinter Gleichgültigkeit versteckt.

»Er scheint darüber anders zu denken.«

»Rhett-«

»Nein. Du musst deinen Scheiß klären und das musst du ohne mich tun.«

Und damit schließt er leise die Tür vor meinem Gesicht. Das leise Klicken lässt mich einen Satz machen. Als ob dieses Geräusch auch unsere Beziehung abschließt.

Zum Kotzen.

Kennst du das Sprichwort, *wenn es regnet, dann richtig?* Sieht so aus, als würde das einer dieser Tage werden. Mein Telefon vibriert nur Sekunden, nachdem ich in mein Schlafzimmer zurückgegangen bin, und der Name meiner Mutter erscheint auf dem Display.

Ich schließe die Schlafzimmertür, bevor ich leicht mit dem Hinterkopf dagegen stoße, während ich überlege, ob ich rangehen soll.

Was wird sie von dem Durcheinander halten, in dem ich stecke?

Es ist richtig vergeigt und das Einzige, was meine Mutter wirklich kann, ist abschalten, wenn ich schlechte Nachrichten überbringe. Und im Moment brauche ich eher eine unvoreingenommene Mutter, die mir sagt, was ich tun soll.

Nach einem weiteren Moment des Zögerns schiebe ich meinen Daumen über das Display und nehme ihren Anruf an.

»Hi.« Meine Stimme klingt kratzig. Sie ist rau von dem Versuch, Tränen zurückzuhalten, und es ist offenkundig für meine Mutter, dass etwas nicht stimmt.

»Oh nein. Was ist los?«

»Ich, äh ...« Ich lache trocken, obwohl meine Situation nichts Komisches an sich hat. »Rhett und ich hatten einen Streit.«

»Wer ist Rhett, Schatz?« Überraschenderweise ist der Ton meiner Mutter sanft. Ich dachte, die Erwähnung eines anderen Mannes als Tony würde ihr Herzklopfen verursachen. »Rhett ist so was, wie mein neuer Freund«, gebe ich zu, als eine einzelne Träne über meine Wange läuft. »Zumindest *war er es* ... jetzt bin ich mir nicht mehr so sicher.«

»Was ist passiert?«

Und dann bricht es aus mir heraus. Ich erzähle ihr alles. Jedes Gefühl, das ich jemals für Rhett gefühlt habe, und jedes Gefühl, das ich nie für Tony gefühlt habe. Ich erzähle ihr, wie ich dachte, Rhett wäre der Eine. Wie all meine Träume mit einem einfachen Missverständnis durch meine Finger glitten.

Eins, das ich nicht aufklären kann.

Sie hört die ganze Zeit zu, mit Ohh's und Ahh's an den entsprechenden Stellen und bittet um Klärung anderer Aspekte der Geschichte.

Als ich fertig bin, bin ich ein schluchzendes Häufchen Elend auf dem Boden, als meine Mutter verspricht, dass alles in Ordnung kommen wird. Dass wahre Liebe seinen Weg finden wird und all den anderen märchenhaften Mist.

Ich schlucke den golfballgroßen Kloß in meinem Hals herunter, während ich mir die Nase in ein Taschentuch schnäuze.

»Tut mir leid wegen des Zusammenbruchs, Mom.«

»Oh, Indie. Du weißt, du kannst immer mit mir reden. Du kannst mir alles erzählen, das verspreche ich. Es tut mir leid, dass ich dir wegen deiner Trennung von Tony ein schlechtes Gewissen gemacht habe. Ich war nur überrascht, das ist alles. Ich möchte, dass du glücklich bist. Das ist alles, was eine Mutter jemals will. Aber du hattest recht. Wenn du es weißt, weißt du es. Und wenn du es nach dreizehn Jahren Zusammensein nicht wusstest, dann war er nicht derjenige, der für dich bestimmt war. Vielleicht musst du das auch Tony einfach erklären.« Ihre Worte der Weisheit sind ein beruhigender Balsam für meine aufgewühlte Seele.

»Ich habe es versucht, Mom.«

»Manchmal müssen wir uns wiederholen, damit unsere Worte eine größere Wirkung erzielen können.«

Ich verdrehe die Augen, obwohl ich weiß, dass sie damit

recht haben könnte. »Okay, Mom. Ich glaube, ich werde es versuchen.«

»Gut.« Ich kann das Lächeln in ihrer Stimme hören. »Und wenn du das mit Rhett geklärt hast, lass es mich wissen. Dein Vater und ich würden ihn gerne kennenlernen.«

Ich lächle traurig über ihr Angebot. »Danke, Mom. Wir werden sehen, wie es läuft, okay?«

»In Ordnung, Süße. Bis bald. Ich liebe dich.«

»Ich liebe dich auch.«

Ich lege auf, und schiebe mein Telefon dann in den Bund meiner Pyjamahose. Das Gummiband klemmt mein Handy zwischen Hüfte und Stoff fest.

Anscheinend müssen Tony und ich uns noch ein wenig unterhalten. Und dieses Mal muss ich die Dinge kristallklar machen, anstelle Raum für Interpretationen offenzulassen.

Ich atme tief ein und gehe in das Wohnzimmer. Tony setzt sich gerade mit dem Kopf in den Händen auf.

»Hey«, sage ich, als ich zu einem Stuhl in der Ecke gehe.

Er stöhnt und seine Fingerspitzen werden weiß, als er seinen schmerzenden Schädel drückt.

»Lass meinen Kopf aufhören zu pochen. *Bitte*«, bittet er erbärmlich.

Ich kichere, bevor ich die Schmerzmittel und das Wasser in seine Richtung schiebe. Er hat es irgendwie verdient.

»Nimm das.«

Dankbar nimmt er die Pillen in den Mund, bevor er die ganze Flasche leert.

»Danke«, flüstert er, seine Stimme ist immer noch rostig vom Schlaf.

»Kein Problem«, antworte ich. »Wir müssen reden.«

»Über was?«

Wir wissen beide genau, worüber wir sprechen müssen,

deshalb bin ich mir nicht sicher, warum er sich die Mühe macht zu fragen.

»Wir sind nicht mehr zusammen.« Ich kann nicht noch direkter sein. Seine blutunterlaufenen Augen starren mich durch den Raum an, aber er sagt nichts. »Tony, ich liebe dich so sehr, aber diese Beziehung? Sie ist schon lange beendet. Ich habe nur eine Weile gebraucht, um es zu verstehen.«

»Wie kannst du so etwas sagen?«, argumentiert er. »Indie, wir sind schon immer zusammen. Wir hatten eine gute Sache am Laufen!«

Ich senke meinen Kopf und seufze. »Nein, Tony. Das hatten wir nicht. Du solltest *bei mir* sein wollen. Du solltest *nach einem langen Arbeitstag nach Hause kommen wollen,* anstatt noch ein paar Stunden im Büro zu schieben. Ich weiß, dass du mich liebst, aber ich glaube ernsthaft, dass du nicht *in* mich verliebt bist. Ich glaube nicht, dass wir jemals *verliebt* waren. Es fiel mir auch schwer, den Unterschied zu verstehen, bis es mich praktisch kalt erwischt hat.« Ein sanftes Lächeln ziert meine Lippen, als ich mich daran erinnere, wie es sich anfühlte, meine Haustür zu öffnen und Rhett dort stehen zu sehen. »Tony, es tut mir so leid, dass wir dreizehn Jahre zusammen verschwendet haben, anstelle sie mit jemandem zu verbringen, den wir wirklich lieben.«

»Indie, ich liebe dich doch. Ich verspreche es«, fleht er, aber sein Tonfall lässt Zweifel aufkommen, und ich glaube, ich dringe vielleicht zu ihm durch. Eine harte Wahrheit nach der anderen.

»Warum haben wir dann nie geheiratet, Tony? Kannst du mir das erklären?«

»Geht es also darum?«, fragt er verärgert. »Willst du heiraten? In Ordnung. Ich werde gleich einen Ring kaufen gehen.« Er steht auf, als würde er aus der Tür stampfen und genau das tun, aber ich halte ihn auf.

»Das habe ich nicht gesagt. Die Ehe sollte kein Ultimatum

sein. Und ganz ehrlich, ich will dich nicht heiraten. Und daran gibt's absolut nichts auszusetzen. Ich denke, wir haben nicht geheiratet, weil wir beide unbewusst wussten, dass dies niemals funktionieren könnte. Wir haben uns einfach so an alles gewöhnt, dass wir nicht einmal daran gedacht haben unsere Beziehung zu beenden.«

Er zuckt zusammen, aber ich weiß, dass ich zu ihm durchkomme.

Wir schweigen, keiner von uns sagt ein Wort, während die Uhr im Hintergrund tickt.

»Also, das war's jetzt?«, fragt er, als er seine Hände in seine Hosentaschen schiebt und das Wohnzimmer begutachtet, das einst seins war.

»Eines Tages wirst du jemanden finden, der dich so fühlen lässt, wie Rhett mich fühlen lässt. Eines Tages wirst du mir dafür danken, dass ich uns diesen Schmerz durchmachen lassen habe. Etwas zu beenden, das eigentlich gar nicht hätte beginnen sollen. Und an diesem Tag werde ich dir die größte Umarmung geben. Ich werde dir sagen, wie glücklich ich für dich bin. Wie dankbar ich bin, dich in meinem Leben zu haben … als einen Freund.« Eine Träne der Endgültigkeit gleitet über mein Gesicht und tropft von meinem Kinn.

Vorsichtig tritt Tony näher an mich heran, bevor er mich in eine Umarmung zieht. Er küsst meine Stirn in einer brüderlichen Geste, bevor er in meine dunkelblauen Augen schaut.

»Liebst du ihn?«

Ich nicke und atme zittrig aus.

»Dann freue ich mich sehr für dich.«

Sein Adamsapfel hebt sich, bevor er mich loslässt und zur Wohnungstür geht.

Er bleibt stehen und ruft über die Schulter: »Ich werde dieses Wochenende meine Sachen packen, Indie. Es tut mir leid, dass ich alles vermasselt habe.«

Ich schüttle den Kopf. »Du hast nicht alles vermasselt, Tony. Du hast nur versucht, etwas zu retten, das es nicht wirklich verdient hat, gerettet zu werden.«

Er schluckt schwer, stellt sich schließlich der kalten, harten Wahrheit und akzeptiert sie als das, was sie ist.

»Ich liebe dich, okay?« Seine Stimme bricht leicht und mein Magen zieht sich bei dem Geräusch zusammen.

Ich nicke zurück, obwohl er mich nicht sehen kann. »Ich liebe dich auch«, flüstere ich, bevor sich die Tür hinter ihm schließt. Zum ersten Mal in unserer Beziehung habe ich das Gefühl etwas geklärt zu haben.

Jetzt muss ich Rhett zurückbekommen.

KAPITEL DREIUNDZWANZIG

RHETT

Mein Telefon hat am laufenden Band geklingelt. Ein fast ständiges Summen, das mich an alles erinnert, was ich verloren habe. Ich will es endlich auf stumm schalten, damit ich etwas Arbeit erledigen kann, als es um zehn aufhört zu klingeln.

Und das tut am schlimmsten weh.

Mein Büro ist ziemlich groß und hat schlanke schwarze Möbel, breite Glasfenster und Kunst an den weißen Wänden. Das moderne Dekor wirkt heute Morgen besonders kalt.

Was zur Hölle ist gestern passiert? Ich kann immer noch ihr Gesicht sehen. Die Art, wie mein Shirt sie fast verschluckte, als sie im Flur stand. Die Verzweiflung, die in ihr Gesicht geschrieben stand, als ich Harrys Leine packte und ging.

Ich fühle mich wie in einem Albtraum. Jeden Moment wache ich mit Indie in meinen Armen auf und seufze erleichtert auf, dankbar, dass die Folter, die ich durchgemacht habe, unnötig ist. Dass meine Beziehung zu ihr nicht vorbei ist. Dass sie von ihrer Lüge nicht in Stücke gerissen wurde.

Indie und ich passen. Es gibt keine andere Möglichkeit es zu beschreiben. Aber als Anthony auftauchte, um mir zu sagen, dass ich nichts als ihr kleiner Seitensprung war, hatte ich mich nicht mehr unter Kontrolle.

Ich stöhne verächtlich, bevor ich meinen Kopf schüttelte und den Kugelschreiber in meiner Hand fester drücke. Ich muss mich an die Arbeit machen und mich auf das Dokument vor mir konzentrieren. Es muss bis heute Nachmittag überprüft werden, aber die Worte verschwimmen mir vor den Augen, wenn ich versuche es zu lesen.

Ich muss Bill anrufen. Ich muss ihm sagen, dass sich die Pläne geändert haben. Dass ich gerne umziehen würde. Mein Magen krampft sich zusammen, aber ich kann unter keinen Umständen bei Indie nebenan wohnen bleiben. Nicht nach allem, was wir durchgemacht haben. Ich kann es nicht ertragen, ihre glückliche kleine Beziehung zu Anthony aus nur wenigen Metern Entfernung zu erleben.

Bei dem Gedanken schmerzt meine Brust und ich zapple auf meinem Stuhl herum.

Sie zu verlassen wird das Schwierigste sein, was ich je getan habe. Aber es ist zu meinem eigenen Schutz. In ihrer Nähe kann ich mir selbst nicht trauen. Nicht seit ich sie gespürt habe.

Ich löse die Krawatte um meinen Hals, die sich wie eine Schlinge anfühlt und versuche erneut mich auf meine Arbeit zu konzentrieren.

Es ist fast unmöglich.

Ein paar Minuten später klopft es leicht an der Wand neben meiner offenen Tür.

Ich schaue auf. Die letzte Person, die ich jemals erwartet hätte, lehnt sich gegen den Pfosten.

»Kann ich dir helfen?«, murre ich tief in meinem Hals.

»Ich habe mich gefragt, ob wir eine Minute reden

können.« Anthony verweilt am Eingang und wartet auf eine Einladung.

Seine Augen sind blutunterlaufen und er sieht furchtbar aus.

Ich kann den Kater nur erahnen, den er heute durchlebt.

Gut. Das hat er verdient, dafür, dass er das Mädchen bekommt.

Vorsichtig nicke ich und sehe zu, wie er sich vor mich setzt.

Er scheint sich nicht sonderlich zu freuen, und er sieht nicht besonders selbstgefällig aus, deshalb bin ich mir nicht sicher, warum er hier ist. Vielleicht liegt es daran, dass er ein guter Kerl ist und sich schlecht fühlt? Irgendwie macht das die Situation noch bitterer. Wenn er vielleicht ein Arsch wäre, könnte ich Indie zurück stehlen.

Ich beschimpfe mich mental und hasse die Person, die ich geworden bin.

Ich hatte eine Regel.

Eine.

Und ich habe sie gebrochen.

Für sie.

Anthony setzt sich mir gegenüber auf den Stuhl. Seine Augen weichen keinen Augenblick von meinen. Überraschenderweise gibt es dort keine Bosheit.

»Geht es um die Arbeit?«, presse ich heraus und versuche immer noch herauszufinden, warum zum Teufel er hier ist.

»Nein, Mann. Es geht um Indie.« Mein Kiefer krampft sich zusammen, genau wie meine Fäuste, die auf dem Schreibtisch ruhen. Er hält seine Hände hoch. »Lass mich ausreden.«

Ich sage kein Wort. Ihr Name allein reicht aus, um mein Inneres in Stücke zu reißen.

»Ich habe mich geirrt. Ich habe nicht akzeptiert, dass sie

sich von mir getrennt hat, aber das lag an mir. Nicht ihr«, presst er heraus. »Sie hat mich nicht mit dir betrogen. Sie hat sich von mir getrennt und ich habe beschlossen meinen Kopf in den Sand zu stecken, anstatt die Wahrheit anzuerkennen.« Er kneift die Augen zusammen und schüttelt ungläubig den Kopf.« Unsere Beziehung ist schon viel länger vorbei, als du hier bist.« Es ist offensichtlich, dass er sich mit seinem Geständnis nicht wohlfühlt, aber ich schätze seine Ehrlichkeit.

Zumindest *denke ich, dass* er ehrlich ist.

Meine Gedanken fliegen durch die letzten Wochen mit Indie. Wie sie mich fühlen ließ. So wie wir zusammenpassen.

Sie scheint nicht die hinterhältige Person zu sein, die ich ihr unterstellen wollte.

Meine chaotischen Gedanken versuchen einen Anschein von Ordnung zu finden, während sich Stille ausbreitet.

»Sie liebt dich, Rhett. Und sie ist das Beste, dass dir je passieren kann, also hör auf nach Gründen zu suchen, die euch trennen und hol dir das Mädchen.« Dann zuckt er die Achseln, als hätte das, was er gesagt hat, gerade nicht meine ganze Welt auf den Kopf gestellt, klopft mit den Fingerknöcheln gegen die glatte schwarze Oberfläche meines Schreibtisches und verlässt mein Büro ohne sich umzusehen.

Geh und hol dir das Mädchen?

Verdammt. Ja

KAPITEL VIERUNDZWANZIG

INDIE

Ich muss wieder an die Arbeit. Ich habe den ganzen Morgen gewischt. Ich rufe Rhett alle dreißig Sekunden an, verbrenne die Cupcakes, rufe meine Mutter an, vergesse, die Vanille zum Zuckerguss hinzuzufügen, und rufe Rhett erneut an. Die Liste geht in einem endlosen Zyklus weiter, bis Sophie mit Rauch, der aus ihren winzigen Ohren aufsteigt, in den Raum stürmt.

Vorsichtig lege ich mein Handy auf den Tresen, um ihr meine volle Aufmerksamkeit zu schenken.

»Also. Noogie hatte recht. Nathan ist ein Arschloch, der es verdient kastriert zu werden.« Sie verschränkt ihre zierlichen Arme über ihrer zierlichen Brust und sieht winzig aus ... gebrochen.

Ich hätte nie gedacht, das einmal zu erleben.

»Was ist passiert?«, frage ich und bin erfreut, dass ich meine Aufmerksamkeit dreißig Sekunden lang auf jemand anderen anstatt auf mich selbst richten kann.

Sie verdreht dramatisch die Augen. »Ich will nicht darüber reden.«

Ich versuche, mein Lächeln zurückzuhalten, aber es

rutscht trotzdem durch. Schnell bringe ich meine Gesichtszüge wieder unter Kontrolle. »Sophie, ich denke, wenn du nicht darüber reden wolltest, wärst du vorne geblieben. Klär' mich auf! Ist etwas passiert?«

Natalie stürmt durch die Tür und setzt sich auf die Theke neben Sophie. »Nathan hat Sophie die Unschuld geklaut und seitdem nicht mehr angerufen.«

Sophies Wut löst sich in überwältigender Traurigkeit auf. Leise schnieft sie und mein Herz bricht wieder, genau wie ihres.

»Oh, Sophie«, ich mache eine Pause und versuche, die richtigen Worte zu finden, obwohl ich genau weiß, dass ich nichts sagen kann, was das besser macht. »Es tut mir so leid.«

Manchmal bereue ich die Zeit, die ich mit Tony verschwendet habe, aber zumindest war er ein relativ guter Kerl. Er wartete drei Jahre, bis er mir meine Unschuld nahm, kümmerte sich um alles und verbrachte die nächsten zehn Jahre mit mir.

Der Gedanke bringt mich dazu Nathan auch kastrieren zu wollen.

Ich schaue zu Natalie und suche schweigend um Weisheit, wie ich weiter damit umgehen soll. Sie schüttelt den Kopf mit enttäuschten Augen.

»Jungs sind Arschlöcher, Sophie, und wenn Nathan nicht sehen kann, was ihm entgeht, dann ... vergiss ihn! Du hast definitiv etwas Besseres verdient und wir helfen dir den perfekten Kerl zu finden, okay?«

Sophie lässt Natalie los, und wischt sich die Tränen unter den Augen ab.

»Du hast recht. Er ist ein dummer Fisch in einem Meer von Millionen. Verstanden.« Sophie holt tief und schaudernd Luft, bevor sie zur Vorderseite des Ladens zurückgeht. Natalie zieht sich die Schürze an und starrt auf die schwarzen Muffins, bevor sie mich mit gerunzelter Stirn ansieht.

»Äh ... und wie sieht's bei dir aus?« Ihre Augen wandern zurück zu den verbrannten Backwaren, während sie versucht ihr Grinsen zu verbergen.

Meine Schultern sinken, als meine persönlichen Probleme wieder ins Rampenlicht gerückt werden.

Sie liest mich wie ein offenes Buch, verliert sofort ihr freudiges Lächeln und ersetzt es durch Besorgnis.

»Was ist los?«, fragt sie.

»Es ist eine lange Geschichte«, winke ich ab, drehe ihr den Rücken zu und überprüfe die Blaubeer-Streusel-Muffins.

Ich habe immer wieder neue Dessert Variationen in meinem Geschäft. Ich mache, was ich in der Stimmung bin zu backen, und das ändert sich ständig.

Heute gibt es Blaubeer-Streusel-Muffins, Vanille-Cupcakes mit Erdbeer-Zuckerguss, Eclairs, Brioche-Brötchen mit dunkler Schokolade und eine Vielzahl anderer Waren. Ich habe auch Cronuts als Grundnahrungsmittel täglich, aber ich würde nicht zugeben, dass es an Rhetts Sucht nach ihnen liegt. Mein Blick bleibt auf dem einsamen Cronut auf der Theke liegen. Der, der in der Ecke versteckt ist. Der, den ich beiseitegelegt habe, falls er vorbeischauen würde. Der eine, der unangetastet geblieben ist.

Ich beiße mir auf die Unterlippe, damit sie nicht zittert.

»Wir sind Freunde oder?« Natalie sieht mich scharf an und lenkt meine Aufmerksamkeit von dem erbärmlichen Gebäck weg.

Ich nicke zur Bestätigung mit dem Kopf.

»Dann sprich mit mir. So etwas tun Freunde.«

Nachdem ich über meine trockenen Lippen geleckt habe, erzähle ich ihr alles. Die Worte sprudeln aus mir heraus, genau wie der Zucker, den ich in den Kuchenteig schütte, den ich mische. »Ich habe mich vor zwei Wochen von Tony getrennt, aber anscheinend kapierte er das nicht. Dann verbrachte ich die beste Woche meines Lebens mit Rhett, wo wir nichts zurückhalten mussten, und das war ...« Ich seufze, als die Erinnerungen durch meinen Kopf sickern: »Perfekt«. Ich schlucke den Schmerz herunter. »Wie auch immer, Tony kam letzte Nacht zu Rhetts Wohnung, schlug gegen die Tür, völlig besoffen und behauptete, dass wir immer noch zusammen sind und ich ihn betrüge. Was ich nicht tat, weil wir nicht mehr zusammen sind, aber Rhett hat das Gefühl, ich habe ihn angelogen, um ihn dazu zu bringen mit mir zu schlafen, und jetzt ist alles so durcheinander, dass ich nicht einmal weiß, wo ich anfangen soll.«

Ich schalte die Küchenmaschiene aus und kratze die Seiten der Schüssel mit einem Spatel aus. Ich kotze mich richtig aus, und fahre fort. »Rhett geht nicht ans Telefon. Er ignoriert meine Nachrichten. Er lässt mich nicht einmal erklären. Lässt mich ihm nicht sagen, dass ich mich in ihn verliebt habe. Dass ich ihn liebe. Dass ich ohne ihn verloren bin.« Ich drücke die Augen zu und bete, dass ich im hinteren Teil meiner Bäckerei keinen völligen Zusammenbruch bekomme.

Es fühlt sich an wie ein verlorener Kampf.

»Du liebst mich?« Eine tiefe Stimme unterbricht meine Ausführungen von der Tür aus, die den vorderen vom hinteren Bereich des Ladens trennt.

Meine Brust schmerzt bei dem vertrauten Klang seiner Stimme und mein Herz macht sofort einen Sprung.

Ich drehe mich zu dem Mann um, in den ich mich Hals über Kopf verliebt habe, und mein Herz beginnt bei dem Anblick wie ein verdammter Presslufthammer zu pochen.

Er trägt einen maßgeschneiderten, dunkelblauen Nadelstreifenanzug mit einem weißen Hemd mit Knöpfen darunter und sieht höllisch sexy aus. Sein dunkles Haar ist ein bisschen unordentlich, und ich kann nur vermuten, dass er den ganzen Morgen mit den Fingern durch das Haar gefahren ist. Aber es sind seine Augen, die mich beschäftigen. Sie sind voller Wärme. Zuneigung. Zögern. Vergebung. Und voller … *Liebe*.

Ich räuspere mich und suche nach meiner Stimme. »Ja. Das tue ich irgendwie«, gestehe ich. Meine Füße kleben am Boden und halten mich davon ab zu ihm zu gehen. Ich bin mir immer noch nicht sicher, warum er hier ist. Nicht nach dem, wie unser Gespräch vorher geendet hat. Ich kaue auf der Innenseite meiner Wange, während ich darauf warte, dass er etwas sagt. Irgendetwas.

Er tritt selbstbewusst einen Schritt näher. »Nun, das ist gut. Weil ich dich auch irgendwie liebe.«

Meine Zähne graben sich in meine Unterlippe, während ich versuche, ein breites Grinsen zu unterdrücken. »Tust du das?«

Sein schiefes Lächeln lässt mich dahinschmelzen. »Ja, Sonnenschein. Ich liebe dich irgendwie.«

Mein Grinsen löst sich, als sich meine Augen mit Tränen füllen. Freudentränen diesmal. Er macht einen weiteren Schritt nach vorne, bis wir fast Brust an Brust stehen, als ich meine Hand hebe, um ihn aufzuhalten.

»Warte.«

Er bleibt sofort stehen. Ich würde lachen und ihm sagen, dass er besser hört als Harry, wenn ich mich nicht gerade entschuldigen wollen würde. »Es tut mir so leid, dass es so aussah, als ob ich dich belogen habe. Dass ich Tony die Trennung nicht deutlicher gemacht habe. Ich hätte klarer sein sollen, als ich die Sache beendet habe. Das war mein Fehler. Aber ich verspreche dir, dass von meiner Seite aus die Sache beendet war. Wenn es nicht so gewesen wäre, hätte ich nichts mit dir angefangen. Ich hätte dieses Date nicht angenommen. Ich hätte dich nicht geküsst oder mit dir geschlafen. Ich hätte dich nicht so fühlen lassen. Ich hätte dich nicht dazu gebracht jemand zu sein, der du nicht sein willst. Es tut mir so leid für den Schmerz, den ich verursacht habe, und ich würde alles tun, um ihn zurückzunehmen.«

»Alles?« Er runzelt die Stirn und fordert mich schweigend heraus, wobei er seinen Mundwinkel auf einer Seite verzieht.

Ich kichere leicht und bin so dankbar, ihm sein höschenschmelzendes Lächeln zu entlocken. »*Fast* alles«, stelle ich klar.

Seine Augen glühen vor Lust, bevor er den letzten Schritt macht und den restlichen Abstand zwischen uns überwindet.

»Ein *›fast‹ reicht mir.*« Dann sind seine Hände an meinen Hüften und ziehen mich an sich. Seine weichen Lippen streichen zart über meine und erinnern mich daran, wie gut wir zusammenpassen. Ich seufze zufrieden, als ich seinen Kuss erwidere und spüre, wie sich seine Finger in mein Fleisch graben, bevor ihr Druck nachlässt und sie sich um meinen Rücken wickeln. Wir verbleiben so ineinander vertieft, bis eine unaufhörliche Frage aus meinem Mund sprudelt, während er meinen Hals küsst.

»Warum bist du zurückgekommen?« Meine Stimme ist voller Lust und Verwirrung.

Er zieht sich zurück und sieht mich an, als wäre ich völlig verrückt, unsere kleine Knutscherei zu unterbrechen.

»Du meinst außer wegen meiner täglichen Dosis Cronuts?«, neckt er.

Ich klatsche spielerisch auf seine feste Brust und bitte um eine ernst gemeinte Antwort. »Komm schon!«

»Hey, es ist nicht meine Schuld, dass du mich nach viel mehr als deinen Backwaren süchtig gemacht hast.« Seine Augen glänzen vor Boshaftigkeit. »Ich bin auch irgendwie süchtig nach dir.«

Meine Wangen werden von seinem Kompliment rot,

doch ich bohre weiter. »Aber warum bist du zurückgekommen?«

Er seufzt übertrieben, bevor er mit den Fingern durch sein unordentliches Haar fährt. »Zuerst muss ich mich entschuldigen. Es tut mir so leid, Sonnenschein. Ich hätte nicht so gehen sollen, wie ich es getan habe.« Er lässt sein Kinn auf die Brust fallen und sieht gequält aus. »Ich hätte dich nicht infrage stellen sollen. Ich war so unerbittlich, was die Wichtigkeit von Vertrauen in einer Beziehung angeht, und in dem Moment, als dies getestet wurde, brach ich zusammen. Das liegt nicht an dir. Das war mein Fehler. Es war falsch, was ich tat.« Seine Augen leuchten aufrichtig, und ich wäre ein Dummkopf, ihn infrage zu stellen. »Kannst du mir vergeben?«

Ich nicke und lächle sanft. »Das habe ich schon, Batman. Du hast aber meine Frage nicht beantwortet. Warum bist du zurückgekommen?«

Er schüttelt ungläubig den Kopf, während er grinst und sich den Kiefer reibt. »Anthony hat mit mir gesprochen.«

»Tony?« Was hätte Tony möglicherweise zu Rhett sagen können, dass Rhett dazu gebracht hätte sein Schweigen mit mir zu brechen?

»Ja. Er hat ein paar Dinge geklärt.« Rhett leckt sich die Lippen, bevor er fortfährt. »Er hat mir geholfen zu erkennen, wie viel du mir bedeutest.«

Ich nicke verständnisvoll. »Das war wirklich lieb von ihm.«

Er schnaubt und fängt sich, kurz bevor er die Augen verdreht. »Halt mal. Ich weiß, dass er ein guter Kerl ist, aber ich glaube nicht, dass ich bereit bin zu hören, wie du deinem Ex ein Kompliment machst.«

Mein Gesicht verzieht sich leicht, als ich versuche, mein Kichern zu unterdrücken. »Ich glaube, ich mag es diese eifersüchtige Seite von dir zu sehen.«

Er streicht mit seiner Nase über meinen Hals, bevor er an meinem Kiefer knabbert. »Da gibt es noch viel mehr zu entdecken. Komm mit mir nach Hause, Indie. Ich brauche dich.«

»Darum hättest du nicht bitten brauchen.« Ich nehme seine Hand und ziehe ihn zur Vorderseite des Ladens.

»Ihr zwei seid im Laden! Es gibt ein Blech mit Muffins im Ofen! Vergesst nicht, abzuschließen!«, rufe ich über meine Schulter, als Sophie und Natalie hinter mir schreien, jubeln und brüllen. Anscheinend scheint mein Glück Sophie von ihrer Traurigkeit abgelenkt zu haben, und ich bin froh, dass ich ihren Tag mit meinen Eskapaden erhellen konnte.

Rhett und ich eilen zu seiner Wohnung, wo ich endlich das Ausmaß von epischem Versöhnungs-Sex kennenlerne.

Und heilige Scheiße ist der gut.

EPILOG

INDIE

Es waren zwei wahnsinnig tolle Wochen purer Liebe und absoluten Glücks. Rhett hat Bill nie angerufen, um ihm von seiner Planänderung zu erzählen, als wir unser Missverständnis hatten. Er kann also immer noch in New York *bleiben - bei mir* - und wird nächsten Monat seinen neuen Job antreten. Ich fühle mich wie das glücklichste Mädchen auf dem Planeten.

Rhett wollte seinem derzeitigen Arbeitgeber genügend Zeit geben, um seine Kunden auf andere Vermittler umzustellen, und sie waren wahnsinnig dankbar für seine Unterstützung. Nathan hingegen ging eine Woche nach dem Stellenangebot nach Kalifornien. Ich glaube, er lief vor einer bestimmten Blondine davon, die ihn dazu brachte sein Leben zu hinterfragen. *Aber, was weiß ich denn schon?* Seine Abwesenheit brach Sophies Herz und Natalie und ich durften es ausbaden. Ich bin mir nicht sicher, ob wir jemals wirklich erfahren werden, was während ihres kleinen One-Night-Stands passiert ist, aber es hat definitiv einen bleibenden Eindruck bei einer meiner besten Freundinnen hinterlassen.

Was auch immer das bedeutete.

Wir gehen zum Abendessen zum Haus meiner Eltern, und ich bin wahnsinnig aufgeregt.

Meine Eltern leben in New Jersey, in demselben malerischen kleinen zweistöckigen Haus, in dem ich aufgewachsen bin. Die Fensterläden sehen frisch gestrichen aus, das Haus hat eine sanfte blaue Farbe und im trockenen Gras sind rote und gelbe Blätter verstreut. Meine Mutter ist eine ziemlich gute Gärtnerin und mag es, ihren Garten in Topform zu halten. Deshalb bin ich ein wenig überrascht, die verteilten Blätter auf dem Bürgersteig zu sehen. Es muss heute ein stürmischer Tag gewesen sein, und ich habe keinen Zweifel, dass sie bis morgen weggefegt sein werden.

Meine Hände zittern, als ich den Türknauf ergreife und das Haus betrete. Ich habe meinen Eltern noch nie einen Mann vorgestellt. *Jemals.* Ich habe es nie gebraucht. Sie kannten Tony, bevor wir laufen konnten und als wir miteinander ausgingen, war es für niemanden überraschend.

Rhett ist jedoch eine andere Geschichte.

Meine Mutter hat sich in den letzten Wochen mit der Vorstellung von ihm angefreundet aber ich bin immer noch nervös, jetzt, wo sie sich endlich zum ersten Mal treffen. Und lass uns nicht mit meinem Vater anfangen. Er hat immer sein einziges Kind beschützt, aber ich bin mir ziemlich sicher, dass er Rhett mögen wird. Alles, was er jemals wollte, war, dass ich glücklich bin, und Rhett macht mich so glücklich ... sollte alles glattgehen, oder?

»Hey, Schatz!«, ruft meine Mutter aus der Küche. Ich wische meine verschwitzte Handfläche an meiner Jeans ab, bevor ich Rhetts Hand greife und ihn den Flur entlang in Richtung Küche führe.

»Hi Mom. Hi, Dad.«, rufe ich mit Rhett im Schlepptau.

Er wirkt cool und ist völlig entspannt, während ich innerlich fast ausflippe. Ich wünschte, ich hätte sein Vertrauen.

Meine Mutter trocknet ihre Hände an dem Küchentuch, als sie uns sieht. »Hey, ihr!« Sie geht zu Rhett hinüber und küsst ihn freundlich auf seine stoppelige Wange, was mich völlig schockiert. »Ihr kommt gerade rechtzeitig! Kannst du dir den Salat schnappen, Indie? Und, Rhett, sei ein Schatz und hol den Auflauf aus dem Ofen, okay? Die Ofenhandschuhe sind gleich da drüben.« Sie zeigt auf eine Schublade in der Ahornholz Küche.

Rhett löst den Todesgriff, den ich auf seine Hand ausübe, und tut, was ihm gesagt wurde. Er tut so, als ob er hier zu Hause wäre, während er gleichzeitig respektvoll bleibt.

Was zum--?

»Dein Vater ist oben, aber er kommt in einer Minute runter. Jetzt los! Ich möchte essen, solange noch alles warm ist.«

Unbeholfen nehme ich den Salat und einen Stapel Servietten, bevor ich ins Esszimmer gehe. Der Raum ist mit Familienbildern dekoriert und ein großer Eichentisch befindet sich in der Mitte, umgeben von Stühlen.

Mein Vater kommt die Treppe herunter und schüttelt Rhetts Hand ohne eine offizielle Vorstellung und umarmt ihn dann väterlich.

Ich befinde mich in einer Art Twilight Zone-Episode, da bin ich mir sicher. Mein Blick wechselt zwischen den beiden Männern in meinem Leben, als ich versuche einen Grund für ihre mangelnde Unbeholfenheit zu finden.

»Äh ... braucht ihr keine Vorstellung?«, quietsche ich.

Rhett zuckt mit den Achseln, bevor er mir schlau zuzwinkert, und mein Vater umarmt mich und sagt: »Das ist nicht nötig, Schatz.«

Meine Mutter unterbricht uns, indem sie darauf besteht, dass wir alle unsere Plätze am Tisch einnehmen. Wir genießen ein unbeschwertes Abendessen, während wir lachen und reden, als wäre Rhetts Anwesenheit nicht ungewöhnlich. Als ob er immer hierher gehört hätte. Zu mir.

Als mein Vater einen Insider-Witz mit Rhett macht und er in Lachen ausbricht, werfe ich meine Serviette auf meinen Teller und verschränke die Arme. »Okay, Leute. Genug. Was zum Kuckuck ist hier los? Kennt ihr euch? Streicht das. Woher um Gottes Willen kennt ihr euch?« Mein Blick springt zwischen allen drei Verdächtigen hin und her.

Meine Eltern sehen ein wenig schuldig aus, aber Rhett grinst mich arrogant an.

Er lehnt sich in seinem Stuhl zurück, legt die Hände hinter den Kopf und sieht mich scharf an.

»Gibt es ein Problem, Indie?« Er schmunzelt.

»Nun nein, aber ...« Ich mache eine Pause und seufze frustriert. »Warum fühlt ihr euch alle so wohl miteinander?« Ich sehe meine Eltern an. »Warum hast du ihn nicht dem üblichen elterlichen Verhör unterzogen? Ist das beim neuen Freund der Tochter nicht normal?«

Sie sehen sich an, bevor sie mir antworten. Es ist viel zu still für meinen Geschmack.

»Schatz, wir haben das Verhör schon gehabt«, sagt meine Mutter sanft und sieht mich an, als hätte sie Angst, ich würde einen Teller werfen oder so.

»Wann?«

»Als ich letzte Woche hergekommen bin«, mischt sich Rhett ein.

»Hm?«

»Ich wusste, wie nervös du warst, dass ich deine Eltern kennenlerne, also habe ich beschlossen es ohne dich hinter mich zu bringen. Mir war es auch wichtig, ein privates Gespräch mit ihnen zu führen und ich konnte dich nicht dabei haben.«

Ich runzele die Stirn. »Privates Gespräch?«

Von was sprach er da? Arrrh! Ich hasse es nicht auf dem Laufenden zu sein!

Langsam steht Rhett von seinem Stuhl auf, bevor er sich vor mir auf ein Knie fallen lässt. Meine Hände bedecken meinen offenstehenden Mund.

Das kann doch wohl nicht wahr sein!

Das kann nicht sein.

»Sonnenschein, ich liebe dich. Ich liebe dich so sehr. Wir sind noch nicht lange zusammen, aber ich denke, wir haben beide ein paar Dinge aus unseren früheren Erfahrungen gelernt. Das Erste ist, wenn du es weißt, weißt du es.« Er zuckt die Achseln, als wäre es so einfach.

Eine Träne läuft mir über die Wange, aber ich schweige.

»Und das Zweite ist, warum sollten wir Zeit verschwenden, wenn wir den Rest unseres Lebens zusammen verbringen wollen? Haben wir nicht schon genug Zeit verschwendet? Ich fragte mich, was ich in diesem Leben wollte, und die Antwort war so klar, dass es die einfachste Entscheidung wurde, die ich mir jemals vorstellen konnte. Die Antwort ist ... Dich. Ich will dich.« Eine weitere Träne entweicht und lässt meine Sicht verschwimmen. Ich hätte nie gedacht, dass dies so bald passieren würde. Ich wusste nie, dass ich es wollte. Ich denke, das liegt daran, dass der Typ, von dem ich immer angenommen habe, dass ich an seiner Seite enden würde, nicht der Richtige war. Und tief im Inneren wusste ich es immer. Auch wenn ich mich diesem Problem nicht direkt stellen wollte, bis der richtige Mann mir den Mut dazu gab.

Aber das hier? Die Beziehung, die ich zu Rhett habe, ist nichts weniger als ein Märchen. Wir sind nicht perfekt, aber wir sind perfekt für einander. Es ist so richtig, dass es schon fast wehtut, und es wäre mein größtes Glück ihn meinen Ehemann zu nennen.

»Indie, willst du meine Frau sein? Willst du meine

Komplizin sein? Wirst du mich bis zu dem Tag lieben, an dem du stirbst?«

Mein Herz rast in meiner Brust, als ich meine Antwort ausspreche. »Nein«, atme ich. Sein Gesicht entgleist sofort, und ich rede schnell weiter. »Ich werde dich noch viel länger lieben.« Er steht auf, bevor er mich in seine Arme zieht und mich intensiv küsst. Ich ziehe mich zurück, als ich mich daran erinnere, dass meine Eltern einen Meter entfernt sind und zuschauen.

Ups.

Verlegen schaue ich zu ihnen hinüber und sehe, wie ihre Gesichter vor Stolz glühen.

»Ich bin so glücklich, Schatz. Das ist alles, was ich jemals für dich gewollt habe.« Tränen rinnen auch über die Wangen meiner Mutter. Sie schlägt Rhett spielerisch, bevor sie ihn ermahnt. »Schau, was du mir angetan hast, Rhett. Jetzt bin ich wegen dieses Antrags ein Häufchen Elend. Du solltest dich schämen!« Sie wedelt mit dem Finger nach ihm, wie sie es tat, als ich als Kind Ärger bekam. Der Anblick bringt mich zum Lachen.

Er lacht gutmütig, bevor er sie in eine freundliche Umarmung zieht. »Entschuldigung, Claire.«

Es tut ihm definitiv nicht leid.

Mein Vater steht auf und geht um den Tisch herum, bevor er mich festhält und mir ins Ohr flüstert: »Du hast eine gute Wahl getroffen, Indie.«

»Danke«, murmele ich zurück und sonne mich in ihrer Akzeptanz.

Er tritt zurück und schaut mir in die Augen. »*Das,* was du mit Rhett hast? Das ist wahre Liebe und ich bin so froh, dass du sie endlich gefunden hast.«

Ich beiße mir auf die Unterlippe, um nicht zu schluchzen und drücke ihn dann fest an mich. »Danke Daddy.«

Wir verbringen den Rest des Abends damit uns zu unterhalten, zu lachen und eine Hochzeit am Strand der Malediven zu planen, wo ich von engen Freunden, meiner Familie, der Liebe meines Lebens und der warmen Meeresbrise umgeben sein kann.

Unvermeidlich.

Das Ende

Deutsche Ausgabe

Signature Sweethearts Roman

Liv

Rhett

Sophie

Marcus

Anthony

Skye

Advantage Play Roman

Wild Card

Dark King

Little Bird

Bitter Queen

Englische Ausgaben

Signature Sweethearts Series

(Contemporary Romance Standalones)

Luke

Breezy

Jude

Rhett

Sophie
Marcus
Anthony
Skye
Saylor

Advantage Play Series
(Romantic Suspense/Mafia Series)
Wild Card
Dark King
Little Bird
Bitter Queen

Hired Hottie- Cocky Hero World
Crush-KB Worlds
Drowning in Love

Bartered Souls Duet (Urban Fantasy Series)
Gambled Soul
Wager Won

Melde dich hier für Kelsie's Newsletter an, um exklusive Inhalte zu erhalten, einschließlich der ersten zwei Kapitel jedes Buches und das zwei Wochen vor dem Erscheinungsdatum!

ANTHONY

PROLOG

Sway

"Es tut mir leid, Sway-"

Ich hebe meine Hand, um ihn zu unterbrechen. "Ist gut. Ernsthaft. Überhaupt keine große Sache." Die Lüge hinterlässt einen bitteren Geschmack in meinem Mund, aber ich halte mein Gesicht maskiert mit Gleichgültigkeit. Wo wir gerade von Mündern reden, Dr. Thompson setzt eine Amtsmiene auf, als er gerade seine Arme verschränkt. Ich weiß nicht, worüber er so sauer ist. Es ist nicht so, als würden die Ergebnisse ihn so beeinflussen, wie sie mich gerade fertig machen. Ich habe irgendwo gelesen, dass Ärzte trainiert werden ihre Menschlichkeit abzuschalten, um so ihren Beruf ein wenig leichter zu machen. Ich meine, wer würde gerne sein Leben damit verbringen schlechte Nachrichten epischen Ausmaßes zu verteilen? Ich weiß, ich würde es nicht.

"Du darfst trauern, Sway. Du darfst traurig sein. Ich wünschte nur-"

"Ich weiß, was Sie sich wünschen," erkläre ich nüchtern.

“Aber es gibt nicht viel, was wünschen uns jetzt bringt, oder?“

Mit einem Seufzen drückt er seinen Nasenrücken. “Nein. Ich vermute das tut es nicht.“ Als er wieder zu mir aufsieht, kann ich nicht anders als mich auf meinem Stuhl zu winden. Er hat Mitleid. Ich hasse Mitleid. “Kann ich Ihnen eine Trauerbegleitung besorgen oder etwas in der Art? Ich denke es wäre sehr vorteilhaft für Ihre geistige Gesundheit, wenn Sie mit jemandem reden würden.“

Als würde das helfen.

Ich will lachen.

Stattdessen murmle ich dasselbe zum gefühlt tausendsten Mal. “Mir geht es gut.“

Mir geht es nicht gut. Ich bin taub. Das bin ich. Und wie lautet der Spruch aus *Italian Job*? Gut steht für total erschrocken, unsicher, neurotisch und emotional.

Ich habe meine Meinung geändert. Mir geht es definitiv gut. Und ich bezweifle, dass sich das in nächster Zeit ändern wird. Zur Hölle, ich bin mir ziemlich sicher, ich könnte es mir auf die Stirn tätowieren lassen, ohne es am Ende zu bereuen.

Mir geht's einfaaaaaach gut.

“Sway….“

Scheiße.

Jetzt kann ich es in seiner Stimme hören. Das Mitleid. Und macht, dass ich zusammenbrechen will. Ich habe das Gefühl, als hätte ich irgendwas verloren, aber ich kann nicht wirklich sagen, was es ist. Ich meine, ich weiß, was ich verloren habe, aber es ist mehr als das. So verdammt viel mehr, dass ich weinen will. Ich grabe meine Zähne in meine Unterlippe, mit dem Wissen, dass wenn ich nachgebe und den Gefühlen freien Lauf lassen werde, ich niemals in der Lage sein werde die Tränen zu stoppen.

Nee.

Ich schüttele meinen Kopf und konzentriere mich auf den weißen Knopf auf Dr. Thompsons sanft blauen Hemd. Es ist ein wenig über seinem runden Bauch gezogen, was es für jeden der hinschaut offensichtlich macht, dass er wahrscheinlich eine größere Größe hätte kaufen sollen. Vielleicht war es das letzte Stück und er hat bemerkt, dass es die Farbe seiner Augen zur Geltung bringt? Ich meine, er hat schon freundliche Augen. Ich schaue auf und nehme die Fältchen, um seine Augen herum wahr. Er ist normalerweise so ein gutgelaunter Typ. So nett. So optimistisch. Das ist der Grund, warum ich in erster Linie an ihm festgehalten habe. Jetzt sind diese Augen fast schon glasig, als würde er kurz davor sein zu weinen. Ich beiße meine Zähne zusammen und lasse meinen Blick wieder zu dem verdammten Knopf schweifen. Übrigens, sollten Ärzte nicht eigentlich einen OP-Kittel tragen und so ein Zeug?

"Sway…" wiederholt er, während er seine Ellbogen auf dem Papierkram vor ihm abstützt.

Meine Lippen in den Mund saugend, grabe ich meine Zähne zum zweiten Mal in diese, bevor ich mich von dem Stuhl, der ihm gegenübersteht, erhebe. "Danke für Ihre Hilfe bei allem. Ich weiß, Sie haben alles getan, was in Ihrer macht steht und ich bin dankbar für all die späten Abende, die OPs und die Beratungen,"- Ich schlucke schwer-"*Alles.* Aber ich muss los. Haben Sie einen schönen Tag, okay?"

Ich warte nicht auf seine Antwort. Ich stürze aus seinem Büro hinaus als würde mein Hintern in Flammen stehen.

Ich schaue nie zurück.

Kaufe jetzt

LIEBE LESERIN

lieber Leser,

Ich möchte mich bei Ihnen von ganzem Herzen dafür bedanken, dass Sie Rhett gelesen haben und mir die Gelegenheit gegeben haben diese Geschichte mit Ihnen zu teilen. Ohne Sie könnte ich das nicht tun!

Ich wäre Ihnen auch sehr dankbar, wenn Sie sich die Zeit nehmen könnten, eine Bewertung abzugeben. Es ist erstaunlich, wie sehr eine solche Kleinigkeit wie eine Rezension einem Autor helfen kann!

Vielen herzlichen Dank!!!!

-Kelsie

ÜBER DEN AUTOR

Kelsie ist verrückt nach Liebesgeschichten mit all den Gefühlen. Wenn sie nicht gerade nach Worten für ihr nächstes Buch sucht, liest sie wahrscheinlich selbst oder verbringt am liebsten Zeit mit ihrem Ehemann und spielt mit ihren drei Kindern, die es lieben sie in den Wahnsinn zu treiben.

Sie liebt Fotografie, Backen, ihren Yorkie Bob und ihren Devon Rex, Mara. Seit sie ihre Schreibträume aktiv verfolgt, hat sie sich zum Ziel gesetzt eines Tages die Selbstdisziplin zu finden nicht mehr ganze Serien auf Netflix am Stück zu schauen.

BÜCHER VON KELSIE RAE

Deutsche Ausgabe

Signature Sweethearts Roman

Liv

Rhett

Sophie

Marcus

Anthony

Skye

Advantage Play Roman

Wild Card

Dark King

Little Bird

Bitter Queen

Englische Ausgaben

Signature Sweethearts Series

(Contemporary Romance Standalones)

Luke

Breezy

Jude

Rhett

Sophie

Marcus

Anthony

Skye

Saylor

Advantage Play Series

(Romantic Suspense/Mafia Series)

Wild Card

Dark King

Little Bird

Bitter Queen

Hired Hottie- Cocky Hero World

Crush-KB Worlds

Drowning in Love

Bartered Souls Duet (Urban Fantasy Series)

Gambled Soul

Wager Won

Melde dich hier für Kelsie's Newsletter an, um exklusive Inhalte zu erhalten, einschließlich der ersten zwei Kapitel jedes Buches und das zwei Wochen vor dem Erscheinungsdatum!